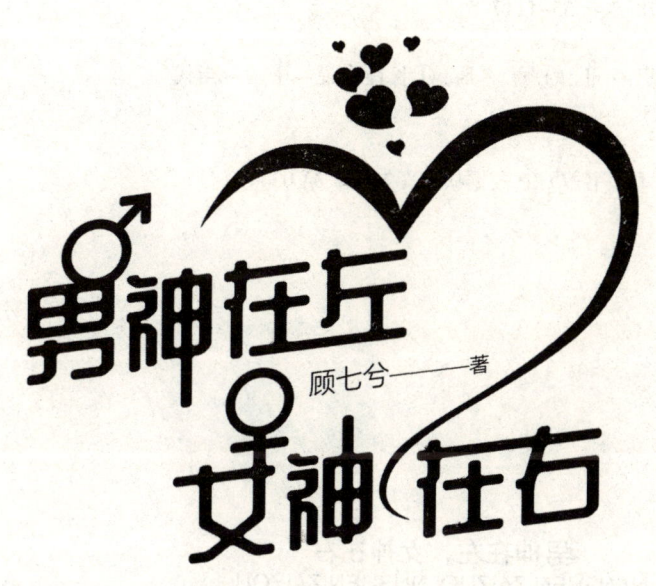

顾七兮——著

远方出版社

图书在版编目（CIP）数据

男神在左，女神在右 / 顾七兮著 . —呼和浩特 : 远方出版社，2018.2
（紫水晶情感小说系列）
ISBN 978-7-5555-1117-5

Ⅰ . ①男… Ⅱ . ①顾… Ⅲ . ①长篇小说—中国—当代 Ⅳ . ① I247.5

中国版本图书馆 CIP 数据核字（2018）第 034469 号

男神在左，女神在右
NANSHEN ZAIZUO, NÜSHEN ZAIYOU

作　　者	顾七兮
责任编辑	云高娃　武舒波
责任校对	云高娃　武舒波
出版发行	远方出版社
社　　址	呼和浩特市乌兰察布东路 666 号　邮编 010010
电　　话	（0471）2236470 总编室　2236460 发行部
经　　销	新华书店
印　　刷	三河市华东印刷有限公司
开　　本	155mm×225mm　1/16
字　　数	230 千
印　　张	16.25
版　　次	2018 年 2 月第 1 版
印　　次	2018 年 5 月第 1 次印刷
标准书号	ISBN 978-7-5555-1117-5
定　　价	38.00 元

如发现印装质量问题，请与出版社联系调换

目录

第一章　乌龙 / 001

第二章　不堪回首的过去 / 023

第三章　闪婚 / 047

第四章　陌生的婚姻生活 / 085

第五章　曾经的爱 / 111

第六章　意外 / 135

第七章　误会 / 163

第八章　我们离婚吧 / 185

第九章　风波再起 / 203

第十章　大结局 / 221

后　记 / 247

第一章　乌龙

"亲爱的,你下本小说还是写都市婚恋的吧,上次那本卖挺好的。"

席阳阳看着责编发来的qq信息,犹豫了下,手指飞快地敲击键盘,发了一个痛哭的表情,哀怨道:"编辑大大,你要我这样的大龄剩女写婚恋文,写幸福的结局吧,我羡慕嫉妒恨;要写不幸福的结局吧,我对婚姻生活可就没什么期待了,而且容易招读者骂。所以,幸福或是不幸福的婚恋文,对我来说,都是一种折磨。"

潜台词就是三个字:不想写。

责编发来一个翻白眼的表情,接着问:"那你想写什么呢?"

"我想写一个大龄宅女在家等着白马王子从天而降的爱情故事。"席阳阳发完这句话,特别欢快地补充了一句:"要写一场特别浪漫的艳遇!"

"怎么个浪漫艳遇?"责编耐心十足地问道。

"你说,帅哥是踩着七彩云从窗户里飘进来呢,还是带着天使翅膀从天而降?"席阳阳虚心地讨教,"好像这两种出场方式都挺震撼的!"

"我看你是做梦没醒！"责编毫不客气地一盆冷水浇下来，"席阳阳，你是写小说的，不是编童话故事的，请你注意下故事的合理性！"

"哪里不合理了？"席阳阳撇了撇嘴。

"你家今天从天而降男人了？是带着翅膀的，还是围着光环的？从窗户里进来的，还是下水道里爬出来的？"责编一连串问题问完，不等席阳阳回话，又毫不留情地反问，"席阳阳，你宅的时间够长了，请问，你浪漫邂逅你的王子没？"

席阳阳无言以对，发一个尴尬的表情，说："这不是没有，我才幻想下嘛！"要有了，她早甜蜜蜜谈恋爱去了，还写什么宅女幻想婚恋文呢。

责编无语地发了一个撞墙的表情，试探性地说："宅女除了网恋，我想不出来还有别的邂逅方式。席阳阳，你该不会想写一本关于网恋的爱情故事吧？"不等席阳阳回答，直接丢了两个字：恶俗！

席阳阳看着责编下线，撇了撇嘴，小声嘟囔道："这年头，除了网恋，宅女还是有别的方法认识帅哥，比如玩游戏、玩社交软件，甚至玩直播也可以嘛。"

席阳阳刚嘟囔完，搁在懒人桌上的手机响了起来。她随手点开，是微信消息："阳阳，三点之前，记得把稿子完结发我邮箱。"责编的话，清晰地透过微信传了出来。

席阳阳撇了撇嘴，回了句"知道啦"便放下手机，嘴里自言自语地嘟囔道："微信就给单身的男女设了很多摩擦的机会！没事，摇摇，指不定就能摇出个白马王子。"席阳阳说完，还真就随手摇了摇，跟她同时摇手机的是相差万里的一个"帅哥"。她胡乱扫了一眼，是某个明星的头像，暗自吐了吐舌头，退出微信，开始专心写稿子。

接下来的时间，席阳阳目不转睛地盯着电脑屏幕，手指灵巧地在键盘上敲下一个又一个轻快的字符。最后，看着邮件发送完毕的报告，那绷着的神经松懈了下来，心情瞬间雀跃起来。

席阳阳心满意足地闭着眼，回味了下刚截稿的大结局。对于她这样的网络写手来说，交稿是一件欢快的事。首先，她能操控整个故事，在小说里翻云覆雨，想设置什么结局就设置什么结局。其次兜里会进一笔数目不菲的银子，够她花上一段时间。而她也能理直气壮地给自己放假，美其名曰：调整心态，准备构思下一本小说。

邮箱里传来一份邮件，席阳阳以为是编辑的回执，忙点开，飞快地扫了一眼，一张红色烫金的喜帖，霸道而嚣张地映入眼帘——亲爱的朋友，八月初八，晚六点，新郎范哲跟新娘刘梅在香格里拉举行婚宴，恭请您的光临。下面是日期跟署名。

席阳阳瞅着范哲跟刘梅两个人的名字，眼睛微微有些发酸，揉了揉太阳穴，伸手从电脑桌边拿起一盒女士烟，抽出一支，悠然地点上，瞬间烟雾弥漫，模糊了视线。此刻的她神态无比清醒，但又犹豫着，该拿这份请帖怎么办？

当作没有收到，没有看到是不现实的，但是，真的要去吗？要去参加这两个人的婚宴？

席阳阳是不太愿意的，这里面有那么一段不愉快的往事不能让席阳阳轻易释怀。

范哲，席阳阳没辞职之前的上司，护花使者，绯闻男友。

刘梅，席阳阳没辞职之前的公司老板家的千金，名义上的情敌。

这两个人,一个霸道专横,一个刁蛮任性,倒也是绝配。刘梅是"千年醋坛子",每当吃飞醋,必定找范哲麻烦,范哲见招拆招,他们两个高手厮杀,必定牺牲炮灰无数。公司稍微有点姿色的美女,都被牺牲在他们俩的"魔爪"下了,而席阳阳,是这些炮灰中,最为不幸的一个。

席阳阳跟范哲之间,清白的跟小葱和豆腐似的,平时走路都保持着三丈以上的距离,但是,因为那次临时加班,离开公司的时候,两个人结伴一起进了电梯,下了楼,肚子也饿了,顺便吃了消夜,范哲最后极具绅士风度地把席阳阳送回了家,绯闻瞬间被公司里的好事者传得沸沸扬扬。

席阳阳开始是一笑置之,想着清者自清,时间久了,这些子虚乌有的流言蜚语就会散了,谁知道故事模板出了好多版本,各种款都有,并且越传越奇葩,后来干脆说席阳阳是插足的第三者,跟范哲有秘密恋情。

席阳阳那个冤啊,简直比窦娥还冤,自此看到范哲跟刘梅,都是夹着尾巴绕着走的。惹不起,还躲不起吗?

不过,席阳阳的做法,在刘梅眼里就是心虚了,所以她没事就找席阳阳的茬儿,挑她的刺。反正女人对付假想敌的招数很多,更别说她是千金小姐。为保饭碗,席阳阳只能一忍再忍。范哲自然是看不过刘梅的无理取闹,正义地站出来,为席阳阳说了几句话。却不料,此举是火上浇油,让刘梅认定了席阳阳跟范哲之间,是有见不得光的"奸情"的,闹得更凶了。范哲受不了,终于爆发了,两个人"开战"了,而席阳阳这根导火线,光荣地"引火自焚"了。

事情真的很离谱,也很恶俗,但是偏偏她却无处可躲。

席阳阳还能清晰地记起那天发生的事,那天下午约好了跟男朋友文浩一起去看电影,所以提早地收拾好东西,等着下班的铃声响起,准备第一时间走人。

办公室的门被推开了,刘梅黑着一张脸,旋风似的冲了进来,气势汹汹地指着席阳阳,破口大骂:"你个狐狸精,到底想怎么样?"

四周顿时鸦雀无声,周围人目光灼灼地看向席阳阳跟刘梅,当然,都是带着看戏的心理。绯闻传了那么久,刘梅跟席阳阳暗地里厮杀了那么久,终于迎来了爆发式的较量。

席阳阳不解地看着刘梅,一头雾水,还没有反应过来,刘梅已伸出"芊芊玉爪",迎面朝着席阳阳的俏脸上又急又快地盖了上来。"啪——"清脆的巴掌声,在安静的办公室内显得极其响亮。

席阳阳毫无防备,被打得整个人差点就飞出去。她头昏眼花,眼前直冒金星。当然,更难受的是心里那无法言喻的酸涩,委屈得无法言语。

"你个不要脸的女人,竟然叫范哲跟我分手?"刘梅吼得歇斯底里,满脸狰狞,"你这个不要脸的小三,贱女人。"

"不要脸的女人""小三",这些字眼深深地刺痛了席阳阳敏感的神经,瞬间血气冲上脑顶,顾不得刘梅的千金小姐身份,也顾不得自己一直告诉自己要忍,别跟刘梅一般见识。眼下的场景,她完全失去理智思考。席阳阳毫不犹豫地猛冲上前,"啪,啪",连甩了刘梅两巴掌,冷眼看着她,一字一句地说:"有本事就管好你男人,让他离我远点,没本事就自己买豆腐撞死去。找茬儿、撒泼,你有意思没?"当时席阳阳想表达的意思是叫刘梅别乱吃飞醋,有本事就管好范哲,别找她麻烦。她跟范哲没什么，女人何苦为难女人……不过，在场听见的人，都自作聪明地联想了下，这一想，席阳阳跟范哲之间是真有说不清楚的暧昧关系。

在场的人还包括席阳阳的男朋友文浩。他本来想上前帮席阳阳，却不料听到这么劲爆的事，顿时有些不知所措，当场傻眼。那个他护如珍宝的席阳阳，竟然劈腿，还沦落为小三，正牌还打上门，这都是什么事？

文浩觉得特别丢脸，恨不得挖个地洞钻进去，以减少存在感。

刘梅被席阳阳打蒙了，好半响才回过神，失声惊叫起来："好你个狐狸精，竟然敢打我？"接着飞身朝着席阳阳扑了过来，一把掐着席阳阳的脖子，喊道："看我不打死你个贱货。"

席阳阳也示不示弱地跟刘梅扭打在了一起。

两个女人打架，虽然没有男人的拳头来得直接，但是，扭打、撕咬、拉扯头发、互掐……招数也不少，没几下，两个人就是蓬头散发、狼狈不堪。

办公室的人都聚集了过来，在旁边劝解，却不敢贸然上前拉开两个打疯了的女人，只能面面相觑地围观看戏。范哲接到消息，匆匆赶来的时候，俊眉一拧，一把大力拉住刘梅，怒喝："刘梅，你在干什么？"

刘梅狠狠地瞪着范哲，咬牙切齿地说："我教训狐狸精，怎么着，你心疼了？"

"你胡说八道什么？"范哲冷声地打断刘梅，"有病是不是？"

"你才有病呢，为了这个狐狸精要跟我分手！"刘梅转身，狠命地朝着范哲扑了上去，好一阵拳打脚踢，外加在他的肩膀上咬了一口。

范哲拧着俊眉，没有闪躲，任由刘梅发泄火气。等她咬得牙关发酸，松开了，才冷冷地说："闹够了没？"

"没有。"刘梅狂叫，"我还要打狐狸精。"说着又向席阳阳扑过来，却被范哲一把拉住，"刘梅，你有完没完了？"

席阳阳捂着半边发烫的脸，胡乱整理下散乱的头发，赌气道："刘梅，就你这脾气，你男朋友受得了你才怪！"说完，随手抓起包，大步走出办公室。席阳阳抬眼就看到呆愣的文浩，眼泪再也克制不住，瞬间掉下来，哽咽着问："文浩，你来了？"

"恩。"文浩神色尴尬，随即问，"你怎么回事？"

文浩并没有第一时间上前帮忙劝架，也没有第一时间安慰哭泣的席阳阳，而是问了一个他最关心的问题——他是不是绿帽压顶。"阳阳，你跟范哲到底有没有……"

文浩的话还没问完，席阳阳瞬间停止哭泣，冷眼嗖嗖地飘过去，怔怔地看着文浩反问："你觉得我跟范哲会有什么？"席阳阳脸颊依旧火辣辣地疼，却抵不上那一瞬间胸口的窒息感来得强烈。

"你们公司都在传你是小三……"文浩犹豫着，不太自在地撇开眼，不敢与席阳阳对视，他今天来接席阳阳，也只是想突击下，却不料看到这样一幕。

是啊，席阳阳怎么忘记了呢，文浩的姑姑就是公司里最八卦的"八婆"一个。从席阳阳跟范哲被传绯闻的第一天起，文浩的姑姑就应该跟文浩说过了吧，要提防席阳阳这棵摇摇欲坠的红杏会出墙。

"公司传什么？"席阳阳挑了下秀眉，看着文浩正色道，"文浩，你相信我吗？"

席阳阳眸光灼灼，文浩被看得很不舒服，不自在地点了点头说："信。"

"既然信我，那你还怀疑什么？"

"我没有怀疑，只是公司都在传，姑姑跟我爸妈说了，我爸妈对你有点意见。"文浩挨近席阳阳，讨好地挽着她的手臂，试探地说："阳阳，要不，你辞职吧。"

席阳阳愣怔了，回头看着文浩，说："既然信我，我为什么要辞职？再说了，这个节骨眼上辞职，岂不是心虚了？"席阳阳自问，她行得正，做得端，没必要辞职。

"阳阳，你就不觉得丢脸吗？"文浩的语气也沉了几分，他的女朋友竟然被别的女人指着鼻子骂狐狸精。叫她辞职，竟然还不愿意，是不是真的跟范哲之间有点什么，所以才舍不得离开。

席阳阳觉得心里发凉，丢脸，怎么能不丢脸呢？但是作为男朋友，文浩怎么能用这样的语气在办公室门口大声质问她呢？难道嫌她还不够狼狈吗？

"文浩，我现在心情不好，不想跟你说话。"席阳阳深吸了一口气，压住心中的不快，转身就走。她不想刚在办公室里跟刘梅打过架，接着在办公室门口跟自己的男朋友吵架。她今天已经很丢脸了，不想把脸皮都丢没了。

文浩追了上来，一把拽着席阳阳，不可理喻地说："阳阳，你竟然还好意思跟我发脾气？"

席阳阳面色淡淡地瞅了一眼文浩拽得发疼的手臂，说："你放开我！"

"你如果真的跟范哲没什么，就辞职。"文浩执拗的脾气上来了，不容商量地命令道。

"我不辞职，难道就跟范哲有什么了？"席阳阳对文浩有一点失望，赌气地说。

"阳阳，你什么意思？"文浩的俊脸黑了一半，语气冷了几分。

席阳阳看着文浩，一字一句说："我没什么意思，现在我不想看到你。你走吧。"席阳阳说完，见文浩纹丝不动，不由得有些恼火，说："好吧，你不走，那我走。"说完，还真的蹬着高跟鞋，甩下文浩离开了。

席阳阳越走越快，眼泪如掉线的珠子一样落下来，她还是希望文浩能追上来的。两个人争吵也好，沟通也好，总是能解决问题的，席阳阳刚才所说的话也都只是气话。想到文浩看到她跟刘梅打架，却因为听到她被骂狐狸精，居然没有上前劝架，席阳阳的心就凉了半截，再后来，那样咄咄逼人地要她辞职证清白，席阳阳的心里就更不舒服了。

可文浩只是攥着拳，冷眼看着席阳阳走出了他的视线。这一走就走了好多年……直到再也找不到席阳阳那坚强、偏执的背影，文浩才真正明白过来，当初的爱是那么偏执、幼稚，才让两个人走到了绝路。

原来爱一个人，是不能轻易怀疑这段感情的，更不能随便放手，因为有时候一个转身，就真的会一辈子错过。

席阳阳心情郁闷地在大街上晃悠了半天，在亚马广场的花园台阶上坐下来，从包里掏出手机，已经午夜十二点，文浩却一个电话都没打来，一条信息也没有。席阳阳不由自嘲地勾着嘴角，心里涌现出一股无力的失望。她受尽委屈，男朋友却围观看戏，看完还要咄咄逼人地质问她，是不是背叛了两个人的感情！为什么不能温柔地抱着她，安慰她呢？

要知道席阳阳从头到尾都是无辜的受害者。

别人传绯闻、讲八卦，席阳阳能淡然处之，甚至面对无理取闹的刘梅，席阳阳都能理直气壮地还击。可是面对文浩的质问，她显得有些无力。

既然是相爱的两个人，为什么不了解席阳阳呢？席阳阳就是一根筋通到底的人，爱上一个人了，其他人再好，都不会看在眼里。就像她心里满满地装着文浩，怎么可能会去招惹范哲呢？席阳阳生气了，她怎么能不生气，文浩竟然那么不信任她。

谁都没有想到的是，这场普通情侣之间的争执，却成为席阳阳跟文浩之间最后的记忆！

是的，席阳阳跟文浩莫名其妙地分手了。并且，此后的几年都没有再联络过。

丢了爱情的席阳阳辞去了工作，从此宅在家，成了地地道道的一个宅女。

当然，老天爷还是善待席阳阳的，自幼文字功底不错的她，辞职后正式地进入了"文坛门口"，靠着天马行空的想象跟对爱情的期待，写了不少动人的言情小说，并且以此为职业。说她是作家吧，没有一本书印成纸质书，说她不是吧，但她偏偏就是靠写作在生存，也偏偏写了不少的爱情故事，有一群忠实的"粉丝"。

是的，席阳阳成了当下炙手可热的新阶层人士，自由职业者,"网络作家"。

席阳阳的生活作息很简单,也很规律,每天早上十点起来,凌晨两点睡觉,宅在家一天,就对着电脑一天,除了写稿,就在网上看看电影,逛逛论坛,吃的,用的东西,网上购了快递到家,或者叫外卖送上门!

人家艳遇、邂逅,浪漫一点的要去旅行,或者直接一点的去酒吧,而席阳阳,能不出门就不出门,所以这样生活状态下的她,对待爱情,只有幻想的份!

有时候想到文浩,席阳阳的嘴角会不自觉地扯出一抹苦笑。她的脑海能构思出一千种、一万种爱情故事,在她的指尖下也敲出了N种爱情戏码,但是,她对自己的感情是那么力不从心。

透支的爱情,让席阳阳再也不敢轻易地走出自己的世界,去接纳别人。

试想席阳阳跟文浩之间,曾经也爱得轰轰烈烈、掏心掏肺,甚至到了谈及婚嫁的程度。可是最终的结局,却沦落为最熟悉的陌生人。

如果没有那件事,没有文家父母的羞辱,也没有跟文浩吵架,现在的席阳阳或许已经是一个幸福的家庭主妇,乖乖在家做黄脸婆,相夫教子,而不是张牙舞爪地在这个城市漂泊,用她特有的情感文字,创造一个又一个惊天动地的爱情故事。

想到这些,席阳阳的脑海里浮现出那件事,心一阵疼痛,痛苦地闭上黑眸,摇摇头,催眠着自己不去想。

过去的事都已经过去了,多想没有任何意义。

低沉的铃声在安静的房间内响起,打断了席阳阳的回忆。

她轻轻地叹了口气,掐灭了即将烧到手指的烟头,才拿起电话,扫了一眼陌生的号码,语气温和地接了起来:"喂,您好。"

"席阳阳吗?我是刘梅。"电话那头,对方自报家门,一点也没尴尬跟不自然,好像再普通不过的好友之间的寒暄。

席阳阳愣神,不知道该接什么话,刘梅倒是风风火火地说:"席阳阳,请帖你收到了吧?初八可一定要来。"

"哦。"席阳阳有些无力地应着,人家都打电话来请了,她要端着架子也不太可能了,自然是必定要去了。

"那我先挂了,初八见。"刘梅飞快地挂断了电话,丝毫不给席阳阳拒绝的机会。

席阳阳怔怔地看了看手机,屏幕上显示"八月初六","初六?初八?那不就是后天吗?"

席阳阳对着梳妆镜看了看自己,一身宽大的睡衣,米奇T,为了赶稿子,头发几天没洗了,一缕一缕打结,缠绕在一起,用蓬头污面来形容一点也不夸张。因为熬夜,双眼红肿,还带着血丝。脸色也因为长久不见光,而显得苍白……这模样要出去参加婚礼,恐怕要吓到人了。

既然被刘梅亲自点名,非得去参加她的婚礼,那也不能丢人,所以席阳阳开始捯饬自己。她先放了一浴缸的水,开了盒酸奶和五谷粉,还加了蜂蜜,调了一张补水的面膜。泡完澡,敷完脸,洗完头,收拾了下自己,简单化了一个淡妆,席阳阳皮肤白皙,精神奕奕,双目因为带了黑色美瞳而显得炯炯有神。她又涂了一层晶亮的唇彩,就神采奕奕地出门了。

去参加这么有"分量"的人物的婚礼,怎么能不添置点新衣服呢?席阳阳承认,她为了赶稿子,已经五个月没有出门逛街了，衣橱里压根儿就没有九月份能穿得出去见人的衣服。不过，即使衣橱里有，要参加重要宴会，女人也会觉得少了一件衣服。

席阳阳奔至购物大厦，抬眼看着琳琅满目的商品，毫不犹豫地朝着一家挂着标志性的"50％OFF"的店铺冲了进去。她随意地扫了一眼，整个店铺是黑色系主打，很符合席阳阳一贯的穿衣风格。她胡乱地在打折区翻了翻，却没有找到称心的衣服，抬眼看到模特身上那件黑白色条纹的长裙，不由得眼前一亮，转过脸对一直跟随她的店员说："这条裙子给我试试。"

"小姐，您眼光真好，这裙子是我们店主的新款，材质跟款式都是上上之选……"店员小姐一边从模特身上取衣服，一边不忘谄媚地给席阳阳做介绍。

席阳阳有点受不了店员过分的热情，接过裙子，快步地朝着试衣间走去。一推开门，瞬间被里面的人吓了一跳，忙习惯性地说："对不起！"

试衣间里的一男一女都错愕地抬眼盯着席阳阳，女的手捂着胸，防止走光，男的手也捂着女的胸，这个嘛……尴尬了。

店员已经赶了过来，抱歉地说："不好意思，这里面有人，小姐，你来这边试衣服吧。"

席阳阳飞快地扫了一眼姿态暧昧的男女，忙说"对不起"，然后不好意思地拉上门。在店员小姐的指引下，到隔壁间换衣服。

席阳阳换完衣服，一拉开试衣间的门，就看到一个帅哥坐在沙发上，跷着二郎腿，眯眼对她微笑。白皙的皮肤、俊朗的脸蛋、清澈明亮的黑眸、挺直的鼻梁、光滑的皮肤、薄薄的粉色嘴唇，尤其嘴角微微上扬，带着说不清的魅惑。

席阳阳心里打了个寒战，不由自主地拢了下手臂，因为这帅哥不是别人，正是席阳阳刚才在试衣间里看到的那个。

席阳阳虽然自认为姿色不错，偶尔收拾下出门，回头率也是极高的。但是帅哥嘴角的笑容，实在太过意味深长而诡异了，让她席阳阳不得不感觉不自在，以至于浑身起了鸡皮疙瘩。

好吧，看到不该看的东西，会长针眼，席阳阳就当什么都没有看到好了。

帅哥仍然对着席阳阳微笑，席阳阳僵硬地扯了下嘴角，挤了一抹不自在的笑，对上了帅哥那灼灼的视线，心里不停地给自己打气：人家做的都不介意给人看，你在这里尴尬什么？不过席阳阳的气场，始终敌不过帅哥。她故作镇定地在镜子前站了下，总觉得背后那道灼热的视线盯着她看，席阳阳连美丑都来不及欣赏，便灰溜溜地躲回了试衣间，然后磨磨蹭蹭地换着自己的衣服，耳朵却竖得直直的，听着隔壁试衣间的美女出去，然后又听着那帅哥阔气地说刷卡，试的这几套，全部买了包起来，最后在店员诚恳、热切地欢送中离开。

席阳阳这才松了口气，抱着换下来的衣服，拉开试衣间的门，对这店员说："就这个，包起来吧。"随后又挑了一双黑色的高跟鞋，红色的腰带，才走出了这家店，准备再去逛逛，添置点化妆品什么的。

席阳阳逛街的次数不多，但是购买欲望很强。当她提着购物袋路过珠宝店铺时，一名礼仪小姐笑吟吟地塞给她一张礼券，温柔地介绍："小姐，我们卡地亚正在做活动，您是我们店铺的第十位幸运嘉宾，也是最后一位，今天去我们店铺购买任何珠宝、首饰，将享受7.8折的优惠。"

卡地亚？席阳阳接过那张贵宾券，宣传单上入眼的是一对炫目的情侣对戒，闪闪发亮的钻戒，并排摆放在精致的绒布上，散发着迷人的光泽，旁边一排醒目的广告词：And after all this time, you're still the one I love（经过这么长时间，你仍是我的爱人）。

席阳阳盯着那钻戒，看着广告语，眼睛有些酸涩，脑海里浮现出她跟文浩去挑选戒指的画面。那是文浩偷偷打工，拿到的第一笔工资，然后非拖着席阳阳给她买戒指。他剑眉高挑，神色飞扬，爽朗地对着席阳阳说："阳阳，这是我自己赚的钱，给你买这个小戒指，等我们结婚，我们就买对卡地亚限量版的大钻戒，我要让你做全天下最幸福的女人。"

席阳阳当时感动得一塌糊涂。全天下最幸福的女人，是每一个女人心中所期待的梦。

但是太过美好的东西，总是容易破碎，即使再怎么小心翼翼地呵护，还是经不起一点的风雨。

席阳阳有时候会后悔，当时，如果没有跟文浩怄气，听他的话辞职了，他们之间，是不是就是另外一种结局了？如果她没有负气一个人走，没有午夜在街头徘徊，没有后来的事，没有文家父母的嫌弃，她跟文浩，今时今日，是不是已经成婚，成为幸福的一对小夫妻了？

可是没有如果，没有后悔药，事实上她跟文浩，连再见都来不及说，就仓促地分开了。

两个相爱的人，从此天各一方，抱着残留的回忆，祭祀着逝去的青春。

听说文浩去了国外，而席阳阳也为了摆脱流言蜚语的困惑，离开了土生土长的城市，换了另外一座城市，租了一个单身公寓，开始了宅女生涯。

"小姐，有什么需要为您服务吗？"礼仪小姐看了看，盯着那贵宾券发呆半天的席阳阳，终于忍不住挨过来，温和地问。

席阳阳从恍惚中回神，扫了一眼关切地看着她的礼仪小姐，又看了看手里的贵宾券，头脑突然发热，没有文浩，没有过去，没有男朋友，都没关系，她现在有能力，自己也可以买钻戒戴，所以席阳阳笑吟吟地指着手里的宣传单说："我要这款戒指。"买一对情侣钻戒，等着白马王子降临。

礼仪小姐的笑脸看起来更加亲切了，指引着席阳阳进了店铺，放置那款情侣钻戒的柜面，热切地说："小姐，你的眼光真好，这是限量版的情侣对戒，我们店面，只剩下这么一对了。"

"拿出来给我试试。"席阳阳的话刚说完，突然有个低沉的男音，跟她冒了一句一模一样的话，她不由得转过头去看着发声处。不看不知道，一看吓一跳。

不是吧？这么巧？

这用手指着情侣对戒出声的帅哥，不是别人，正是席阳阳刚才在专卖店遇到的那位。

席阳阳下意识地往他身后扫了两眼，刚才那位美女已经不在，而他，正若有所思地盯着席阳阳看。席阳阳努力地忽视他投落在身上的视线，转过身子，对这专柜小姐说："拿给我试试。"

"我也要试试。"那帅哥收回眸光，漫不经心却又带着不容忽视的强硬对这专柜小姐说着同样的话。专柜小姐有些为难地瞅了一眼席阳阳，又看看衣着不凡的帅哥，犹疑不决到底该给哪一位试，毕竟这款对戒，只剩下最后一对了，而看样子，两人好像都同时看上了。

席阳阳带着不满地横扫了一眼那帅哥，又转过脸看着专柜小姐，心里坚定了想买的念头，再一次重申道，"拿给我试试呀。"

帅哥清逸的俊脸，带着玩味的笑意瞅着席阳阳，微微挑了下飞扬的眉，同样坚定地说："拿出来呀，我跟她一起试试。"

专柜小姐点了点头，戴着手套，从柜台里取出一对戒指，分别递给了席阳阳跟帅哥，介绍道："这款经典系列的情侣对戒，是厚重得铂金镶嵌单颗明亮式切工钻石，钻石的琢形以圆钻形为主，充分体现了经典与现代的完美结合。指环内，刻制着两颗相连的心，表示情侣之间，心心相印，永结同心。"

席阳阳往手指上一戴，大小正好，仿佛就为她量身定做的一样，所以想都没多想，直接对着专柜小姐说："我就要它了，你开单吧。"

专柜小姐对席阳阳点了点头，眸光看向戴在手指上，转动的帅哥，为难地说："先生，这戒指，这位小姐要了……"

帅哥拧着俊眉，看了一眼席阳阳，又看看专柜小姐，淡淡地说："我也要它。"

专柜小姐傻眼，为难地说："可这是限量版的，我们店最后一对了，在别的专卖店也调不到货了……"

帅哥一脸漫不经心的淡然，玩味地看着席阳阳，眼神中透着不可抗拒的坚定，是的，他府禾朗看上的东西，就势在必得。

席阳阳本来只是头脑发热，也不是非要不可，但是就见不得别人跟她抢，所以也抱着非买不可的坚决，看着帅哥带着商量的语气说："这戒指是我先看上的，你让给我吧。"

府禾朗轻轻地摇了摇头，"不好意思，我也看上了。"

"您买这款情侣戒指是想送给您女朋友的吧，这个戒指，不太适合她哦。"席阳阳很努力地挤了一个笑脸，"而且她现在不在，你还是等她来了，你们在一起挑吧。"

府禾朗不动声色地拧了下俊眉，没有回席阳阳的话，反过来带着疑问，淡淡地说："你买这款戒指，是想送你男朋友的？他现在不在，你还是先让给我，你等他来了，再一起慢慢挑吧。"

席阳阳暗自磨了磨牙，瞪着府禾朗。

府禾朗继续轻描淡写地说："这款戒指很适合我。"语气很坚定，生怕说服力不够，还把手伸给席阳阳看，"你看，尺寸刚刚好。"说完后径直地朝着专柜店员递过去一张金灿灿的银行卡，"开单吧。"

席阳阳快专柜店员一步拦下他的卡，眨巴着黑眸，怔怔地看着府禾朗，语气尽可能地温柔，娇滴："我真的很喜欢这款戒指，麻烦您，让给我好吗？"

男人不是都喜欢温柔似水、会发嗲的女人么？席阳阳这么嗲气的声音，把自己都雷的抖落了一地的鸡皮疙瘩。

府禾朗的俊眉拧得更紧了，语气淡淡，"凭什么你喜欢，我就得让给你？"

"因为我是女士，没听过女士优先嘛？"席阳阳被府禾朗这轻蔑的语气给刺激得心头上火，一扫之前故作娇柔的姿态，强势了起来。

"我很少看上东西，但凡看上，必定非要不可！"

"你就是故意要跟我抢了？"席阳阳抬脸，黑色的星眸，冒着怒火，等着府禾朗，语气也拔高了几个调。"你怎么不说，是你故意要跟我抢？"府禾朗的语气淡淡的。"明明是我先进来，先要这对戒指的，美女，你知道的对吧？"席阳阳看着府禾朗，对这专柜小姐问，想寻求一个同盟指证，"刚才，也是我先说要买的，对吧？"

"确切地说，是我们一起要试这戒指的。"府禾朗不紧不慢的补充，"在没有付款之前，我们是处于公平竞争的。"

专柜小姐为难地看着席阳阳，又看着府禾朗，暗自抹了把汗，她们专卖店如果不是明码标价，她相信，这两个顾客"上帝"，一定会相互抬价，互不相让的，可是现在怎么办，戒指就一对了，两个上帝要？得罪哪个都是不对的。

"喂，你这人怎么这样不讲理啊？"席阳阳怒了，溜溜转动着黑眸，瞅着府禾朗，催促专柜店员表态，"美女，你倒是说句话啊。"

专柜店员为难地看着席阳阳跟府禾朗，两边都是上帝，两边都不能得罪，只能尴尬地提着建议："我刚才没看清楚，你们到底是谁先要的，要不你们两个协商一下，我先开单。"说完，溜的一下，奔去柜台，装模作样地开单，眼神却不住地在席阳阳跟府禾朗之间飘来飘去。反正不管他俩谁买，她的业绩是上去了。

席阳阳戒备地看着帅哥，用右手捂着左手戴钻戒的手，生怕他强硬地从她手里抢过去，嘴里示不示弱地说："我告诉你啊，这戒指我今天还非买不可了，你有两种选择，一，让给我；二，我们一人买一个。"

这款是情侣对戒，如果只买一个的话，也就失去了意义，席阳阳倒是无所谓，反正她没男朋友，大不了男戒不要，可人家帅哥是买来送女朋友的，只买一个的话，可不一定会要了，席阳阳心里打着如意算盘，他不要的话，席阳阳可是要的。

府禾朗嘴角微微挑起一抹笑，风轻云淡地说："可以，就这样愉快的决定吧，开单。"

专柜小姐忙笑嘻嘻地走过来，从府禾朗跟席阳阳手里接过了戒指，熟练的打包起来。席阳阳彻底懵了，跟这个陌生的帅哥买同款情侣戒指？是不是有点脑袋抽风了？恍惚中还听着府禾朗对专柜小姐说："我要那个女戒，男戒这位小姐要了。"

席阳阳反应过来的时候，府禾朗已经优雅的从专柜小姐的手里接过了包装精美的盒子，在付款单上，龙飞凤舞的签下了大名。

"等等。"席阳阳忙出声，看着帅哥吼道："谁说我要男戒了？"再说了，他看上的，适合的不是男戒么，为什么临时变卦买女戒了？

"你不是要送你男朋友么？"府禾朗微挑了下飞扬的剑眉，淡淡地说。

"谁说我送男朋友的？"席阳阳怒了，白了一眼府禾朗，"你哪只耳朵听到我说我要送我男朋友了？"席阳阳看上的明明就是女戒好不好？

"钻戒不是男人送女人的吗，难道你买给自己？"府禾朗饶有兴致地打量着席阳阳，末了补充道，"你该不是没男人送，自己想买个虚荣下吧？"

就为了这么句话，席阳阳恼恨地磨了磨牙，白了一眼他，不屑地哼了哼，说："笑话，我会没男人送？"

"既然你有男人送钻戒，何必非跟我抢呢？"府禾朗一脸的无辜，"你买去送男友，我买去送女友，多好的事。当然，你现在要不想买了也行，我把男戒一起买了。"

"谁说我不买了？"席阳阳面色难堪地递给店员小姐信用卡，咬牙切齿地说，"我买了。"说什么也不能便宜这小子，席阳阳心想，就偏偏不和你买一对。

府禾朗看着席阳阳那张毫不遮掩喜怒的俏脸，嘴角勾着笑意，一本正经地说："美女，我俩挺有缘分的，要不交个朋友吧？"

"谁跟你有缘分了？见鬼的。"席阳阳面色铁青，手里握着笔，大力地在消费单上签下了名字，用力得差点把纸划破了。

府禾朗隐忍着笑意，说："美女，你不送给男朋友，要心疼，不想买，就让给我，我还挺喜欢的。"

"让你个头。"席阳阳扔下笔，接过专柜小姐递来的精美包装盒，白了一眼府禾朗，然后咬了咬牙，踩着高跟鞋转身就走。当然，走之前不忘记顺脚，狠狠地踩了府禾朗一脚。八厘米的细跟，集中力量踩在一点的力道还是不容小觑的。听着府禾朗失控地爆发出惊叫声，席阳阳的心头才算散去了一点气结，踩着小碎步，风姿绰约地走了出去。

席阳阳走了两步，又想起什么，回到了专卖店内，便看到那帅哥正弯腰揾着脚，整个俊脸皱成一团。席阳阳优雅地漫步过去，对专柜小姐笑着说："有没有链子，给我介绍一款。"

专柜小姐忙笑吟吟地给席阳阳做了简单的介绍，席阳阳随意地挑了一款简洁的款式，付款后，当着帅哥的面把男戒串了进去,在专柜小姐的帮助下,当成了链子挂到了脖子上,得意扬扬地提着购物袋,扫了一眼错愕的帅哥,心情极好地步出了卡地亚专卖店。

哼,以为席阳阳拿男戒没有办法了吗?席阳阳才没那么傻呢,她三个月的稿费,如果买个男戒回家供奉的话,那还不如直接把她给灭了,供奉起来呢。

府禾朗望着席阳阳离去的背影,看了看手上那精美包装盒,不由得嘴角勾起了浅淡的笑意,果真是一个有趣的女人,只是他该拿这枚钻戒送给谁呢?

府禾朗想了想,最后还是依葫芦画瓢,学着席阳阳,又挑了一款简单的链子,直接挂到脖子上。

他承认,他抢这款戒指纯属无聊、恶趣味,想逗逗席阳阳,其实她要再撒娇下,服个软,别说让给她了,送给她都没问题。没有想到,这女人变脸跟翻书一样,现在一人一个,也挺好的。

第二章　不堪回首的过去

席阳阳回到家就给好友周周打电话，开口就说："周周，你一会儿把色猪接过去帮我养两天吧。"

色猪是席阳阳养的比熊狗，从席阳阳做宅女的第一天起，它就一直陪着席阳阳，一晃也有三个年头了。席阳阳对它可以说是视若珍宝，给这色猪吃得比自己还讲究。

席阳阳很多的时候懒得做饭，泡面、速冻饺子就把她的五脏庙打发了。可是色猪就没那么好打发了，除了精美狗粮，它最喜欢吃炖蛋，而且吃不厌。席阳阳就每天给它炖蛋。席阳阳自己赶稿子能不修边幅，但对色猪可一点也不含糊，再忙再累，都天天帮它洗澡，梳理毛发。

不过色猪也乖，通人性，在席阳阳对着电脑赶稿子的时候，色猪总是安安静静地趴在她的脚边，不吵不闹也不叫，连呼吸都会放低声音。当席阳阳忙完了，一声"色猪"，它立马屁颠屁颠地奔过去，不停地用脑袋蹭着席阳阳的脚脖子，那欢喜劲儿，让你想不疼它都不行。

一个人宅在家里，总觉得空旷旷的，有个宠物陪着自己，听着空气里的呼吸声，总觉得自己的心就安定下来了。席阳阳把色猪当成伙伴、亲人的，所以平时必须得出门的时候，她会把色猪寄养在闺蜜周周那里,自然是因为舍不得色猪挤在宠物店那狭小的笼子里。

"你要出远门?"周周的声音带了点浓浓的困意,关切地问。

"恩,我回家喝喜酒。"席阳阳伸手揉了揉色猪毛茸茸的狗脑袋,伸出手指,让它不停地轻舔着,跟它玩闹着。

"回家喝喜酒?你家什么亲戚结婚?"周周嘟囔着打了个哈欠,随意地问。从那件事发生后,这几年席阳阳从不参加婚宴、丧事之类,连逢年过节都不会走亲访友。

"不是我家亲戚,是范哲跟刘梅。"席阳阳淡然地说。

"什么?"周周的声音瞬间拔高,不确定地反问,"你说是范哲跟刘梅?我没听错吧。"

"恩。"席阳阳只是轻轻地嗯了一声,随即吩咐道,"你可要好好照顾我家色猪,它喜欢吃炖蛋,你别忘记给它炖,还有,不要加盐。"

"等等。"周周打断席阳阳,不确定地重复问一遍,"是你以前的上司范哲跟刘梅吗?发请帖给你了?"

"是啊,怎么了?"席阳阳抱着身子窝进了沙发里,色猪随即跳上了沙发,窝在了席阳阳的脚边,眨巴着溜溜的黑眸,眼巴巴地看着席阳阳,不时地伸出舌头,舔着她光裸的脚踝。

"也没什么。"周周本来想说的话,又吞咽了回去,问,"你什么时候走?什么时候回来?"

"今晚就回去,在家待一天,初八婚宴,初九回来吧。"

"恩,那我一会儿去接色猪。"周周说完,像是想起什么事,忙追问道,"阳阳,你今晚就走?是不是忘记什么事了?"

"晚上的车。"席阳阳顺口接话，后知后觉地问，"我忘记什么了？"

"席阳阳。"周周的音调瞬间拔高，不满地吼道，"你今天不是在情缘网上约了一个帅哥喝茶吗？"

席阳阳揉了揉被震疼的耳朵，换了另一侧耳朵接听，对周周回话："没忘记，你怎么比我还激动呢？"在情缘网上的约会、喝茶，就是恶俗的相亲嘛，席阳阳对相亲从来就没有抱过什么希望，脑海里依稀还记得，第一次被周周拖着去相亲，结果那位A男士迟到了整整一个小时。迟到就迟到了吧，连个抱歉都没说，他张口就问："你家结婚嫁妆是什么？有车，有房吗？"

席阳阳回道："没车，没房，自己还是个没工作的网虫，等着老公养。"那帅哥连再见都没说，直接落荒而逃。

第二任相亲对象——B先生，是周周的一个表亲介绍的，长得一般，身高一般，能力也一般，就家里有钱，开了一个小公司，自命不凡，满嘴唾沫纷飞地炫富。好吧，这次换作席阳阳落荒而逃了，她最讨厌在A跟C之间装B的人。

第三任相亲对象是席阳阳在同城网上征来的，C先生。他开着QQ来接了席阳阳跟周周，径直去了市中心的步行街。为了省三块钱停车费，跟管理员大叔磨叽了十来分钟；进了一家快餐店，点了三杯果汁，聊了一下午的人生。各回各家之后，殷勤地打电话追问席阳阳，两个人是否有戏？席阳阳委婉地拒绝了，结果这C先生直接说："我觉得我跟你挺合适的，不过你要看不上我也没关系，不知道你身边有没有跟我适合的小姐妹给我介绍下？"席阳阳瞬间就被雷到了，而且还是外焦里嫩。

再说一下D先生，席阳阳也不记得是从哪里找来的。两个人见面的时候，D先生直接带了重量级的嘉宾——把老妈给带来了。要是这"未来婆婆"是个省油的灯，席阳阳指不定跟D先生就看对眼了，毕竟相对来说，她跟D先生速配指数还挺高的。可是这D先生的妈妈，偏偏是典型的市侩、刁蛮婆婆，最可怕的还毒舌，把儿子夸得天上有，地下无，人间很难找到的好男人。好吧，你要夸儿子没事，但是也不能把席阳阳从头贬到脚，说得席阳阳一文不值。席阳阳最终被打击得面部僵硬、气闷、捂脸，灰溜溜地回家了。

席阳阳又断断续续地见了几位，越看，这心就越凉，什么怪癖男、娘娘腔、劈腿男……层出不穷，相亲大会简直就是极品大杂烩。

经过很长时间的观察跟亲身体验，席阳阳得出结论：好男人身边永远不缺女人，不管那女人是不是好女人。

心灰意冷的席阳阳开始宅在家，一心扑在小说上，不停地在构思故事、创造故事中的生活，根本无暇顾及个人问题。小说的世界很精彩，激情飞扬，现实生活就比较单调，尤其感情方面更是犹如白纸一张。

不过闺蜜周周却不这样认为，她总说："阳阳啊，人家结婚的，千方百计想着出轨，你可倒好，连个对象都没有，一直生活在脱轨状态。你这样不行的，你天天宅在家，满脑子爱情理想主义，天天幻想着白马王子从天而降，实在是太幼稚了。不行，我一定要把你给推销出去。接受现实里爱情的滋润。"周周跟男友是在情缘网上相识、相恋并且结婚的，所以她盲目地崇拜情缘网。秉着好东西跟好朋友分享的原则，她热情地帮席阳阳在情缘网注册了个账号，又代表席阳阳登录，开始认真地寻找跟席阳阳匹配的男人。一旦发现，必定第一时间下手，帮席阳阳牵线，安排各种约会。

不过周周的眼光也不算差，有她把关，那些阿猫、阿狗什么的，也没排队挨个叫席阳阳约会。周周挑选了一些相对匹配的对象，先进行初步了解，她认可后才给席阳阳安排见面。

就像今天，周周安排了一个叫府禾朗的家伙与席阳阳见面。说真的，席阳阳一听这个名字，就不是很期待，但又不能抹了闺蜜一片热情，只能微笑地应承下来。

"阳阳，不是我说你，过去的就过去了，你该放开了。"周周轻微地叹息了一声，感慨道，"你总是这样宅着，封闭自己，怎么有机会遇到好男人呢？"

席阳阳嘴角不动声色地抽搐了下，轻声地回道："周周，我不宅的时候也没遇到好男人，好不好？"出去相亲，相了那么多次，就没有一个能看上眼的。

不过话又说回来了，如果相亲，相一个看对眼一个，那也实在是太儿戏了。一般相亲看对眼了，必定会以结婚为前提地交往，那么，能看对眼，也意味着离结婚不远了。

"出去看看，总比你待在家里好。"周周想了好一会儿，才总结性地说，"你这样宅着，好男人都要成孩子他爸了。"

"好了，好了，我又没说不去。"

"你给我好好打扮打扮，别给我丢人。"周周临挂电话前威胁道，"你要是敢丢人，我就使劲儿虐你家色猪。"

"不是吧？"席阳阳一脸黑线，回应给她的是周周挂断电话的"嘟嘟"声，席阳阳撇了撇嘴角，感慨道："还真是最毒妇人心，拿色猪来威胁我。"

席阳阳摸摸色猪毛茸茸的脑袋瓜，笑嘻嘻地说："色猪啊,姐姐有事要出门两天,你乖乖地去周周姐姐那里住,不许调皮捣蛋,也不许挑食、厌食,要是我回来,你不乖的话,我就把你扔垃圾桶里去……"

色猪则乖乖地耷拉着脑袋,眨巴着眼睛乖巧地看着席阳阳,随意叫了两下,表示它听明白了。

没一会儿周周就风风火火地跑来接色猪了,当然,不忘记监督席阳阳梳妆打扮,直到她满意地点点头,丢了句"阳阳,你现在这样出门,才算是有那么点美女作家的味道。"接着笑嘻嘻地抱着色猪离去:"好好表现哦。"

席阳阳看了看手表,都三点一刻了,离约会的下午茶时间还有二十五分钟,她忙抓起包包,急急忙忙地朝约好的茶餐厅奔去。

席阳阳在三点三十八分的时候,踩着点踏入茶餐厅,在服务生的手指方向,看向那010号桌。席阳阳一眼就瞅见一张白皙、俊朗的脸,她不确定地揉了揉自己的眼睛,清澈明亮的黑眸,挺直的鼻梁,嘴角微微上扬,带着魅惑的笑意,怎么是他?那个跟席阳阳抢情侣戒指的男人。

难道他叫府禾朗?是席阳阳今天的相亲对象?席阳阳脑袋里电闪雷鸣,瞬间思绪百转千回。所谓冤家路窄,她躲这个男人还来不及,现在居然还要跟他相亲,真是太尴尬了,她该怎么办呢?

服务生看席阳阳没有走过去,以为她没听懂,忙热心地说道:"小姐,010桌在那边,您直接走过去就行了。"

府禾朗感觉到有人在看他,抬起俊脸,扫向门口,看到服务员手指着他的方向,以及错愕地站在那里的席阳阳,眸光瞬间深邃，一脸若有所思的样子。

席阳阳进退两难，只能硬着头皮走过去，在距离010桌不到一米的地方，实在承受不住府禾朗的灼灼目光，直接在他隔壁桌拉了一把椅子坐了下来，也不管那桌已经坐了人。

070号桌的男子，知道对面有人坐了下来，忙放下手中的报纸，脸上露出一抹笑容，试探性地问："喜洋洋？"

席阳阳愣了下，疑惑地看着眼前这男子，他怎么知道自己叫席阳阳？难道，他才是相亲的对象？席阳阳不自觉地扫向010桌，看了一眼跟她抢情侣戒指的帅哥，难道是因为010桌有人坐了，这府禾朗，才不得不转到070桌？

"喜洋洋，我是腹黑狼啊！"那男子笑着自报家门。

席阳阳尴尬地笑了笑，不自然地撇开视线，盯着桌子上的杯子，她有点后悔戴隐形眼镜出门了，早知道府禾朗的脸上有这么多坑坑洼洼的痘子，她就应该近视四百度，免得眼神太犀利。

"喜洋洋，我一直以为你是很可爱的样子！"腹黑狼盯着席阳阳看了半响，"没有想到，你这么性感。"

席阳阳不动声色地拉了下V字领的毛衫，尴尬地笑了笑，心想，你要夸我可爱跟性感都没事，只是，你能不能不要翘兰花指？你又不是宫里的太监，何必这么娘呢？还有，你能不能掩藏下色眯眯的欲望，真是受不了。

"喜洋洋，我们之前聊的拍照的事，你考虑得怎么样了？"腹黑狼自以为帅气地甩了下头，对着席阳阳咧着满口白牙笑了笑，"我觉得，你很适合做模特。"

"啊？"席阳阳又愣了下，拍照？相亲？这都什么跟什么？

"就是让你做人体模特啊，上次不是在电话里聊过了吗？"腹黑狼一本正经地说，"虽然吧，你长得还可以，但是一小时八百有点贵了，能不能便宜点？"

"等等！"席阳阳打断腹黑狼，满脸疑惑地看着他，"对不起啊，我想你是认错人了。"

"没有认错，我怎么会认错人呢。"腹黑狼斩钉截铁地打断席阳阳，问，"你是不是喜洋洋？"

"我是席阳阳。"席阳阳点了点头，接着说，"可是我要约的是府禾朗先生相亲，不是聊拍照的。"还一小时八百块，鬼知道要拍什么呢。

010桌的府禾朗听到这话，抬起俊脸，看了两眼席阳阳，掏出手机，刚想按键又犹豫了下，把手机放回了桌上。

"相亲？"腹黑狼有点傻眼，后知后觉地说，"可是我有老婆了呀……"

席阳阳一脸黑线，带着尴尬地笑着说："恩，我知道，所以说，我觉得我们搞错了。"说完忙从包里翻出手机，找出府禾朗的号码拨了过去。

"我在这里和这座城市，一起等待这个冬天的第一场雪，你在哪里，我深爱的女人，一直盼望分手之后第一次相聚，这个冬天没有给我惊喜，没有你在身边的空气……"《一个人的冬天》的旋律从010号桌上手机里传出。席阳阳看着一脸玩味地对着她笑的府禾朗，瞬间有种挖个地洞把自己活埋了的想法。

天哪，相亲相到他已经算是尴尬的了，还自作聪明，弄巧成拙地搞出这么一幕，还不被他笑死？

腹黑狼倒是没有觉察出席阳阳的不自然，依旧自说自话："喜洋洋，你对价钱不满意咱们可以再谈，你也别拿相亲忽悠我。这样吧,我看我们也都这么熟了,就六百块钱一个小时,怎么样?"

"先生,对不起,我认错人了。"席阳阳抱歉地说完,拿起包包,飞快地换了下座位,坐到了府禾朗对面。

府禾朗开口道:"席阳阳?"

席阳阳疑惑地扫了一眼府禾朗,又扫了一眼070桌的腹黑狼,纳闷得要死,这席阳阳的名字是不是太市场化了,怎么他俩都知道?周周到底帮她约了几个府禾朗相亲啊?

"腹黑狼,我来了。"一声甜脆的女声,欢快地由远及近。

席阳阳忍不住偷偷地瞄了两眼,那个装扮粉嫩的小姑娘,坐在腹黑狼的对面,淘气地说:"腹黑狼,不是说好了吗,你要顶着锅盖出来跟我见面嘛,你的锅盖呢?"

腹黑狼看了看席阳阳,又看了看对面粉嫩的小姑娘,笑着说:"喜洋洋,你不是说,你要挂个铃铛,下巴装个小白胡须吗?怎么我也没看到?"

"'喜洋洋'只是网名好不好?哪有人真这样做的!"那个叫喜洋洋的小姑娘笑嘻嘻地说,"就像你叫腹黑狼,其实,你也不是狼嘛,我看你的样子,顶多像个猴。"

噗!席阳阳幸亏没喝水,要不然铁定把眼前的府禾朗喷得满脸都是。她刚才还想不到形容词形容腹黑狼,这喜洋洋一说,还越看越像个瘦皮猴呢。不过话听到这儿,席阳阳总算明白过来,人家网友约会呢,网名一个叫喜洋洋,一个叫腹黑狼。此洋洋,非彼阳阳,难怪席阳阳会听错,同音而已。

"喜洋洋,咱们第一次见面,你可不能这样损我。"腹黑狼带着抗议地说完,又感慨道,"你跟网上倒是一样,口没遮拦，活蹦乱跳的，挺可爱。"

"那是必须的。怎么样，点东西吃了没？我快饿死了。"喜洋洋欢快地拿起菜单，开始研究。

"喜洋洋，这餐厅的东西价格又贵，还难吃，我们还是出去吃吧，再商量下拍照的事。"腹黑狼边说，边从喜洋洋手里拿回菜单，麻利地往桌子上一搁，笑着说，"走吧，我带你去一个地方，吃好吃的。"

那喜洋洋确实没什么戒心，不介意地笑了笑，说："好啊，那我们走吧。"

席阳阳目送着腹黑狼就这样把单纯的喜洋洋给带出了餐厅，不由得看向对面的府禾朗，脱口就问："你觉得，腹黑狼会把她带去哪里？"问完，席阳阳才后知后觉地反应过来，这府禾朗是她今天的相亲对象。席阳阳心中咯噔一下，一时之间，不知道该以什么表情面对府禾朗。

府禾朗倒是一脸淡然的笑意，不咸不淡地说："看来我们还挺有缘的。你不告诉我名字，我也知道了，席阳阳是吧？"

席阳阳不知道该接什么话，转动着黑眸，心想，该用什么办法溜走。她反正对府禾朗是完全没有任何后续期待了。

府禾朗推过菜单，微笑地对席阳阳说："看看你喜欢吃什么，点吧。"

"不用了，谢谢。"席阳阳对着府禾朗就没胃口吃东西。

"你该不是嫌弃这家餐厅的东西贵，又难吃吧？"府禾朗重复刚才腹黑狼的话，接着又半真半假地笑说，"那行，我不介意带你去找别的好吃的。"

席阳阳心里袭上一阵寒意，忙一把接过菜单，点了份牛排。府禾朗也点了一份牛排，等服务生下去之后，他悠然地开口:"听说你是网络作家?"

席阳阳尴尬地摇了摇头:"算不上作家,只是一个靠码字吃饭的作者。"

"怎么想到出来相亲的?"府禾朗挑着飞扬的剑眉,漫不经心地问。

"难道我不能出来相亲吗?"席阳阳僻重就轻地反问,她总不能说,是被死党架着出来相亲的吧。

"那你觉得,对我还满意吗?"府禾朗丢了一个重磅话题出来。

席阳阳愣了下,傻乎乎地问:"满意什么?"节奏快得她有些接不过来话。

"满意我这个相亲对象。"府禾朗自信满满地说。席阳阳刚喝进去的水,就这样被华丽地呛了出来。"咳咳咳……"见过皮厚、自恋的,没见过这样皮厚、自恋的。

"你被我说中心事,也不要这样激动。"府禾朗微微拧了下俊眉,语气平淡地说,"我令人满意是一件很正常的事。"

"说中个屁啊。"席阳阳没好气地白了他一眼,"谁,谁谁对你满意了?"不久前还见着他搂抱着别的女人,买女士钻戒呢,这样的男人,卖相不错,市场行情太好,但绝对不适合席阳阳这种宅女。

"你竟然这样粗鲁?"府禾朗吃惊地看着席阳阳,不可思议地说,"出口成'脏'啊。"

"我这样叫粗鲁?"席阳阳点着自己的鼻子反问,又手指颤抖地指着府禾朗问,"你没搞错吧?"

"你这样不叫粗鲁叫什么?"府禾朗看着席阳阳,略带了几分失望地说,"我一直以为,有文学涵养的女孩子,说话该是温温柔柔、甜甜腻腻的,而不是爆粗口。当然,也不会用手指不礼貌地指着别人。"

"那我是不是还得赔着笑脸跟你道歉?对不起,爷,我错了。"席阳阳阴阳怪气地暗损道。对她而言,说个"屁"字只是口头禅,丝毫没有爆粗口的意思,刚才手指点着府禾朗,也只是刚才激动了,而且有文学涵养的女孩子跟说话温柔、甜腻有什么关系?万一天生的粗嗓子,难道就不能写书了?

"虽然你的态度不怎么样,但是你的道歉我接受了。"府禾朗面色正经地说。

席阳阳气得咬牙切齿,这人还真是给个台阶就爬梯子,就不能太给他面子。席阳阳问道:"你能告诉我,你怎么也出来相亲了?"

"难道我不能出来相亲?"府禾朗用席阳阳的话,原封不动地给她回了过去。

"可你明明就有女朋友。"席阳阳义正词严地指着府禾朗,"你有女朋友还出来相亲,首先是对你相亲的对象我,非常不负责;其次,对你蒙在骨子里的女朋友更是不负责,你做人太不厚道了。"

"我什么时候有女朋友了,我怎么不知道?"府禾朗装傻,无辜地看着席阳阳。

"你继续装,我那天看到的是谁?"席阳阳盯着府禾朗,嘲讽道,"你可别告诉我,你不认识人家。"

"认识倒是认识,但是也不算很熟!"

"不熟,你就把手放人家胸部上?要熟了,那还得了。"

"以后我们熟了,你就知道,我会怎么样了。"府禾朗特别痞气地笑了下,其实他挺想解释那是他表妹,本来他的手在帮她拽后面的拉链，谁知道，席阳阳突然开门，表妹受惊叫出了声，他就条件反射地想去帮她拉前面的衣服，哪知道，弄巧成拙，变成那么暧昧的一幕。

不过看着席阳阳咋咋呼呼的表情，府禾朗知道，他解释了，席阳阳也听不进去，只会当他是故意狡辩，因此只好让她继续误会了。

"谁要跟你熟？"席阳阳没好气地说。她对府禾朗的第一印象并不好，第二印象更是杠上的冤家，这第三印象纯属就是干架了。

"你这不是正跟我相亲，在相互熟悉当中嘛。"

"我真被你打败了。"席阳阳被府禾朗气得一直用手扇风，降火，"府禾朗先生，话不投机半句多，现在，我失陪了。"她真的是一分钟一秒钟都待不下去了。

府禾朗看着席阳阳刷的一下子站起身来，径直抓着包包就要走。看样子他这玩笑开得有点过了，忙跟着起身，一把拽着席阳阳的手臂，想将她拖回座位，毕竟他俩有话还是能好好说的。

席阳阳猝不及防地被府禾朗拽住，强大的惯性令她一下子就倒在了府禾朗的怀里。两个人的距离近得，席阳阳可以闻见府禾朗身上的味道。席阳阳俏脸通红，恼羞成怒，狠狠地用高跟鞋踩在了府禾朗的脚背上，怒道："色狼。"

府禾朗有苦说不出，忙蹲下身子去揉脚背。这女人，不出脚则已，一出脚就狠得要人命。

府禾朗的左脚之前刚被席阳阳踩了，这会可怜的右脚又遭此横祸……唉没办法，好歹算是对称了。

席阳阳则头也不回地奔出了咖啡厅，这相亲的事，算是黄了。

周周打电话询问的时候，席阳阳已经在回家的车上，淡淡地说："我跟府禾朗没戏。"

"为什么呀？为什么呀？"周周捏着鼻子，学着小沈阳的口气。

"没有为什么，看到那样的男人就讨厌。"席阳阳的语气里带了点愤愤不平。

"啊？"周周愣了下，接着骂道，"席阳阳，你脑子没有毛病吧？府禾朗有什么不好？有什么讨厌了？人长得帅，家里条件也好，脾气也不差，怎么就入不了你的法眼？"

席阳阳听着周周这些话，警惕地问："你之前就认识府禾朗？"席阳阳觉得，周周不但是认识府禾朗，听着口气，应该是相当熟悉。

周周坦白道："他是我男朋友的一个兄弟，刚从国外留学回来，我这不是看他符合你的择偶标准，所以才想给你一个惊喜嘛。"

"别了，惊喜没有，惊吓倒是很多。"席阳阳撇了撇嘴角。

"怎么了，你们到底怎么了嘛，说给我听听。"周周八卦地问。

"其实也没什么。"席阳阳实在不知道，她跟府禾朗之间要从什么地方说起。从试衣间看到他跟美女的互动说起，还是要说，他硬抢了席阳阳的情侣戒指？抑或是，刚才很轻佻的言语？

席阳阳越是轻描淡写地不愿意说，周周的八卦心就越强烈，不厌其烦地寻根问底。席阳阳终于忍受不了，把她跟府禾朗之间发生的事一五一十地告诉了周周。说完之后，席阳阳也觉得奇怪，她的生活是不是太单调了，为什么这么一个男人，会连续出现在她的脑海里？

周周听完后爽朗地笑了起来，总结道："阳阳，我有预感，你跟府禾朗之间肯定有戏，你俩高手过招，我们这些闲人就围观看戏了。"

"你少乌鸦嘴。"席阳阳气呼呼地挂断了电话，把手机扔回包里之后，抬眼看着车窗外，灰蒙蒙的天，给人们带来莫名的伤感。

往事清晰地在脑海里浮现，一幕一幕如汹涌的波涛，让人感到惧怕。现在想起来，席阳阳都觉得是噩梦一场。

时间回到那天跟文浩吵架，她一个人在午夜的街头徘徊。席阳阳感到孤单，无助地抱着自己的身子，坐在公园边的街角，望着漫天星星，心渐渐平和下来。她想通了，完全没有必要为了范哲跟刘梅之间的醋意，而牺牲她跟文浩之间的感情，或许，听文浩的话，辞职表清白也不错。

席阳阳咬着唇，看看手机上，没有文浩任何电话跟信息，不由得有些泄气。她是发脾气了，但是文浩作为一个疼她、爱她的男人，不应该这么小气。哄哄自己的女朋友或是起码发个信息，也好让席阳阳有台阶下。

席阳阳犹豫一会儿，心想，文浩不给台阶下，那她自己找台阶下，于是果断地给文浩发了个信息：我在街边公园，你来不来接我？

信息刚发出去，文浩的电话就打了过来："阳阳，你等我，我马上去接你。"

席阳阳挂着甜蜜的笑容，挂断了电话，恋人之间吵架、闹矛盾，其实大家各自退一步，还是海阔天空的。

爱情，不是过一辈子不吵架的日子，而是即使吵架，还是能过一辈子。

席阳阳刚把手机塞回包里，背后一道人影已经快一步捂住了她的嘴巴，一把尖锐的刀具抵在她的后腰上。来人语气阴冷地说："你要叫，老子现在就捅死你。"

"喂，你是谁啊，放开我！"席阳阳又惊又怕，说话的声音也是瑟瑟发抖。但身后的人并不理她，只是狠狠地将她拖进了公园的小树林。

黑乎乎的树林，伸手不见五指，星光透过层层密密的树叶照了进来，却也黯淡无比。

"给我闭嘴！"那人压低了声音，打断了席阳阳。

"你要钱是不是？我给你，我把所有的钱给你，银行卡也给你。"席阳阳识相地说着，身子不停地挣扎着，又惊又怕到了极点。

"闭嘴。"那个沙哑的声音不耐烦地打断席阳阳，接着说，"老子不要钱。"

"那你要什么，我都给你，手机？首饰？"席阳阳此时心里焦急得连话都是结结巴巴的。

"老子就要女人。"那个沙哑的声音，深沉、果断地说。

"啊……不是吧？你要女人花钱去找好了，我帮你找很多，你放过我好不好？"席阳阳这会儿急得眼泪在眼眶里打转了，"我有病，我有妇科疾病，会传染给你的。"

"老子就要你。老子也有病，艾滋，所以老子不怕。"

那人说完，一把拽过席阳阳的头发，将她又拖至草丛里，威胁道，"你要是敢叫，老子现在立马杀了你。老子也不瞒你说，老子身上背了四条命了，不在乎多加你一个。"

席阳阳背后被一个硬物顶着，知道是刀具一类。席阳阳打不过他，只能识相地不叫唤，泪眼婆娑地说："我不叫，你能不能把东西从我背后移开？膈得我好疼。"

那男子刷的一下将硬物抽了出来，一把泛着寒光的刀，在黯淡的星光下，散发着白森森的光泽。

"大哥，我们商量一下好不好？"席阳阳的声音里带着哭腔，"我给你找好多女人，你放过我吧，我长得丑，身材又不好，还有病……"

"废话那么多。"那汉子不耐烦地打断席阳阳，一把将她扔到地上。

"啊，好痛。"席阳阳被重重地扔在了草地上，跟大地、碎石的摩擦，将她后背的皮肤磨破不少。她还没来得及惊呼，一巨硕大的身躯已向她压了过来。

席阳阳浑身一颤，心底犯寒，看着眼前的汉子，满脸狰狞的肥肉，一双芝麻大小的黑眸，带着闪烁的欲火，迫不及待就要朝着她的脸面上亲来，她真的很想吐。

席阳阳忍住心头的恶心，一把撇过脸，急中生智地说："你等等。"

那汉子停止了动作，随手甩了席阳阳一巴掌："敢嫌弃老子！"

席阳阳被打得眼花缭乱、头晕脑胀，但此刻她不得不低头。席阳阳艰难地挤出一点笑容，谄媚地说："你肯定喜欢主动的女人，是吧？"

"你想说什么？"那汉子狰狞的肥肉抖了抖，手便大大方方地摸上席阳阳的胸，满意地揉了两下，"这胸部还算有料。"

"你的手在干吗，不要乱摸啊！"席阳阳一把按住他的手，讨好道，"我这胸部整过的，你这样捏，会爆的！再说，要摸也是我来摸你，我伺候你嘛。"

这种情况下，自然是拖一秒是一秒，等人来救援。街边公园虽然有点偏僻，但是巡逻的警察还是有的。再说了，文浩也在赶过来，席阳阳心想，自己要把握主动权，拖延时间。

"老子就喜欢用强的。"那汉子粗声说完，一把摸上席阳阳的裤子。

席阳阳拼命扭动自己的身体，想抬腿踢对方，奈何双腿被他压得死死的，动都动不了。她只能扯着嗓子大声喊："救命啊，救命啊……"

虽然来人的可能性很小，但是席阳阳还是想试试。她胡乱地在地上摸索着，想寻找顺手点的石头，拿来做武器。

老天还是眷顾席阳阳的，她抓到一块石头，虽然很小，杀伤力不够，但好歹也是武器。席阳阳毫不犹豫地狠力朝着汉子的脑袋砸了上去，真的用出了洪荒之力。

"咚"的一下，汉子抬起脸，目光狰狞又恼怒地看着席阳阳，直接给了席阳阳两耳刮子："贱人，竟然敢打老子，活得不耐烦了。"

席阳阳看着他额头有鲜血流下来，暗自欢喜，也顾不得脸颊被扇得火辣辣的疼痛了，抬脚就朝着汉子跨间踹了一脚："你个变态、混蛋、色魔，滚开。"

汉子一把扣着席阳阳的手腕，将手腕在地面上猛打了一下。席阳阳只觉得疼痛、酸麻，接着手里的石头就掉了下去。

那汉子看着席阳阳，没好气地说："你再动，老子把你的手脚都跺了。"然后就把明晃晃的寒刃，在席阳阳的眼前晃了晃，猛一下插在席阳阳的手边。

席阳阳被吓蒙了，但是仍不住地大喊："救命啊，救命啊！"不管有用没用，扯着嗓子先喊了再说。

那汉子完全不理会席阳阳的喊叫，"刺啦"一声，把席阳阳的上衣给扯破了。

"好了好了，我不反抗了。"席阳阳停止了挣扎，说，"我们都自己脱吧。"

汉子愣了下，席阳阳眼看着自己的衣服已经被撕破，也不能穿了，不由得叹了口气，然后自觉地把上衣脱了下来，留下一个黑色的BRA。汉子的眼神闪了闪，席阳阳又轻声地说："你起来，我把裤子脱了。"那汉子若有所思地看了眼席阳阳，接着顺从地从她身上爬起来，快速地开始解扣子，脱自己的裤子。

席阳阳瞅准机会，拿着刚脱下的衣服，朝汉子脸上扔去。在他没有反应过来的时候，又狠力朝着他的胯间踢去，接着转身就跑。

啪嗒，该死的，关键的时刻，脚崴了下。席阳阳还没反应过来，就被那个汉子扑倒在地。

汉子恼羞成怒，开始抽打席阳阳："贱人，敢耍老子。抽死你。"

席阳阳被打得头昏眼花，被压制着也动弹不得，只能继续喊："救命啊，救命啊……"

席阳阳的俏脸被泥土、鲜血整得模糊，无力嘶喊挣扎。她泪眼模糊地看着这黑乎乎的小树林，眼泪刷刷地流，她第一次遇到这样的事，真的无能为力，仿佛瞬间从幸福的天堂掉入可怕的地域。难道，就这样被这变态给强暴了吗？

不，当然不，可是现实不是童话，不是电视剧，不会有那么完美的英雄出来救美人的，席阳阳绝望地闭着眼睛。

大概是因为被席阳阳踹了下体的缘故，汉子一直没有反应，又急又恼，更是迁怒于席阳阳，又打算动手。

"住手，放开她。"一声粗暴的喝声，伴随着两下鸣枪声。席阳阳知道自己得救了，终于放松下来，昏了过去。因为巡逻警察的到来，席阳阳应该没有危险了。

席阳阳醒来的时候，太阳已经升到了最高空，阳光透过明亮的玻璃，直射到她的床前，带着柔柔的温情。席阳阳刚刚恢复知觉，只觉得浑身的骨头好像被重新组装过似的，鼻子被浓烈的消毒水味狠狠地刺激着。她皱着眉，回想起头天晚上的事情，一阵后怕，忙睁开眼，看着天花板，确定自己在医院，已逃离了魔爪，才微微安心了些。她看到了在床边打盹的文浩，眼睛带着酸涩，伸手握住了文浩的手。文浩警觉地睁开眼，关切地看着席阳阳，问道："阳阳，你没事吧？"

席阳阳微动了动唇，竟发现自己连说话的力气也没有，嗓子也干裂得疼痛，可能是喊破了。她只好轻轻地点了点头，表示她没事。

文浩皱着的眉头终于微微舒展了一些，体贴地问："阳阳，你都昏迷两天了，饿不饿？想吃什么，我给你弄去。"

席阳阳看着文浩眼底的温柔，心头感到一阵温暖，声音粗哑地说："我想喝点粥……"

文浩忙点点头说:"好,我现在给你买去,你乖乖在这里等我!"

席阳阳目送着文浩出去,却不知道,这是文浩留给她的最后一个背影。

文浩走之后,父母泪眼婆娑地进来,嘘寒问暖,席阳阳微笑着安慰他们:"爸、妈,我没事。"

妈妈拉着席阳阳的手,径直地掉眼泪。老爸也第一次,满脸愁容地看着席阳阳:"闺女,你受苦了!"

没一会儿警察也找了过来,席阳阳配合地录完口供,肚子"咕咕咕"叫了起来。席阳阳见文浩还没回来,不由得撒娇地对父母说:"爸、妈,文浩到底是给我去买粥了,还是去做粥了?现在还不回来,要饿死我啊。"

"你啊,下次可不能这么任性,我瞧文浩这孩子,这几天瘦得厉害。"老妈带了点心疼地说。

"是啊,阳阳,你以后可得要收敛下脾气,文浩家不比别人家,你自己得注意分寸。"

"好了,好了,你们今天是不是准备给我开申讨会啊?净说我不是。"席阳阳撒娇道,"我都开始怀疑人生,怀疑我是不是你们亲生的了。"

"那是你自己有错。"老妈义正词严。

"我知道错了,还不成吗?"席阳阳举白旗投降,"你们再不给我找点吃的,就等着我胃抽筋吧。"

席阳阳的父母意味深长地训了席阳阳几句,才相携着出去给她觅食。

席阳阳刚准备闭上眼,又有客人到访,不由得强打起精神。来人是文浩的母亲,看着文浩的母亲,席阳阳心里不由自主地地绷了一根弦，泛起了不祥的感觉。

文太太端庄的脸面上，挂着淡漠的表情，漂亮的凤目扫了一眼席阳阳，淡淡地开口道："我希望你离开文浩。"

席阳阳瞬间就被这句强悍有力、粗暴果断的话，给堵得哑口无言。文太太优雅地从精致的包里拿出一份报纸，随手朝着席阳阳的病床上扔去，说："我们家虽然不讲究门当户对，但是至少需要一个家世清白的媳妇，而你，我觉得不适合了。"

席阳阳颤抖地拿起报纸，首先引入眼帘的就是一张清晰的图片——小树林里，席阳阳衣衫不整，接近赤裸的昏迷照。图片旁边写着，XX警察英勇救下亡命歹徒爪下的妙龄少女。

席阳阳的眼眶一酸，泪珠就克制不住地在里面打转。

泪珠滴落在报纸上，将那铅字一个一个浸湿。这刊报道写得很详细，是那位英勇的警察所描述的情况：当时，我在巡逻，街边公园晚上一般没有人，所以我们也只是粗略地看一下。我敏感地听到有断断续续、凄凉的喊叫声，但是被风声夹杂着吹过，听得不是很真切。我犹豫了下，还是决定走过去看看。谁知道，我一走近，就看到那歹徒骑在这姑娘的身上，正在欺负她。我当时的反应就是打枪、鸣警，接着冲上去，一把扣着歹徒，跟他厮打了起来，好不容易才将他制服，救援的队员也赶了过来。当时的姑娘已经被打晕了过去，浑身布满了伤，脸上都是血。这歹徒的手段真的很残暴，还好没有伤及生命。

版面的下方都是有关受伤者席阳阳的特写报道，含沙射影地带着同情，怜悯地报道席阳阳可能被歹徒毁了清白。

席阳阳勉强看完，也明白文太太说的家世清白是什么意思。她无力地辩解道："歹徒并没有得逞……"是的，她誓死保卫了自己的贞洁。

文太太看不过席阳阳泪眼婆娑的模样，背过身子，淡淡地说："你很勇敢，跟歹徒搏命，但是你的清白和名誉已经被媒体污染了。你以后可能都会被人带着有色、异样的眼神看待，你想要文浩跟你一起承受这些吗？"

席阳阳感到有些窒息，她不知道该如何为自己辩解。

"即使文浩愿意跟你一起承受，作为父母，作为我们这样的家庭，我们能跟你一起承受吗？"文太太眼神犀利地盯着席阳阳，果断地说，"我们没有办法接受你，是因为社会，舆论不会放过你。所以你跟文浩必须分手。"

席阳阳咬着苍白的唇，竭力克制自己，免得在高傲的文太太面前，卑微地失声痛哭。

文太太叹了口气，接着说："媒体的后续跟踪报道会很多，你以后的麻烦也会更多，我劝你离开文浩，离开这个城市。我会尽我的能力帮助你。"

席阳阳满眼泪水，无声地点了点头，在看到报纸的那瞬间，她心里就清楚地知道，她跟文浩，完了。

即使席阳阳不认命，还想跟文浩在一起，但是以文家的势力，文家父母的手段，他们有一千种、一万种的方法，逼迫他们两个人分开。那时候，恐怕会伤害到更多的人，尤其是席阳阳的父母。

席阳阳不想去赌，因为她输不起，她不能让自己的父母受任何一点的伤害。

"你现在的状态，文浩是不会离开你的。所以只有你离开他。"文太太的话点到为止，看到席阳阳听明白了，低声地补充了一句："你是个聪明的孩子，我想下面的事，不用我再说什么了。"

虽然对席阳阳来说不公平，可是作为天下父母心，文浩母亲也只是想保护自己的儿子罢了，谁没点私心呢？当初文浩跟席阳阳交往，她便不是很看好，毕竟门不当户不对，但是看着席阳阳还算温和懂事，席家父母也都分寸得体，文浩又坚持，她便由着他们情感发展，但是这件事后，她不得不唱着黑脸棒打鸳鸯，因为文家不想沦落为街坊八卦的谈资，她也不想自己的儿子、儿媳妇出门便受人指指点点。

席阳阳目送着文太太离去，疲倦地合上了酸涩的双眼……泪珠，就这样无声无息地掉了下来。

童话里，席阳阳会相信，伟大的是感情。但是现实生活中，她见识到，强悍的是命运。

"到站了，到站了。"乘务员尖锐的呼喊声将席阳阳从回忆里生生地拉了回来，她深深地吸了一口气，用手轻轻擦去了滑落的泪珠，给自己一个微笑。即使过去了三年，每一次想起来，席阳阳都能清楚地感受到当时的那种痛苦跟绝望。

这个世界最让人伤心的，莫过于自己亲手毁了自己的情根。从此，不是不想去爱了，而是，没有情根能去种下。也没有能力去爱了。

席阳阳现在就这样失去了爱人的能力，也不想再去轻易地谈情说爱。

第三章　闪婚

席阳阳下车才发现，天空飘着小雨，她不悦地暗自诅咒了一句老天爷，该死的，她难得回家一次，难道要淋成落汤鸡吗？她提着行李箱，跟随着人流出了车站，直奔打车的地方。等车的人已经排了长长的"一条龙"，席阳阳估摸了下，没有一个小时是打不到车的，有些泄气地撇了撇嘴。没有丝毫犹豫，径直奔向公交站台，巧的是一辆公交车正好开来。

席阳阳上车，选择靠窗的位置坐了下来，车就启动了。一站又一站地过去，来去匆匆的人群，上车下车，都只顾着自己的行程，丝毫都没有多看席阳阳一眼，更别提带着异样的眼神了。

是啊，三年的时光，时光如梭，能记得的不多，能改变的太多。曾经的席阳阳是媒体的焦点，舆论八卦的素材，此时的席阳阳丢在人堆里，却普通得再也没人认得出来。

大家都遗忘了席阳阳，那么文浩呢？这三年，是不是同样把席阳阳忘得干干净净了呢？

如果当时席阳阳没有离开这座城市，没有离开文浩，会不会又是另外一种局面呢？

席阳阳自嘲地摇了摇头，轻声叹了口气，这个世界没有如果,只有现在,席阳阳现在跟文浩,只是互不相干的两个人,也是最熟悉的陌生人。听着公车报站,收拾了下行李,下车徒步回家。

家对席阳阳来说,是温情的避风港湾,无论她在何时何地,想起总是心头的一抹朱砂。

席阳阳回家后,父母乐得欢天喜地,但是也心疼席阳阳坐车劳累,磕捞了几句,就催着她去睡觉了。

第二天,睡到日上三竿,席阳阳才慵懒地打着哈欠起床,父母都不在家,桌上留了一堆好吃的。早晨有牛奶、豆浆、包子、油条、生煎,午餐有红烧肉、鸡汤、煎鱼,等等。席阳阳拿起父母留的便条,随意地扫了两眼:阳阳,我跟你妈妈去姨母家喝喜酒,你要是饿了,桌子上的菜热热,先撑着,晚上回来给你做好吃的。

父母知道席阳阳心里的介怀,自从那件事后,她不去人口密集场合,也不去任何亲戚家走动,生怕听到别人的闲言碎语。在外地的时候,席阳阳找借口不回来;在家的时候,爸妈帮席阳阳贴心地安排好了一切。

席阳阳随意吃了点东西,就回房间打开行李箱,取出了上网本,躺在床上开始上网。

刚连上网,邮箱便跳了一封邮件出来。

席阳阳打开,一行字跃入眼帘:席阳阳,你回来了?今天我在公车上看到你了,生怕认错人,都不敢叫你,不知道你是否还记得我?我是顾寒。

席阳阳盯着那行字,看了很久很久,久到时间仿佛回到了三年前。

顾寒，席阳阳怎么会忘记呢？他就是那个英勇救她的小警察啊，席阳阳的救命恩人。

媒体把事件曝光之后，顾寒这个英勇的警察，席阳阳这个可怜的少女，都是焦点。不同的是，顾寒是带着光环的，被人仰慕，席阳阳是被人戴着有色眼镜探寻。

席阳阳离开之后，顾寒千方百计地寻找她的下落，终于跟她联系上以后，说了很多抱歉的话，他不该接受采访，不该那么高调，因为这样反而伤到了席阳阳。席阳阳由衷地感谢了他，说了一些叫他不必有歉意的话，之后，二人再没有了联系。

是的，席阳阳想把这段过去给埋掉，所以她不想跟相关的人、事接触。换一个地方就是换一种方式重生，既然重生了，就不必回忆过去，更何况，这段回忆是那么黯淡跟惨然。

席阳阳没有回复，关掉邮件并移至了垃圾箱，疲倦地倒靠在床头，缓缓地闭上了黑眸，原来她以为，三年足够让她重生，也足够让大家遗忘这件事，遗忘她这个人，而她正在考虑，是不是要回来，可是顾寒的邮件，却让她瞬间清醒了过来。

原来有些人，有些事，只要用心记着，就不会忘记，原来时间再久，过去总是无法磨灭的，只是时间让它褪去了色彩，让它的伤害不再那么深而已。

可是存在的事，就是存在的，你无法预料到底是哪一天，哪一件事，是否又会被人翻开，记起，那时候的她该如何自处呢？

席阳阳始终没办法，将那晚发生的事情，从生命里抹去，也始终没有办法，将那晚从别人的记忆里清洗掉。那一晚始终是存在的,是一个永远挥之不去的噩梦。将深入骨髓的伴随着席阳阳,度过她这一辈子。

席阳阳按照请帖上的时间,6点准时到达了酒店。酒店门口,醒目地挂着两位新人幸福的婚纱照,头顶大横幅拉着:祝福范哲先生跟刘梅小姐永浴爱河。

范哲跟刘梅这一对七年爱情长跑的情侣,能结成连理,还真是不容易,所以大手笔地包了整个酒店也是可以理解的。

席阳阳面带微笑地走进酒店大厅,只见西装笔挺、俊逸潇洒的范哲,挽着笑颜如花的刘梅在正厅迎宾。

刘梅一下子就看见了席阳阳,激动地迎了上来,语无伦次地道:"席阳阳,你真的来了?"

席阳阳有点懵,怎么听着她话里有话?什么叫"你真的来了"?难道她特意打电话,假客道,而席阳阳单纯地以为人家非请她不可?

刘梅显然也意识到自己说错话了,忙理了下额前散落的发丝,尴尬地笑了笑说:"瞧我这话说得。"干笑了两声,解释道:"我是看到你来了,真的很激动。你现在可是作家了,能来参加我婚礼,真的让我感到好荣幸。"

席阳阳尴尬地微笑了下,说:"也没你说得那么夸张,我只是混口饭吃的,哪能跟你比啊。"

"你这饭混挺好的,我都羡慕死了。"

席阳阳不知道该回什么,眼神求助旁边不动声色的范哲。

范哲自然地向席阳阳伸手,不着痕迹地隔开了刘梅,跟席阳阳握了下,风轻云淡地说:"你先进去吧,等忙完了,再找你聊。"

席阳阳点了点头:"好的,你们先忙吧。"接着笑吟吟地对刘梅点了点头,算是打过招呼,之后便快速地溜进了酒店宴会厅。席阳阳按名单找到自己的位置,一桌子全是席阳阳之前的同事。

看到席阳阳的瞬间,大家不约而同惊呼起来:"席阳阳,你来了?"

席阳阳倒是不习惯众人的焦点都放在她身上,不自然地在空位上坐了下来,僵硬地挤出点笑容对大家笑了笑:"是啊,我来了。"

"席阳阳,听说你现在在写书?"就近的一个美女,热情地拉着席阳阳的手臂问,一桌子的人都好奇地看着她。

席阳阳只能勉为其难地点了点头,答:"恩。"

"你写什么书的呀?"美女丝毫觉察不出席阳阳的不自然,自顾自问。

"就一些没营养的言情小说。"

"比如说呢?"

"种类很多,乱七八糟的,我也不知道该怎么说。"

"你怎么会想到写书呢?我听同事说,你以前……"

"咳咳咳!"美女身边的一位帅哥假意咳嗽,打断了美女的问话,"王娜,你能不能不要那么八卦?"

席阳阳看了看,是以前同一办公室的汪洋,看来,她今天的到来又为办公室增加了不少八卦的谈资了。

"我第一次接触写书的作家,我好奇,不行啊?"王娜白了一眼汪洋,气呼呼说完,又转过脸,对着席阳阳谄媚笑笑,"席阳阳,你现在有没有男朋友啊?"

席阳阳只是尴尬地微笑了下,毕竟她没有义务对以前的同事，现在对不上号的人报备她的个人隐私。

"席阳阳，你以前跟文浩谈过恋爱？"王娜一脸八卦地看着席阳阳。席阳阳的心，有那么一丝刺疼，她茫然地看着王娜，脑海里仔细地搜索与她相关的记忆。

王娜风情万种地笑着，继续大大咧咧地说："因为文浩现在是我表姐夫，我听过你们的事。"

汪洋尴尬地看看席阳阳，伸手拉了拉王娜，白了王娜一眼，没好气地喝止："我说你有完没完了？"

"干吗，我只是好奇问问嘛。"王娜朝着汪洋撇了撇嘴，撒娇道。

在听到文浩是王娜表姐夫的刹那，席阳阳真的好难过，有那么一瞬间仿佛要窒息。

文浩已经结婚了，那个疼她、爱她、呵护她的文浩，成了别的女人的丈夫！虽然席阳阳曾经设想过无数次，但是真的听到这消息的时候还是有些难以释怀，更加不知道应该用什么心态去接受。

"有什么好问的。"汪洋没好气地瞪了王娜一眼，接着歉意地向席阳阳解释，"阳阳，你别介意，她就是喜欢乱说话。"

席阳阳不动声色地微笑了下，看这样子，王娜应该是汪洋的女朋友了，那么她跟文浩的事，肯定是汪洋这个大嘴巴传播出去的。

"好了，好了，我不问了就是了，你紧张什么。"王娜撇了撇嘴，有点不满地说。

"阳阳，好久不见，你最近好吗？"坐在对面的米可面带微笑地问。

席阳阳微微点了点头，心想，我跟你关系可没那么要好吧？之前在公司，你可是处处提防着我，把我当竞争对手，大到业务、能力比拼，小到穿衣打扮。

米可倒是不介意席阳阳的淡漠，似笑非笑地说："我还以为，你不会来参加范哲跟刘梅的婚礼呢！毕竟当初闹得那么不愉快……"这话说得不紧不慢，话说得惹人无限遐想。

席阳阳可不是愣头青，她同样皮笑肉不笑地说："当初的事都过去很久了，我都不记得了。再说了，本来就是一些误会，何必一直耿耿于怀呢。"因为坦荡，所以才能淡然地来喝喜酒。

"也是，过去的事就过去了，你现在混得可算不错了。"米可料想不到席阳阳这副风轻云淡，只能自讨没趣地找台阶下。

席阳阳也懒得跟她计较，便一笑置之。

接着一桌子的奉承话，滔滔不绝、连绵不断地朝着席阳阳赞美了过来。

席阳阳看着一桌子那么不真诚的笑脸，还真是没什么胃口，勉为其难地等到宴席即将结束，新郎和新娘才端着酒杯来敬酒。

刘梅的俏脸红扑扑的，过来就和席阳阳来了一个大大的拥抱，刘梅带着醉意说："席阳阳啊，我对不起你。"

席阳阳以为刘梅说的是当年扇耳光的事，安慰地拍了拍她的背，温和地说："没事，都过去很久了。"

刘梅打了一个酒嗝，怔怔地看着席阳阳，说："我跟你男朋友说了很多你的坏话，给你们造成了很多误会。"

席阳阳愣了下，随即笑笑，大度地说："这也过去很久了……"曾经的男朋友现在已经是别人的老公了,说这些一点意义都没有。席阳阳笑吟吟地说:"好了,今天是你们新婚,我祝你们永结同心,早生贵子。"席阳阳说完,端起酒杯,猛地一仰头,灌了下去。

苦涩的液体,滑过食道,吞进了胃里,席阳阳一并吞咽下的是酸涩难忍的苦楚,跟伤心欲绝的后悔。

年轻的时候,轻狂张扬,留下遗憾了,总是想尽办法要去弥补,可是有些事,做再多都是无济于事。

"梅子,酒拿来了。"一声温润、熟悉的嗓音在席阳阳的耳边响起。席阳阳放下酒杯,抬眼就看到了府禾朗,他手里正抱着两瓶酒,眸光深邃地盯着席阳阳看。

刘梅接过府禾朗手里的酒,笑吟吟地给桌上的宾客倒上,又互动着敬酒,喜气洋洋的。

府禾朗看着席阳阳,热切地问:"你在这儿喝喜酒?"

席阳阳白了府禾朗一眼,没好气地回道:"你这不是废话吗?"

府禾朗倒是丝毫不介意,又补充道:"我也在这里喝喜酒。"

席阳阳翻了翻白眼,嘴角抽搐了下:"你还能更废话一点不?"

"用肺说话比较伤身体,不说了。"府禾朗爽朗地笑了起来,看着席阳阳红扑扑的俏脸,带了几丝关切地问,"你喝酒了,没事吧?"

"没事。"席阳阳的语气不是很客气。

"等会儿婚宴结束,你要不要回C市?"府禾朗丝毫不介意席阳阳的不友善,笑着问。

席阳阳只是瞄了几眼府禾朗，说："干吗要告诉你？"

"我是想，你要回去，我顺便送你一起回嘛。"府禾朗咧着白牙，灿烂地对着席阳阳笑笑。

"哦，不用了，谢。"席阳阳的冷脸打消不了府禾朗的热切，一时也不知道该给他什么表情了。

"别客气啊，一回生，两回熟，何况咱俩现在不只是熟了吧？"府禾朗笑着靠近席阳阳，闻着她身上散发出来的浓烈酒味，不由得微微皱了下俊眉，"你应该喝了挺多吧。"

席阳阳没有回答，这一桌子虚伪的同事，轮流着给她敬酒。而她心情也不好，所以是来者不拒。

席阳阳希望大醉一场，或许醉了能让她歇斯底里地大哭一场，宣泄也好，跟过去告别也好，至少能让她不那么难过。

"席阳阳，一会儿还是我送你回去吧。"府禾朗看着席阳阳因为醉酒而有些迷离的双眼，关切地说道。

席阳阳的脑袋有点沉，重得抬不起来，但还是摇了摇头，毫不犹豫地拒绝："不要。"

府禾朗耸了下肩膀，微微笑了笑："那好吧，等会儿再聊，我先忙去。"说完，屁颠屁颠跟着新郎新娘去另外一桌敬酒了。

席阳阳深吸一口气，稳了稳心神，有的同事已经站了起来，笑着跟她挥手道别。接着，连续有人跟她招手道别，没过一会儿，一桌子的人散得干干净净。席阳阳拿起自己的包，晃晃悠悠地走出了酒店。

席阳阳边走边玩手机，醉眼蒙眬地扫了一眼，找不到一个可以联系的人。她百无聊赖地查找附近好友，看着那朵小红花，微笑着摇晃了两下手机。"卡卡——"大概5秒不到，微信助手便发来消息:"乞丐阿布"给您打招呼,距离在一百米之内。

"美女,你想找人结婚?"

席阳阳的个性签名写着:征婚,要求——一是活的,二是男的。

席阳阳第一次摇到这么近的人,既惊喜,又有点害怕。惊喜的是,这个人跟她很有缘,害怕的是,万一此人居心叵测,这么近的距离,跑都跑不掉。

"我们很近哦……""乞丐阿布"又发了一条语音信息来,"一,我是活的;二,我是男的,完全符合你的征婚要求。"

席阳阳听着他的声音,有种似曾相识的感觉,于是,她打着酒嗝回了个信息:"是很近哦……才一百米,我在门口,你在哪里?"

"席阳阳?"微信那头,"乞丐阿布"惊喜地叫了起来。

席阳阳一听这声音,害怕地退出了微信,将手机往包包里一塞,快步奔出了酒店。天哪,难怪她觉得声音很熟,果真是府禾朗。要不要这么有缘?简直就是孽缘。

一走出酒店的大门,一阵凉风夹杂着密密麻麻的细雨,飘落在脸上,带着丝丝的寒意。

席阳阳拢了拢手臂,看着黑漆漆的天空,有点说不出来的泄气,门口也没有服务生,看来她只能冒雨去坐出租车了。

一把黑色的伞,在席阳阳的脚刚跨出门的时候,已经打在了她的头顶上。

席阳阳转身,看到笑得一脸灿烂的府禾朗。他撑着伞,讨好地笑说:"这雨下得挺大的,你这一出去,脸上的妆可就花了。大晚上在街上走,会吓到人的。"

席阳阳微笑着,努力把尴尬给忽略掉:"所以呢?"

"所以,我还是做护花使者,送你回去吧,我这人胆子大,经得起吓。"

"无事献殷勤,有什么企图,你直接说好了。"席阳阳扫了一眼府禾朗,语气漫不经心。

"我的企图很明显,想跟你多点接触呀。"府禾朗大大方方承认,"再说了,你不是在征婚吗?我报名。"

"你想应征做我老公?"席阳阳扑哧一笑,"真不好意思,得要排队。"

"哎呀,我都这么大岁数了,没时间排队等,要不,我插队吧。"府禾朗一脸欠扁的笑意,"咱俩反正亲也相了,要不凑合结婚得了。"

"你是不是还想补充一句,实在不行,生米做成熟饭也可以。"席阳阳带着嘲讽地瞅了一眼府禾朗,这男人又多了一条,花言巧语哄骗女人的罪。

"我说,你何必把话说得那么直白呢,搞得我多难为情啊,虽然你说得挺合我心意的。"府禾朗微笑了下。

"我以为你皮厚,不懂什么叫难为情。"

"哪能啊,我这都被你说得脸红了。"府禾朗义正词严地说完,还伸手指了指自己的俊脸,做了一个卖萌的表情,"看,是不是红了?"

席阳阳被府禾朗那表情给逗笑了,忍不住扑哧一笑,"我说你,年纪都一大把了,还卖什么萌?装嫩也不是这样装的呀。"

府禾朗一脸无辜地强调:"我没有装嫩,我本来就很嫩的好不好?"

无语,席阳阳彻底无语了。这个人跟她明显不是一个档次的,他脸皮厚到无敌了。

"席阳阳,我们很有缘。"府禾朗一脸笑意地摇摇手机:"难得玩个微信,还能摇到你。而且你还在征婚,而我又符合你的条件。这说明什么?说明咱们缘分深,是可以更加深入发展一下的。"

席阳阳嘴角抽搐了下,保持沉默。从偶遇到相亲,再到婚宴相遇,确实缘分不浅,只是这并不是席阳阳所期待的缘分,她对府禾朗这个人根本没好感。谁叫他留给席阳阳的第一印象就不太好呢,之后越来越差。

"席阳阳,你好歹说句话,发表下意见嘛。"府禾朗可怜兮兮地说。

席阳阳依旧不说话,怕说了实话太打击人。她快速踱了几步,终于受不了地翻了翻白眼,说:"我说,你老跟着我干吗?"

府禾朗更加无辜了:"我这不是在帮你打伞嘛。"

席阳阳一把抢过府禾朗手里的雨伞,温和有礼貌地说:"好吧,我谢谢你的伞,但是就不劳烦你给我打了。我受不起你这么大的恩惠,谢谢,伞我拿走了。"她从府禾朗手里接过伞,风姿绰约地走了出去。

"喂喂,不带你这样无情的吧。"府禾朗加大步子,快速跟了上去,弯身缩进了席阳阳的伞下,凑近身子,自来熟地说:"虽然这把伞不怎么大,但是好歹我们俩也能挤挤嘛。"

"谁要跟你挤了?"席阳阳没好气地顿住了脚步。

府禾朗防备不及地撞了上去,眼疾手快地一把抱着了她的腰，稳住了身子，才悠然地开口："我说席阳阳，我们都这样熟了，你拒人千里之外干吗？"

"我没拒人千里之外，只是希望你现在跟我保持三米，不，十米以上的距离。"话刚说完，席阳阳便因为没站稳，崴了一下脚。

府禾朗一手接住伞，一手勾着席阳阳的手臂，扶稳她之后，不容抗拒地说："既然喝醉了，就不要逞强了。"

"谁说我醉了？"

"我说你醉了。"府禾朗在席阳阳的怒视下，面不改色地强调说，"而且醉得不清。"

"我没醉，你胡说！"席阳阳甩开府禾朗，"要不信，我们现在去酒吧接着喝。"

府禾朗微微挑了下飞扬的剑眉，笑着说："好啊，去酒吧，接着喝。"

于是，席阳阳跟府禾朗又转战去了附近一家小酒吧。

席阳阳有心求醉，府禾朗有意测下席阳阳的酒量，于是两个人在热火朝天的酒吧，划拳、猜骰，一杯接一杯不停地干上了。

到底喝了多少，两个人没人记得了。喝完酒干吗去了，两个人也都没有印象了。

厚重的亚麻窗帘懒懒地拖在地上，隔绝了窗外的阳光，屋内犹如昼夜一般漆黑。

床头柜上的无声钟，指向了十二点，席阳阳睁开酸涩的双眼，整个屋子黑漆漆的一片，她敏感地鼻嗅到了丝丝烟味，有些呛人，脑袋带着醉酒后的昏沉。她抬手摸索着床头灯，拉开，昏黄色的灯光，柔和地洒满房间。

席阳阳摸着头痛欲裂的太阳穴，掀开被子，看到赤身裸体的自己，忙缩回被子，再看到床上躺着一个同样光溜溜的男人，瞬间她的脑袋蒙了。

昨晚发生什么了？喝多了？两个酒鬼不分东西南北，随便找了个酒店，滚床单了？

府禾朗倒是丝毫不扭捏，一把掀开被子，眸光火热灼灼地盯着席阳阳。

席阳阳只觉得面红耳赤，恨不得挖个地洞钻下去，把自己给活埋了。

"席阳阳，我觉得我们有必要好好谈谈。"府禾朗撑着身子，面色从容地开口道。

"有什么好谈的！"席阳阳闷声哼了哼，她现在浑身犹如被拆骨重新组装了似的：酸涩、疼痛难忍。

"当然有很多要谈。"府禾朗从容地在席阳阳面前赤身端坐，接着拿起水壶，倒了两杯水，递给席阳阳一杯。

席阳阳不理会，没接。府禾朗将杯子放在了床头，自己咕咚咕咚喝了几口，解了点酒气，才淡淡地开口："生米做成熟饭了，你现在懊悔也没用了。"

"谁懊悔了？"席阳阳抬脸，狠狠地扫了一眼府禾朗，接着用被子把自己裹好。

"没懊悔最好，那么我们该认真地谈话了。"府禾朗一屁股坐在床沿，正色看着席阳阳说，"昨晚的事，我想我们都有责任……"

"等等。"席阳阳打断府禾朗，"你该不是想说负责之类的话吧？"两个人都有责任，那谁负责呢？该怎么负责呢？席阳阳的脑袋转得飞快，一旦要负责，不管谁对谁，总归是有牵扯不清的纠葛了，而她不想跟府禾朗有任何交集。

府禾朗挑了下剑眉，正色地点点头，他可是好不容易逮到负责的机会，他才不会允许席阳阳赖账。

席阳阳笑了下，尽可能地平稳着心态说："现在都二十一世纪了，这种事很正常，更别说我们是酒后乱性。过了今天，你走你的路，我过我的桥，我们谁都不用负责。"

"话虽然是这样说的，但是我觉得，我有必要对你的肚子负责，因为这里指不定有我的孩子了。"府禾朗从容地指了指席阳阳的肚子。

"你放心，我会吃药的。"席阳阳斩钉截铁地说，"我的肚子，我会负责的。"

"你吃药，那是对你的身体不负责，不行，我不能这样不负责。"府禾朗一本正经地摇摇头，"席阳阳，我们是成年人了，解决问题能不能不要这么幼稚？"

席阳阳抬眼，看着府禾朗说："那么，请问你想怎么不幼稚地解决问题？"

"我看，我们俩也挺合适的，要不干脆拿个本本算了。"府禾朗一脸的轻描淡写，就好像在说，今天天气还不错一样。

"好呀。"席阳阳盯着府禾朗，毫不犹豫地回答。看府禾朗的样子，也不像是要结婚的人，席阳阳想知道，下面他会说什么。

"那好，我们一会儿去民政局。"府禾朗说完，优雅地起身，然后去洗手间洗漱。等他收拾妥当，出来看着一脸呆滞的席阳阳，不由得嘲讽道："怎么，席阳阳，不敢了？怕了？"

席阳阳就经不得人激将，瞬间把脖子一仰，气呼呼地回：

"谁怕了？谁不敢了？走，我回家拿户口本去。"

于是，府禾朗就带着席阳阳回家拿了户口本，两个人直接开车回了S市，去民政局，拍了一张合照，又花了九块钱，在两个红本本上分别盖了章。

当负责人盖章的时候，八卦地问，你们谈多久了，席阳阳比画了一个手指。

负责人憨厚地笑了笑："不错，谈了一年，结婚挺好的。"

府禾朗摇摇头。

负责人愣住了，脸上的表情明显不自然很多，问道："那认识一个月？"

这下子轮到席阳阳摇头了。

负责人眨了眨黑眸，小心翼翼地问："一个星期？"

席阳阳跟府禾朗对视了两眼，不约而同地摇头。

负责人无语了，尴尬地笑了笑："那个，我猜不出来，还是你们自己说吧。"盖章的工作人员倒是也想到有可能是一天，但是她还是不敢相信。

席阳阳跟府禾朗异口同声地说："不用说了。我们自由恋爱，自由结婚就行。"

负责人看着两个人那么齐心，不由得笑着盖了章，说："祝福你们啊，早生贵子。"

席阳阳端着手里的红本，看着笑得一脸春风得意的府禾朗，有点傻眼，原来结婚真的这么简单，那她怎么愁了那么久，找不到对象，嫁不出去呢？

府禾朗一把搭住席阳阳的肩膀，说："亲爱的老婆大人，我们现在该去办正事了。"

"什么事?"

"拍婚纱照啊!"府禾朗伸手,点了点席阳阳的鼻子,"虽然我们裸婚了,但是这婚纱照可不能少。"

"为什么?"席阳阳反问,既然裸婚了,有个红本本就算了,还去拍婚纱照做什么?

"因为前段时间,我定了一套婚纱照,现在结婚了,当然要去拍了。"府禾朗灿烂地笑了笑,"浪费了多可惜。"

"你之前想跟谁去拍的?"席阳阳很敏感地抓住了府禾朗语句里的重点,一脸八卦地问。

"我之前啊?"府禾朗顿了顿,一脸正色地说,"我也不知道。就看着人家搞活动,小美眉推荐得很热情,觉得挺好玩的,就随便定了。"

席阳阳彻底无语,这样都行?

府禾朗倒是笑得满脸春风得意:"老婆大人,我们现在去影楼吧。"席阳阳就这样被府禾朗拖着奔去了影楼。接着好像个木偶娃娃似的被化妆、换衣服、摆造型,折腾了一天、才算完事。

从影楼出来之后,席阳阳累得差点手脚都抽筋,脸也因为不停地被摄影师要求笑而僵硬得再也没办法表现太多表情。

府禾朗笑吟吟地凑过身子,一脸贼兮兮地看着席阳阳,说:老婆,今晚是你跟我回家呢,还是我跟你回家?"

席阳阳看着府禾朗眸光内闪现的灼热,不由得一阵恶寒,起了一阵鸡皮疙瘩:"我看,我们各回各家的好。"

"不是吧,我好不容易结婚,娶了老婆,还要独守空房?"府禾朗挂着不满的抗议,"席阳阳,你是我老婆,你有义务跟我同床共眠。"

席阳阳毫不吝啬地给他翻了一个大白眼，回道："府禾朗，结婚的这本子九块钱是你付的，我不介意换个绿的，九块钱我还是付得起的。"

"席阳阳你怎么写书的？是不是写书也是九块钱离婚，红本换绿本？"

席阳阳不明白府禾朗突然转了个话题是什么意思，问道："你想表达什么？"

"我想告诉你，现在的离婚证不是绿的，是暗红色的。"府禾朗一本正经地说，"这个是常识，下次可别写错了。"

"为了见识下是不是常识，我们现在回去换一下试试？"席阳阳还真没见过离婚证是什么样的，忙笑盈盈地跃跃欲试。

反正结婚都是儿戏，这个离婚大不了也儿戏一番。

"呸呸……"府禾朗情急地呸了一圈，接着虔诚地开口道："大吉大利，童言无忌。我家老婆说的是假话，我们可是结婚了，誓死都不离婚的。哦不，死了都是要葬一个坟墓，刻一个碑上名字的。"

席阳阳折腾了一天，没什么力气跟府禾朗计较他的耍宝了，伸脚踹了他下，说："你开车把我送去周周那儿，我要去抱我的色猪。"

府禾朗笑着点点头："遵命，老婆大人。"接着乐颠乐颠地跑去取车。

席阳阳看着府禾朗远去的背影，又看了看自己手上的红本本，那么轻薄的一个本子，可是，却似乎沉重得让她拖不起，烫手得想把它扔出去……

没有想到，原来结婚，真的是这么简单的一件事。

府禾朗开着车，载着席阳阳一溜烟地往周周家开去。一路上席阳阳满脑子都在想，她该怎么跟那个比她老妈还为她"婚事"操心的"死党"说，她已经跟府禾朗生米做成熟饭了，并且还直接闪婚了。

　　一敲开周周家的门，色猪已经屁颠屁颠地扭着它浑圆的身子，像个球似的滚了过来，在席阳阳的脚上，不停地蹭啊蹭。

　　席阳阳刚想蹲下身子去抱抱它，却不料府禾朗已经快一步伸手，从地上把色猪给拎了起来，眉开眼笑地问："小宝贝，想我了没？"

　　看着色猪对府禾朗友好地摇着尾巴，呜呜地叫了两声，算打着招呼。席阳阳目瞪口呆地张大的嘴，好似能塞进去鸡蛋。

　　要知道，席阳阳的色猪，可是生人勿近的。想当年，第一次送周周家寄养的时候，它愣是追着周周满屋子地狂吠，最后咬着她的裤管，把她新买的裤子咬了几个窟窿。周周可是用了整整一箱子火腿跟鸡翅的讨好，跟色猪培养了三天的感情，才把色猪安抚好，愿意乖乖地跟她回家。

　　色猪什么时候转性了？陌生人也都能抱它了，而它竟然还这样友好，流着哈喇子……

　　"咦，你们两个怎么一起来了？"周周一边取拖鞋，一边疑惑地对着率先进门的席阳阳问。

　　"恩——"席阳阳含糊不清地回了一个音节。

　　"周周，我跟阳阳结婚了。"府禾朗挨着席阳阳的身子，接过周周递来的拖鞋，大大咧咧地报喜。

　　"什么？"周周惊得倒退了一步，正好踩着色猪的"肥爪子"。色猪不吃疼，委屈地惊叫了起来。周周忙缩回脚，呆呆地转身抱起色猪，走向沙发的席阳阳，"阳阳，你不是说跟府禾朗没戏吗？什么时候准备结婚了？"这速度，啧啧……

席阳阳一脸淡然地开口："纠正下，不是准备结婚，而是已婚了。"

周周瞬间像是被雷劈了一样，嘴巴张得大大的，失声惊叫起来："你说什么？"

"老婆，把红本本亮给她看看。"府禾朗笑嘻嘻地挨近席阳阳，在她旁边的沙发上落座，顺手将口袋里的结婚证，端正地摆在了茶几上。

周周以百米冲刺的速度冲了过来，利索地一把拽过红本本，仔仔细细地检查了一遍，甚至在盖章的地方，还狠狠地用衣袖擦拭了几次。看着白纸黑字，红印真真实实地存在，她放下了红本子，一把揪起席阳阳的衣领，生生将她从沙发上给拎了起来，扯着嗓子吼道："席阳阳，你给我说清楚，到底什么情况？"

府禾朗侧目看了一眼抓狂的周周，想开口给席阳阳解围。

席阳阳倒是非常淡定地移开了周周的手，不慌不忙地理了理衣服，顺手还拉扯着她在沙发上坐了下来。席阳阳慢条斯理地说："你干吗大惊小怪？当初不是你急着把我推销出去，天天给我安排相亲吗？这会儿听到我结婚了，该是为我感到高兴啊。"

周周咬牙切齿地道："我是想叫你早点找个适合的对象，可是，没叫你闪婚啊。"说完，神色复杂地看了眼府禾朗说："你跟他认识才多久啊就把证给领了，也不怕他是诈骗犯。"

"府禾朗是你介绍的，我信得过你！"席阳阳信心满满地看着周周，接着丝毫不顾忌府禾朗在场，大大咧咧地说，"既然你之前都说了，他是一只不折不扣的金龟，还是钻石级别的，那么我当然要第一时间下手啦。"

"你下手是没错！"周周拽着席阳阳的手，意味深长地说，"可你也不能这样胡来呀。"

席阳阳满脸愁色地看着周周，无比认真地说："亲爱的，我知道你是为我好，可是，现在已经这样了。"席阳阳说完摊了摊手，细不可微地叹息了一声："那怎么办？"

"你证都领了，还能怎么办？"周周神色认真地看着席阳阳，"万一将来你们过不下去，要离婚的话，你一定要狠狠敲一笔分手费。"

府禾朗一听这话，刚端着杯子喝进去的茶，就这样华丽地喷了出来……咳咳咳……

"阳阳，你放心，我会让苏明把府禾朗的身价查得清清楚楚的。他这个律师可不是白当的。"周周安慰似的拍了拍席阳阳的肩膀，接着看向旁边狼狈地拽着面纸擦手的府禾朗，语气带着警告地说："府禾朗，你要好好待我家阳阳，不然，以后离婚我一定让我男人把你告得倾家荡产。"

席阳阳的嘴角抽了下，府禾朗的嘴角也抽了抽，一本正经地说："我会跟阳阳好好过日子的！"为什么在他登记结婚的当天，老婆就想着离婚，老婆的闺蜜想着离婚之后的分手费呢？为什么就没人信，他跟席阳阳能白头偕老、百年好合呢？

周周听完府禾朗这话，满意地笑了，马上露出一副八卦的表情，问道："阳阳，正事说完了，现在跟我八卦下，你跟府禾朗怎么勾搭上的？"

"一见钟情咯。"席阳阳敷衍道。

"钟你妹啊。"周周没好气地打断，"那天相亲后，你还斩钉截铁地跟我说，你跟府禾朗没戏呢。"

"好嘛，"席阳阳吞咽了下口水，哼唧地回道，"那就二见倾心呗。"

"席阳阳，你要是再不跟我说实话，我就阉了他。"周周气急败坏地伸手指着府禾朗，对席阳阳扯着嗓子吼道。

席阳阳一听这话，乐了，拍了拍手，轻快地说："好呀，你阉了他吧。"

府禾朗终于忍不住出声，不确定地指了指自己的鼻尖，反问："阉了我？"

"女人说话，男人闭嘴。"席阳阳跟周周有默契地转头，瞪着府禾朗异口同声地吼道。

府禾朗撇了撇嘴，总结性地说道："物以类聚。"

"府禾朗，你带色猪出去溜达下，我跟阳阳有话要说呢。"周周抬着下巴，将府禾朗给支开。

席阳阳倒是再一次地惊讶了，因为府禾朗在门口，拽着链子甩了几下，色猪就乖乖地跑过去了。胖乎乎的小脑袋在他的腿上蹭啊蹭，好像很熟的样子。

周周看席阳阳目不转睛地盯着府禾朗，直到他拉上门了，还久久没有回神，不由得伸手在她眼前晃了晃："看什么呢？你跟府禾朗都结婚了，难道还怕他跑了不成？"

"我才不怕他跑呢，我只是奇怪，为什么色猪跟他关系那么好？"

"因为今年，除了这次，你把色猪寄养在我家的时候，都是府禾朗抱去帮你照顾的。"周周老老实实地交代，"色猪跟他的关系应该比跟我要好得多！"

……席阳阳无语，头顶上飘过三道黑线，看来周周想把府禾朗跟她凑对，做了不少的后勤工作。

本来，席阳阳的心里还打着如意算盘，以后，府禾朗要是敢惹她，她就关门放狗，咬他。可是，看着色猪跟他的关系……这算盘算是拨错了。

"好了，你可以给我交代下了，你跟府禾朗到底怎么回事？"周周不死心地刨根问底。

"就这么回事呗……"

"席阳阳，你少糊弄我，给我原原本本，一字不差地把前因后果给汇报一遍，不然……"周周从鼻间冷哼了下，丢了四个字出来，"后果自负。"

席阳阳深吸了一口气，清了清嗓子说："在一个喝醉酒的晚上……"

"你喝喜酒那天晚上，酒后乱性，把府禾朗给吃了？然后，两个人就去领证结婚了？"席阳阳还没说完，周周已经快一步打断，并且用陈述性的反问，将席阳阳堵得哑口无言。

"为什么不是他吃我？"席阳阳撇了撇嘴。

"因为你酒品太差。"周周没好气地瞪了一眼席阳阳，接着庆幸地拍了拍自己的胸口道，"还好，你吃的是府禾朗，要是别人，肯定吃抹干净，擦擦嘴就走了。"说完，又抓起那红彤彤的结婚证，欣赏了两眼："我越看越觉得，你们俩挺有夫妻相的。"

"不是吧？"席阳阳凑过脑袋，看着结婚证上两个人不自然的表情，指着自己说，"明显我一朵鲜花插在那什么什么上了。"

"府禾朗哪里配不上你了？"周周伸手朝席阳阳的脑袋一记爆栗，"他人长得好，家世也好，脾气也OK，简直就是精品中的极品，金龟中的大钻石，王老五中的战斗机……"

席阳阳听着周周唾沫纷飞，手足舞蹈，大肆夸张地夸着府禾朗，不由得翻了翻白眼，"你把他说得那么好，要不你干脆离婚了，嫁他得了。"

席阳阳头顶又吃了一记爆栗，周周赏了她一个大白眼，"没个正经。"接着，意味深长地总结道："你这次总算是捡到宝了。府家的婚礼排场，应该有的你准备了。"

"啊？婚礼。"席阳阳惊诧地叫了起来。

"难道你想这样拿个本本就算结婚了？"这下子轮到周周惊讶了。

"这样不好吗？"席阳阳点了点头，不接话，她还真的没考虑要跟府禾朗举办婚礼呢。

"阳阳，你想这么委屈自己，府家也不愿意这么委屈你的。"周周郑重地开口道。

席阳阳这才后知后觉地问："听你说得那么神秘兮兮，这府禾朗到底是什么来头啊？"

"你自己的老公什么来头，你来问我？"周周翻了个白眼，接着没好气地损道，"就你，什么都不知道，也敢跟人去领结婚证！"看着席阳阳一脸讪讪的干笑，周周总算是还有点良心地交代了："不过，你狗屎运还是不错的！听过府天建设集团吗？"

席阳阳茫然地点了点头，在S市住了三年，府天集团这S市的龙头企业，她当然听说过，就周周的老公苏明，还是府天建设集团的顾问律师呢。传说它是一个有背景的建设集团，垄断着S市的所有地产事业。

"你老公正是府天建设集团老总的侄子，也是府天建设集团的执行董事之一。而你公公，你如果有时间，每晚看新闻，就能看到他的身影……"周周眉开眼笑地说，"BMW7系，顶级配置的豪华轿车很贵的，一般人你觉得开得起吗？"

席阳阳的黑眸瞪得大大的，显然吃惊不小，不敢相信地开口道："可是他这么好，为什么偏偏要赖着我结婚呢？"豪门、高干、帅哥，这些条件单个拉出来，都算是金龟，更别说集中到一个人身上，简直就是完美得可以媲美做梦了。

周周点了点头，表示认同席阳阳的话："我也纳闷，你们俩这火花也擦得太猛烈了。才一天时间，说结婚就结婚了。阳阳，我还真没看出来，你钓金龟的手段这么厉害。"说完带着满脸的崇拜，"你这不出手则已，一出手，小爪子一抓一个狠啊。"

……席阳阳沉默地咬着唇，心里在呐喊，冤啊，她什么时候去钓府禾朗了？明明就是被他纠缠，被他激将，被他忽悠着领证的。

席阳阳对毛主席爷爷发誓，在周周没告诉她之前，她对府禾朗的认知，最多就是个有点小钱的花花公子，开了一辆BMW的车。她对车的配置什么，完全没概念，那BMW三个字，也是太醒目了，让她无法忽视，才知道的。

"阳阳，你算是进豪门了。"周周拍了拍席阳阳的肩膀，"羡慕、嫉妒、恨啊。"

席阳阳眨巴了下黑眸，神情恍惚地说："我这小门小家子气的闺女，可高攀不上豪门。"

周周扑哧一声笑了出来，说："以后府禾朗赚钱养家，你负责貌美如花就好。"

接着两个人又胡乱地拉扯了一些家常，等府禾朗溜完色猪，苏明下班回来后，四个人一起去饭店大搓了一顿，庆祝席阳阳和府禾朗领证结婚。

饭后，散场回家。

从酒店出来，席阳阳看了看天，雨点细细密密地打在瓷砖上，又大又急。

"这雨下得挺大的，你在这儿等我，我去取车。"府禾朗看了一眼似瓢泼下的倾盆大雨，体贴地开口道。

席阳阳点了点头，看着府禾朗冲入了雨中，飞快奔去停车场的矫健身影，神情有些说不出来的恍惚。怎么会这么不真实呢？她怎么就这样莫名其妙地结婚了呢？

"傻愣着干吗呀？快上车。"府禾朗将车开到了酒店正门口，摇下车窗，对神情呆滞的席阳阳催促道。

席阳阳忙"哦"了一声，快速地朝着府禾朗帮她拉开的车门跨步钻了进去，随手拉上车门。车窗外的雨声，哗啦啦地沿着玻璃流淌着，可见雨势的凶猛。

席阳阳虽然才走了几步路，但还是被雨淋到了。单薄的丝质衬衫，遇水，紧贴上她凹凸有致的身材，显得有些狼狈。而府禾朗的情况就更糟糕了，他浑身湿漉漉的，席阳阳肯定，如果这会儿用洗衣机搅下，应该能从他身上脱下不少水来，因为看着驾驶位上不停滴落的水就知道，他淋得够彻底。

府禾朗伸手开了车内的暖气，抓了几张面纸，递给席阳阳。席阳阳伸手接过，礼貌地笑了笑说："谢谢。"

府禾朗打了一个喷嚏，接着又抽了不少面纸，胡乱着擦拭了下脸，随意得问："这雨下得可真大，老婆，我们回你家还是我家？"

席阳阳没有接话，狭小的车厢内，气氛变得有些说不清楚的诡异。对席阳阳而言，她对府禾朗的感觉很复杂。情感上，她没有办法接受，府禾朗已经是她老公的事实，所以更没办法接受，两个人一同回家，同床共眠。可是理智上，府禾朗确实是她的老公，两个人可是有领过结婚证，经过法律认可的，她没有权利拒绝府禾朗。

府禾朗转过脸，手自然地停在了席阳阳的发鬓上，清理她刚才胡乱擦拭，残留在脸上的面纸，接着眸光灼灼地看着席阳阳问：“老婆，决定好了没？”

席阳阳对上府禾朗那炙热的眸光，瞬间心虚地撇开视线，说：“我看我们还是各回各家吧。”席阳阳需要一个缓冲，她无法开口轻易说出跟府禾朗回家或者带他回家这样的话来。

府禾朗没有接话，幽深漂亮的黑眸，怔怔地看着席阳阳，对着她充分燃烧，脸也越贴越近。

席阳阳感觉到他温热的呼吸都喷洒在自己敏感的脸颊、鼻间上，心跳骤然加速，有些不安地微微后倾。府禾朗伸手，强悍有力的双臂瞬间抱上了席阳阳柔软的腰肢。

"你……"席阳阳面色一阵窘迫，刚想张口，却看到府禾朗逼近的身影，而他的唇，离自己的唇不到两厘米的距离，甚至他冰凉的鼻尖是贴着席阳阳的鼻头的。

"我想吻你。"府禾朗说得简洁、明了，但他语气里却带着强势的霸道。

"不！——啊——"随着席阳阳一声惊叫，只见一道耀眼的白光从前视玻璃华丽地劈下，紧接着是沉闷的雷鸣声轰炸开来，交织着耀眼的白光。那触目惊心的闪电，好像劈在身上似的，那么可怕。席阳阳失控地惊叫，接着毫不犹豫地伸手抱住了府禾朗的腰肢，依靠在他的怀里，瑟瑟发抖着。

府禾朗被席阳阳的反应吓到，忙伸手捂着她的耳朵，柔声安慰道："没事的，没事的，有我在呢。"

席阳阳真的是被吓到了，完全没有办法控制自己，在府禾朗怀里，惊惧地颤抖着。

席阳阳特别害怕打雷跟闪电，可能是小时候的阴影吧，他的叔叔就是在打雷下雨天，关窗户的时候被雷劈死的。席阳阳亲眼看着那道白色的闪电劈了下来，叔叔还没有反应过来就倒在地上了，整个人犹如被烧焦了的木炭一样……

每次遇到打雷、闪电的雨天，打死席阳阳她都不会出门。她总会将门窗关得死死的，然后早早地钻入被窝。没有想到今天出门时还风和日丽的，晚饭后说下雨就下雨了。

又是一阵刺眼震耳的电闪雷鸣，好像随时要劈进车厢，席阳阳被吓得浑身冒冷汗，惊恐地打战，瑟缩着。

府禾朗忙将席阳阳卷入自己湿漉漉的外套里，接着开始轻轻拍打席阳阳的后背，尽可能柔声地安慰她："好了，好了，不怕，不怕。"

以前刮风下雨、打雷闪电的时候，文浩经常这样安抚她，而自从跟他分开之后，席阳阳都是一个人蜷缩在被子里，冒着惊惧的冷汗等暴风雨过去。今天突然有人安慰她，席阳阳感动到鼻子发酸，眼泪不自觉地开始流泪，无声无息地落在府禾朗那本就湿透了的衣衫上。

府禾朗没有多说什么，只是像安慰孩子似的，轻柔地拍打着席阳阳的后背，声音也尽可能地温柔："好了，乖，不怕，不怕哈，有我在呢……"

席阳阳将头埋在府禾朗的怀里，嗅着他身上清淡的肥皂香味，狂乱的心跳渐渐地平息了下来。

雷鸣电闪之后,天空渐渐恢复了平静,雨点也开始慢慢变小了。

席阳阳狼狈地从府禾朗的胸前爬起来,吞咽了下口水,神色尴尬地说:"刚才,不好意思啊……"

"我们有必要这么生疏吗,老婆大人?"府禾朗飞扬的剑眉,微微向上一挑,带着些不满地看向席阳阳,故意把"老婆"两个字咬得特别重。

席阳阳没有接话,她还是不太能接受自己已成府禾朗老婆的事实。

府禾朗看看车窗外,决定打破僵局,主动问道:"席阳阳,你家在哪里?"

席阳阳本来想不说的,但是碍于府禾朗的坚持,不得不报上了家里的地址。

府禾朗开车,将席阳阳送到她的小区门口,一脸正色地说:"好了,现在该你决定了,今晚是住你家还是我家?"

"我回我家,你回你自己家好了。"席阳阳毫不犹豫地说。

"席阳阳,我不想拿夫妻之间该有的义务这一说法来压你,但是也麻烦你,有那么一点点的自觉性可以不?"府禾朗熄火,拔下车钥匙,无比正色地看着席阳阳,"要不然,你以为结婚便宜,我才请你的?"

席阳阳被府禾朗堵得哑口无言,这婚姻本来就儿戏了,可生活中突然多个男人出来,还真的很难让席阳阳接受。最起码,一时半会的没办法接受。

"好了,我帮你做决定。"府禾朗一锤定音地说,"一,给你时间,上去收拾下东西,跟我走;二,你什么都不用收拾了,跟我走。"

"我……"席阳阳还准备说点什么。府禾朗已经锁门,快速地插上钥匙,启动车子,调转车头,面无表情地说:"不管选择一还是二,你总得跟我走的。算了,我们还是直接去超市买得了。"说完这句话,他真的将车开去了超市。

府禾朗带着席阳阳在超市里买了一些生活必备品,包括牙刷、牙膏、色猪的狗粮等,满载着去了府禾朗的家。

府禾朗的家在市中心的某高档小区,而且是面积不小的独体别墅。

府禾朗抱着色猪下车的时候,一把揽过席阳阳的肩头,笑得特别灿烂地说:"席阳阳,以后我们就开始婚姻生活了,我希望你能早日认清楚自己的身份,做好黄脸婆这个角色。"

席阳阳没好气地用手肘顶了一下府禾朗,顺带着赏了他一个超级大白眼。

"好吧,我说错了,你不是黄脸婆,但是你也得贤惠一些吧,府太太。"府禾朗咧着满口的白牙,笑眯眯地拉着席阳阳往屋子里走,"你看吧,这家里的家务以后都归你打扫了。"

"府禾朗,你知道贤惠的定义是什么吗?"席阳阳一本正经地看着府禾朗说,"就是闲在家里什么都不用会。"

"所以呢?"府禾朗轻笑。

"所以啊,这家里的卫生归你,洗衣、做饭、扫地、拖地归你,收拾整齐,还是归你……"

"那你负责什么?"府禾朗眨巴了下黑眸,问得认真。

"我负责检验你的劳动成果,给你的劳动评论打分。"席阳阳一脸的理所当然,又微笑地补充,"哦,对了,喂养我家色猪的事也交给你,反正你有经验。"

府禾朗看着席阳阳，硬挤出一丝苦笑："这么说来，好处都让你占尽了。"

席阳阳回以府禾朗微笑，说："还好吧。"

"吃亏就是福，这些我都包了。"府禾朗大度地拍了拍胸脯，"你放心吧，我一定会把你养白白胖胖的，做一个优秀的家庭煮夫的。"

席阳阳随意地耸了下肩，说："但愿吧。"

"不过这个暖床的义务，我看你也是逃不了。"府禾朗笑得特别和善可亲。

"我大方一点，把色猪让给你，它会帮你暖床的。"席阳阳笑得温和无害，"府禾朗，狗被逼急了会跳墙，兔子被逼急了，也会咬人哦，我想，你该不会把我逼得失控吧？"

府禾朗轻挑了下飞扬的剑眉，并没有开口。席阳阳微笑着看着他，说："你家屋子这么大，房间这么多，我想，分我一个，你该不会不同意吧？"

席阳阳其实心里很没底气的，毕竟结婚了，府禾朗坚持同床的话，席阳阳还真的是没有办法拒绝的。

府禾朗沉默了半晌，没有说话，只是双眼带着灼热地看着席阳阳。席阳阳面上强装着镇定，心里倒是打起了退堂鼓。要是，府禾朗坚持的话，那就同床吧，反正也不是第一次睡在一起了，两个人那天晚上已经……虽然席阳阳真的是一点印象都没有。

府禾朗朝着席阳阳走了一步。席阳阳忙条件反射地后退了三步，神色戒备地看着他："你想干吗？"

府禾朗嘴角微微抽搐了一下，说："我帮你拿行李，楼上还有两个主卧，你随便挑一个，我不勉强你……"

席阳阳看着府禾朗拎着她的行李上楼，微微松了口气，跟在府禾朗身后，谄媚地说："嗯，你睡哪个房间？"席阳阳可不好意思随便挑，没要求的她，就住府禾朗不住的那个房间好了。

府禾朗突然停住，席阳阳猝不及防，撞在他宽厚的后背上。摸着被撞疼的鼻子，含糊不清地开口："干吗突然停下？"还好鼻子不是整的，要不然被撞歪了，可怎么办哦。

"你问我住哪个房间干吗？要跟我一起住？"

"切，美得你。"席阳阳没好气地丢了府禾朗一个大白眼，"我不挑剔的，住你不住的那个房间好了。"

府禾朗也不跟席阳阳计较，打开楼梯口拐角左手边的房间门，说："这房间就你住吧，我在你对门，有什么事你就叫我，还有我房门不锁的，你随时想进来都欢迎你……"

席阳阳点了点头，随手接过府禾朗帮她提的包，将他堵在门口，脸上挂着微笑道："今天挺晚了，我累了，想休息了，你先回去吧。"

府禾朗也没再说什么，只是说了一声"晚安"，然后转身，轻轻地带上门出去了。

席阳阳放下东西，深深地叹了口气，胡乱打量了下这个房间的布置，整个色调是天蓝系，四周贴着蓝色碎花墙纸，雪白的天花板吊顶中间，一盏华丽的水晶灯散发着柔和的光泽。一张铺着淡粉色碎花床单的红木大床，规规矩矩地摆在正中央，床的对面有一个液晶电视。靠窗的那个墙角，有个简洁的大梳妆台。另外，门边还有个雕花镂空的九宫格，旁边是一排同色系的橱柜。

席阳阳随手开了橱柜，里面是空空的，她将自己的旅行袋拉开,把东西一件一件地摆了出来。整理完后长出一口气,再一次环视了下屋子,准确地找到了洗手间的位置,打开同色系的暗门,胡乱洗了个澡,换了睡衣,就直接爬上床,躺到了柔软的被窝里。

席阳阳倾听着自己的心跳声,正准备睡觉的时候,传来了"咚咚咚"的敲门声。

不,确切地说,是挠门声。

席阳阳的心咯噔了一下,忙睁开眼,打开灯,整理好睡衣,光着脚丫子,走到门边,一把拉开门。

"你……变态!"席阳阳忙捂着眼睛,脱口骂了句。因为住在对面的府禾朗同时拉开了门,他刚洗完澡出来,就围了一条白色的浴巾,上半身赤裸,头发湿漉漉的,还在滴着水珠,沿着他姣好的身材落下来。

席阳阳缓慢地放下手,很努力地将视线从府禾朗身材上移开,看向挠门的家伙。府禾朗无辜地看了看席阳阳,又看了看在走道那边,夹着尾巴,绕着圈圈走路的色猪。

"色猪,你半夜不睡觉,挠什么门?"

色猪无辜地眨巴了下晶亮的眼睛,看了看府禾朗,又转头看了看席阳阳:"呜呜……"低叫了两声。席阳阳皱着眉看向府禾朗:"你是不是晚上忘记给它喂吃的了?"

"不是你喂了吗?"府禾朗打着哈欠反问。

"我以为你喂了,我就没喂。"席阳阳撇了撇嘴角,弯身抱起色猪,一把捏着它的鼻子,笑吟吟地说:"好了,姐姐现在给你弄吃的去。"

"姐姐,我也要。"府禾朗忙跟在席阳阳身后,嘟囔着轻声地说。

"自己做去。"席阳阳没好气地回道。

府禾朗则厚着脸皮跟着席阳阳，撒娇道："不要，我要老婆做。"

席阳阳拢了拢浑身的鸡皮疙瘩，放下色猪，在墙面上摸开关，结果色猪淘气地绕在她的脚边，被她不小心踩到了"小爪子"，"旺旺"直叫。席阳阳被吓了一跳，忙缩回脚，却没注意脚底下还有个台阶，仰面便往后倒去。

府禾朗眼疾手快，一把拽住席阳阳，但是没拽住，反倒一起摔了下去。两个人在黑暗中摔倒，滚做一团。

席阳阳被府禾朗结结实实地压在身下，忙伸手推他："起来。"

府禾朗却纹丝不动，轻轻笑了下，说："老婆，压着你的感觉真好。"

"变态，重死了。"席阳阳恼恨地磨磨牙，背后虽然贴着柔软的地毯，但是依旧硬邦邦的，实在不舒服。关键是两个人的姿势太过暧昧，让她羞得整个耳朵都开始发热。

"老婆，你看，今晚注定我们要翻滚下的。"府禾朗嘴角挂着笑，意有所指地开口，而他的呼吸，温热地、轻轻地吐在席阳阳的耳畔，"其实抱着老婆，睡在这地毯上的感觉挺好的"

"混蛋，你再不起来，我踹你了。"席阳阳咬牙切齿地威胁。

府禾朗洁白、修长的手，轻柔地捏起席阳阳的下巴，让她恼恨的星眸跟他幽深的黑眸对视。他温和地说："老婆，我们不应该那么生疏的，对吧？"

府禾朗的话音刚落，席阳阳脑袋闷了下，只觉得他倾身下来，胸前大片裸露的肌肤，紧贴在席阳阳身上。接着，府禾朗的俊脸，在她眼前放大。两个人之间的距离，大概只有一厘米，能清晰地看到彼此脸上的毛孔，还能感受到对方喷洒在自己脸颊上的温热呼吸。府禾朗轻柔地在席阳阳的俏鼻上吻了下，接着捧着她的俏脸，认真地说："席阳阳，虽然有点儿戏，但是我们确确实实领证结婚了，我们是法律上认可的合法夫妻。"

席阳阳的心，好像被什么捏着似的，抽得紧紧的，她小心翼翼地屏住呼吸，不自然地将脸转向一侧，尽可能平和地说："我知道，可是我需要点时间……"她的意思是，她需要时间来消化自己已婚的事实。

府禾朗眸光灼灼地看着席阳阳，半晌没有再说话。席阳阳也不知道该说什么。事实上，也确实没什么好说的。

"我想，我们有必要给彼此一点熟悉跟接触的时间。"府禾朗沉默了半晌，终于温和地开口，"我知道，现在要你接受我们的夫妻生活，你可能会有压力，但是领证分房睡，也不是办法，所以我想……"

席阳阳屏住呼吸，愣愣地看着府禾朗，认真地听他即将出口的话。

"所以我想，我们还是一起睡，好早点培养出感情。"府禾朗一锤定音，接着在席阳阳要发怒踹人的时候，又快速地补充道，"你放心，只是同床睡，我不会对你怎么样的。"

席阳阳张了张嘴，试图说些什么，但是她被府禾朗压得几乎喘不过气来，而且好像说什么都是多余的，因为府禾朗说得很有道理。

既然是改变不了的夫妻事实，那么只有努力去培养感情，早些习惯这个老公的存在。

府禾朗正色地看着席阳阳，说："老婆，既然你没有反对，那么一会儿就请自觉主动地搬到我房间里睡吧，我的床比较大。"

席阳阳俏脸微红，无力地点点头，采纳了府禾朗的建议。确实已经是夫妻了，培养感情，很重要。

"呜呜……"色猪无辜地叫唤了起来，它应该是饿极了。

府禾朗优雅地从席阳阳身上爬起来，伸手拍了拍色猪的小脑袋瓜，说："好了，以后爸爸跟妈妈就睡一起了，你晚上可不许挠门，不然我丢你出去。"

接着两个人认真地伺候色猪吃完东西，席阳阳跟府禾朗回房。

府禾朗大度地指着床，笑问："老婆，你习惯睡哪一边？"

席阳阳没有答话，径直地朝右边走过去，拉开被子，爬上床，侧过身子，紧紧地闭上眼睛，一点也不想睡觉，心跳蓦然加快，神经紧张地听着府禾朗的举动。

府禾朗轻声关灯，片刻之后，席阳阳感到床重重地往下陷，身边传来一个陌生男人的体温。

席阳阳紧紧地闭上眼，她知道，府禾朗在看她，黑暗之中，他和席阳阳近在咫尺，因为席阳阳可以听到他轻浅的呼吸声，并且能感觉到那温热的气息，洒在自己柔嫩的脸颊上。

席阳阳的心嘭嘭地狂跳，感觉快要控制不住，跃出心口了。她带着防备，不停地猜测，府禾朗下一步会做什么？而她又应该拿出什么样的姿态防备？

"老婆，你好像很紧张。"府禾朗轻声笑笑，"我们又不是没有一起睡过，紧张什么呢？"

席阳阳不吭声，只是蜷缩着身子，将被子往身上裹了裹，以此获得更多的安全感。

"席阳阳，你怕我？"府禾朗试探性地问。

席阳阳咬着双唇，依旧沉默不语。

"席阳阳，一夜情、闪婚都敢了，为什么现在这么怕我？"府禾朗轻笑着开口。

"我只是累了，想睡觉了，有什么事，明天再说可以吧？"席阳阳背对着府禾朗，终于开口了。

府禾朗摸了摸鼻子，伸手帮席阳阳将被子盖好，温和地说："恩，晚安。"

席阳阳本来以为，她紧绷着神经肯定是睡不着的，可是没一会儿就听到府禾朗响起轻微的鼾声，试探性地叫了声"府禾朗"。

叫了几声都没反应，席阳阳肯定府禾朗已经睡着了。她小心翼翼地翻过身子，正对着弓着身子睡得香沉的府禾朗。

俊美的容颜、飞扬的剑眉，此时睡着了，长长的微卷的睫毛低垂着，嘴角竟然还微微地向上扬，似微微笑着。这个男人，长得很好看。

席阳阳打了个哈欠，再一次翻过身，背对着府禾朗，悄悄地往床边缩了缩。她轻轻地闭上眼，逐渐放下防备，渐渐地进入了梦乡。

而此时，原本睡得香沉的府禾朗，竟睁着幽深的黑眸，嘴角带着笑意，看着席阳阳将两个人之间的距离，生生地拉成了"楚河汉界"，不动声色地等着她睡着，接着，长臂毫不客气地将她一揽，整个带入自己的怀里。

恩，结婚了，有老婆抱着睡觉的感觉，这才刚刚开始！府禾朗终于心满意足地进入了梦乡。

这是席阳阳跟府禾朗新婚的第一晚，好歹算是同床共枕了。

第四章　陌生的婚姻生活

"嘟嘟……嘟嘟……"低沉的手机铃声，在静谧的房间内清晰地响了起来。席阳阳抓过被子，捂着耳朵，死命地当没听到。府禾朗打着哈欠，迷迷糊糊抓过床柜上的手机接起来："喂……"

结果，那头传来了忙音，府禾朗这才眯着眼，看了看他手里的手机，好似烫手似的搁回了原位。天呢，他接了席阳阳的电话，要被她知道了，不知道会不会把他给"咔擦"了。

府禾朗心虚地看了一眼，卷进被子里的席阳阳，忙闭着眼睛，假装继续熟睡。

电话那头，席妈妈吓得手机掉在了地上，不确定地看了看手机屏幕上，"宝贝女儿"几个大字，忙朝着席爸爸招手："老头子，出事了。"

席爸爸忙放下看了一半的报纸，凑过身子问："你不是给阳阳打电话呢？出什么事了？"

席妈妈捂着手机，低声说："是个男人，是个男人接了阳阳的电话。"

"真的假的？"席爸爸挑了下眉。

席妈妈忙把头点得跟个捣蒜锤似的,"真的,真的。"

"那是好事。"席爸爸安慰地拍了拍席妈妈的肩膀,"阳阳不小了,谈男朋友很正常了。"

席妈妈点了点头,认同地说:"阳阳是不小了,谈男朋友是很正常了,可是,这个时间点不对啊。"席妈妈伸手指了指家里墙面上的钟,"九点一刻。"

席爸爸回过神,席阳阳的正常作息,早于十点是不会起床的,那么现在还在睡,接她电话的又是个男人,那么,她跟男人同居了?

席爸爸、席妈妈虽然操心女儿的婚姻大事,也不止一次暗示她年纪不小该找对象谈婚论嫁了,但是不代表能接受女儿贸然就跟男人同居。再说,他们都不了解男方的情况,更是担心。毕竟席阳阳的情况比较特殊,作为父母,他们最担心的还是女儿会受伤害。

席爸爸忙拿起席妈妈的电话,再一次拨了过去。

府禾朗看着响个不停的电话,他可不敢再接了。他推了推席阳阳,说:"席阳阳,电话。"

席阳阳本来还想装睡,被府禾朗的声音一惊才意识到,昨晚两个人是睡在一起的,忙拉着被子,戒备地看着他,"干吗?"

府禾朗嘴角抽搐了下,看着席阳阳防备的模样,漫不经心地开口道:"都是我老婆了,你防备什么啊?"

席阳阳想想也对,忙松开被子,从他手里接过自己的电话,看了一眼老妈来电,脑子有点短路,不过还是飞快地接了起来:"喂,妈啊……"

"阳阳，叫你身边的男人接电话。"电话那头传来老爸的一阵河东狮吼。席阳阳揉了揉被震疼的耳朵，把手机换了一个耳朵，瞪向府禾朗，打着哈哈开口："爸，你说什么啊，什么我身边的男人啊。"

府禾朗一听这话，忙心虚地翻了个身。

"刚才接你电话的男人是谁？"席妈妈抢过席爸爸的电话，劈头就开问。

席阳阳嗖嗖地冷眼射向府禾朗的后背，甚至恼恨地伸脚踹了他一下。府禾朗回过身子，无辜唇语道："我不是故意的，我以为是我的手机，我才不小心接了的……"

"阳阳，你听到我说话没？刚才那个男人是谁？"席妈妈不耐心地说。

"他啊，是我男朋友。"席阳阳本来想撒谎说妈妈听错了什么的，但是想想，府禾朗已经跟她领了结婚证，以后直接说是老公，还不把席爸爸、席妈妈给吓死啊，还不如现在顺水推舟地先撒谎，给他们俩一个过度。

"你跟他同居了？"席妈妈严肃地问道。

"恩，不算同居，只是住在一个屋子里。"席阳阳简直是睁着眼睛说瞎话，"这屋子很大，有很多房间，还有其他人也一起住的。"

"你们什么时候谈的？"席妈妈再一次发问。

"恩，谈了有点时间了……"席阳阳回答得比较含糊，她可不敢说，认识第一天就跟人结婚了，席妈妈肯定受不住这打击的。

"他是做什么的？"席妈妈连珠炮似的问了几个问题，"他家里是干什么的？他长得怎么样，多高，胖瘦怎么样？还有，他有车吗？有房吗？"席妈妈意识到自己问多了，有点凌乱，忙理了下思绪。

席阳阳只是挑主要的问题回答："恩，是做小生意的。"席阳阳僻重就轻地把"豪门"两个字给带过了。她得给爸妈一点缓冲的时间。

"恩，还有呢？"席妈妈等着席阳阳回答，"他多高，家里是做什么的？他有没有车，有没有房？"

"妈，你问我这么多问题，我怎么回答？我又不是中华宝典，回答您十万个为什么。"席阳阳极其不爽地瞪了一眼府禾朗。

"好吧，你们打算结婚不？"席妈妈将最关心的问题抛了出来。

席阳阳真是不知该如何回答这个问题，打死她，她也不敢告诉妈妈他们已经结婚了，所以只能继续含糊地回答："恩，看看吧，适合就结婚……"

"阳阳啊，你年纪不小了，爸妈也不好多说你什么，但是，你得注意点，别遇到骗子了。"席妈妈正色地说，"等改天，我跟你爸爸一起见见你男朋友吧。"

席阳阳还没回答，席爸爸已经快一步地抢过电话说："别改天了，就今天，现在我跟你妈去订票，直接过去。"

"啊，爸……"席阳阳本想打断，席爸爸已经一锤定音，并且挂断了电话。

席阳阳愣愣地看着手里的电话，再看看府禾朗似笑非笑的样子，没好气地踹了一脚过去："现在怎么办，我爸妈要来了！"

"不是你爸妈，是咱爸妈好不好？"府禾朗纠正席阳阳的称呼。

席阳阳赏了他一个大白眼，说："府禾朗，我跟你说，搞定我爸妈的事就交给你，不然的话，今天我们就去民政局离婚。"

"不是吧？"

"你以为我跟你开玩笑？"席阳阳带了点恼怒，"反正不管，我跟我爸妈说了，你是我男朋友，跟我目前只是同住在一起，你家里还有别的房间住了别的人，其余的事你自己看着办。"

府禾朗揉了揉额头上跳动的青筋，看席阳阳真的急了，便笑着安慰："好了，好了，老婆大人，你不要急，这些事全部包在我身上，我一定会把你爸妈伺候好的。"

"最好是这样。"席阳阳气呼呼地从床上起来。

"放心吧。"府禾朗信誓旦旦地保证。

席爸爸、席妈妈风尘仆仆地从车上下来，一下子就看到了站在站台边、神色有些不安的席阳阳，还有，站在她身后温文尔雅的高大男子。

席妈妈扔下包，径直走到府禾朗跟前，上上下下、左左右右，认认真真地将他打量了一遍。席阳阳肯定，如果有X光的话，席妈妈肯定是想从里到外检查一遍。

席妈妈用挑剔的眼神看府禾朗，席爸爸也跟着过来，用犀利的眼神盯着他看。府禾朗倒是面色淡然，在席爸爸、席妈妈的注视下，依旧保持面不改色的淡定，甚至嘴角还挂着优雅的笑，打招呼道："叔叔、阿姨，你们好，我是阳阳的男朋友，府禾朗。"

"你是做什么的?"席妈妈张口就问。

"恩,做点小生意。"在席阳阳的暗示下,府禾朗谦虚地说。

"你爸妈是做什么的?"

"恩,也是做点小生意的。"府禾朗温和地笑笑。

"你跟我们阳阳谈了多久?"席妈妈有一堆的问题需要问。

"恩,谈了点时间……"府禾朗面不改色地扯谎。

"妈,我们先回去吧,到家了慢慢聊……这大马路上的,你搞得跟查户口的居委会大妈似的,多难看啊。"席阳阳生怕席妈妈会问什么时候结婚之类的问题,忙打住了这个话题。

"是啊,阿姨,我看你们坐车也挺累的,先回去休息下吧。"府禾朗体贴地帮席爸爸拎过包。席爸爸没有说什么,只是沉默地跟着府禾朗上车,回了家。

席妈妈刚进门就问:"这房子是你们租的?"

"恩,不是,是我买的……"府禾朗看到席阳阳给他使眼色,忙又说,"不过,为了还房贷,现在把房间给租了出去。"

这样就好解释,席阳阳为什么会搬来住了,也好解释,席阳阳之前说的,有几个人一起同住了。

"叔叔、阿姨,你们先坐,我给你们拿水。"府禾朗放下包,忙招呼席爸爸、席妈妈坐在沙发里,倒了水,又随手开了电视:"阳阳,你陪你爸妈聊会儿,我出去买点东西。"

席阳阳跟府禾朗都知道,接下来的时间是席爸爸、席妈妈问话的时间,有府禾朗这个男朋友在,有点不方便,所以他识趣地自动闪人了。

目送着府禾朗出去。席妈妈看着席阳阳说:"阳阳,我看这府禾朗还不错,什么时候约他们爸妈见见,把你们俩的事谈一谈吧?"

席阳阳只觉得自己头顶冒了三条黑线,尴尬地说:"妈,不用这么急,我们还在接触中呢,等确定真的要结婚了,再见家长也没事。"

要席阳阳现在去见府禾朗的家长,席阳阳可没那个胆子。

"阳阳啊,你是女孩,我是怕你吃亏。"席妈妈确实有些担心,"毕竟你们俩都住一起了。"

席阳阳嘴角抽搐了下,为表清白,忙说:"妈,我们只是住在一个屋子里,而且有别的人住的,所以,你不用担心的!"接着又说:"喏,楼上那个是我的房间,要不我带你转转去?"

还好昨天的行李,都放在那个房间了。

席妈妈跟着席阳阳在屋子里溜达了一圈,凑近席阳阳,低声说:"阳阳啊,其实吧,你都这么大年纪了,你要跟他同居,爸妈也不是不开明的人,爸妈就是怕他是骗子。"

"妈,你多虑了。"席阳阳尴尬地赔着笑,"哪有骗子会不长眼的来骗我啊,要财没财,要貌没貌……"

"可是,你一直单身,突然冒出这么一个优秀的女婿,你妈我到现在还是一头雾水,恍惚着呢。"席妈妈怔怔地看着席阳阳。这老太太还说恍惚呢,直接连女婿都喊上了。

不过席阳阳也懒得跟席妈妈纠正,从法律上讲,府禾朗确实已经是她的女婿了。

"阳阳啊,你说,他这房子贷了多少钱啊?"席妈妈眉宇之间带了点纠结,边说边环视了下四周,"我看,应该不少吧？"

席阳阳尴尬地回道："妈，这个我不太清楚……"

"他的车是自己的还是借的？"席爸爸坐在沙发上，也忍不住冒出声音来。

"嗯，自己的。"席阳阳看着席爸爸正色地回话，"爸妈，我先给你们收拾个房间，你们休息下吧，晚上一起去饭店吃个饭。"

"不用收拾了，我跟你爸晚上十一点的车，还要赶回去呢。"席妈妈拉着席阳阳，正色叮嘱道，"阳阳，这人我们见过了，还算满意，不过相处是你们两个人的事，你们要相互理解包容，你可不能再任性，没分寸了……"

席阳阳赔着笑脸，认真地应付道："妈，你就放心吧，我都这么大人了，知道分寸。"

席妈妈怔怔地看着席阳阳，半晌道："知道分寸就好。"席阳阳心里清楚，席妈妈说这话的时候，肯定是想到了文浩。

席阳阳的心带着一丝疼痛，暗自叹息一声，默默地在心里告诉自己，不管过去的事，对错还是好坏，都没有必要去想了。因为，那是回不过去的过去。

晚上，府禾朗跟席阳阳带着席妈妈、席爸爸去酒店吃晚饭，饭桌上的气氛相当融洽，大家相谈甚欢。席爸爸、席妈妈很快便接受了府禾朗，并且不住叮嘱席阳阳，以后要收敛下自己的脾气，两个人好好相处，等有空了，选个日子回家正式拜见下。

正式拜访，意味着席家爸妈接受了府禾朗，也意味着，他们想要见府禾朗的家长，想把两个人的事给敲定下来。

席阳阳只能装傻、赔笑，打着马虎眼。府禾朗全程都是笑意盈盈、谦卑有礼，将准女婿的角色扮演得相当到位。

　　送走了席妈妈、席爸爸，席阳阳这才长出了一口气，紧绷的神经瞬间松懈了下来，揉了揉发酸、僵硬的脸颊——这笑赔得可真累啊。

　　"怎么，累了？"府禾朗关切的声音，在席阳阳的耳边响起。

　　"恩，还好。"席阳阳礼貌地回道，"今天谢谢你。"

　　"你妈说你会下厨做饭，跟我说说，都有什么拿手菜？"府禾朗倒是不介意席阳阳的生疏，自来熟地勾着她的手臂，笑吟吟地问。

　　"我什么都不会做，我妈骗你的。"席阳阳毫不犹豫地回答，心里暗自鄙视了下席妈妈。席妈妈刚才在饭桌上，跟席爸爸两个人唱双簧，一个把她夸得天上人间有，一个把她贬得地底下才挖得到……但是不管是褒还是贬，总之把席阳阳爆料了一番。席阳阳当时就尴尬得恨不得找个缝儿钻进去，她真没打算跟府禾朗那么熟。

　　府禾朗听得津津有味，让席阳阳恨得磨了几次牙。

　　府禾朗挑了下飞扬的剑眉，问："什么时候，下厨给我露一手哇？"

　　"你做梦的时候。"席阳阳没好气地回道。

　　"做什么梦的时候？"府禾朗带了点痞气，凑近她的耳边，低声道，"做春梦的时候，还是白日梦的时候？"

　　毫无意外，府禾朗得到席阳阳两个大白眼的赏赐，府禾朗倒是丝毫不介意，又说："虽然很期待你为我下厨，但是相对而言，我更期待春梦成真……"

"你去死。"席阳阳没好气地伸脚,就要往府禾朗身上踹。

府禾朗眼疾手快,闪躲过了席阳阳的"无影脚",庆幸地拍了拍胸脯,笑吟吟地开口道:"席阳阳,我相信你一定舍不得我死的。"

席阳阳翻了翻白眼,冷哼一声,说:"谁舍不得了?巴不得你现在就去死。"

"最毒妇人心啊,诅咒我死了,你有什么好处?要知道,我死了,你就要守寡了。"府禾朗慢吞吞地说,"我想,你一定不好跟你爸妈解释,为什么你就突然变成丧偶了吧……"

席阳阳哼了哼,没心没肺道:"丧偶就丧偶,难道丧偶了,我就不能再改嫁了?"

"不是吧?你还真想诅咒我死了,想再婚啊?"府禾朗气结于胸,假装委屈了一下,又变回惯有的油腔滑调,"为了我不被绿帽压顶,说什么我都不会比你先死的。席阳阳,在我死之前,一定会先掐死你的。"

"无赖……"

"恩,我就无赖了,赖着你。"府禾朗接得顺理成章。

席阳阳撇了撇嘴,不准备跟府禾朗就这个问题继续争论,转身走开了。

"当心。"府禾朗的话音刚落,席阳阳手便感到一股暖热,整个人被他拽住,倒在了他的怀里,淡雅的香水味在鼻腔内弥漫开来。

席阳阳像被针扎了似的,条件反射地要挣脱,却没成功,反而让一股力道捂紧了手心,整个人也被按进了府禾朗的怀里,紧贴在他的胸膛上。

这时，一辆车从他们身边呼啸而过，席阳阳暗叫一声"好险"。不过车都远去了，府禾朗还是紧抱着席阳阳没有松手，这让她有点不爽了，毫不犹豫地踩了府禾朗一脚，将吃疼的他一把推开，还不忘翻一个白眼。

"我说席阳阳，你下次能不能不穿高跟鞋？"府禾朗不满地抗议道，"好歹我也算你的救命恩人，你这样对我实在太没良心了。"

席阳阳又白了他一眼，骄傲地踩着高跟鞋转身就走，走之前还丢了一句"我就没心没肺了，怎么滴"。

府禾朗看着她的背影，撇了撇嘴，还是认命地追了上去，挨着席阳阳，口没遮拦地继续损着，调侃着。席阳阳则不甘示弱弱地回击着，两个人一路吵吵闹闹地去停车场取车，一起回家。

阳光透过精致的落地窗外，柔和地照射到了奢华舒适的欧式大床上，席阳阳慵懒地翻了一个身，任由那暖阳穿过轻薄的白色纱帘温和地洒在她的身上，闭眼，享受这一刻的美好时光。她张开手臂，感觉不对劲，床榻另外一边，府禾朗本去上班的话，本该空荡荡的。可是，席阳阳好像触到了有着温度的胸膛，那触感让席阳阳猛地睁开睡意蒙眬的眼，忙抽回手，条件反射地往后撤了撤，惊悚地问："你怎么还在床上？"

席阳阳跟府禾朗特殊的"同床"关系，让独睡惯了的席阳阳很不习惯。她每晚都蜷缩着，睡得不够踏实，每天清晨，府禾朗起床，会拉开遮阳的窗帘，让阳光透进来，将黑漆漆的房间布满柔和的光亮。同时，也从侧面提醒没有日夜观念的席阳阳天亮了，接着收拾好便去上班了。府禾朗出门后，席阳阳提着的心才会放下,才能慵懒舒服地霸占大床继续睡觉,反正她不用上班,白天睡到什么时候就什么时候,晚上睡眠差点也就算了。至于开着窗帘,晒着阳光,就当作日光浴好了。

"老婆,今天是周末,我休息。"府禾朗看着席阳阳那受惊的表情,笑嘻嘻地说,"我说,你不至于跟见鬼了似的吧,好歹我们同床共枕半个月了。"

席阳阳捂着嘴巴,含羞地打了个哈欠,看着府禾朗似笑非笑的俊脸,无语地撇了撇嘴,视线移到对面墙上的挂钟,时针指着八点一刻的位置。钟表上面挂了一幅裱着金边框的巨幅婚纱照,两个人相依在一起,府禾朗笑得温柔,席阳阳笑得娇媚甜蜜,看上去两个人确实挺般配。

原来不知不觉她跟府禾朗结婚已经半个月了,席阳阳还真的是有点恍惚,觉得一切都好不真切的感觉,好像是在做梦。

以后的日子,是不是也就这样稀里糊涂地过下去了?

选择跟府禾朗闪婚,其实席阳阳并不是傻,也不是真的被府禾朗激将,就头脑发热去领证了。其实那天在刘梅婚礼上,她得知文浩的消息只是其中一部分,之前在电视里,他已无意中看到文浩归国的消息,并且他还收购了A城最大的卖场,席阳阳的心没有办法静下来。

文浩一如当年,俊朗的面容带着温和的笑意,浑身散发着无法让人抗拒的魅力,他是焦点,那么耀眼,那么明亮。可是席阳阳想到这个人就会觉得无奈,当初的分手是那样莫名其妙,可是痛得却是那么刻骨铭心。

那段过去是席阳阳无法放下的,那晚的悲惨经历也是席阳阳这辈子挥之不去的噩梦。席阳阳其实是了解自己的,她的世界早就被禁锢了,她的心里也早就埋了一座坟,葬着文浩这个未亡人。可是过去回不去了，完全不知道该如何面对。措手不及，慌乱之中，她将无意踏足她世界的府禾朗拽着，当作救命稻草似的，闪婚只是想绝了自己的后路，断了自己的念想。

府禾朗是谁，做什么的，这些对席阳阳而言并不重要，重要的是她清楚，她现在需要这么一个男人，来分散自己的注意力。至于这段婚姻之后，席阳阳也不想去考虑。不管结果如何，她都能坦然接受，因为不爱，所以不会计较，没有爱情的组合，婚姻只不过是将就，凑合着过日子，没有伤害，也不会伤筋动骨。

如果时间长一点，席阳阳心里、生理都能够接受府禾朗，那么两个人可以滚床单，生个宝宝，将这个和谐的婚姻家庭发展下去。如果两个人磨合不到一起，最终还是要散场，席阳阳也能坦然接受，因为在开始时，她就做好了一切准备。

"席阳阳，回魂了。"府禾朗伸手在神游的席阳阳眼前晃悠了两下。

"干吗？"席阳阳懒洋洋地问。

"今天我爸妈要过来。"

府禾朗的话不亚于地雷，瞬间将席阳阳炸得每个毛孔都张开了，她以为自己听错了，再三确定道："你说什么？"

"我爸妈今天要过来。"府禾朗一字一句地对席阳阳正色地说，"来见见你这个儿媳妇。"

如果不是躺在床上，席阳阳肯定会无力地一头栽倒下去，她神色纠结地看着府禾朗，说："怎么这么突然？"

"不突然，在你搬来的第一天他们就想来了，我怕吓着你，就给堵回去了。"府禾朗漫不经心地说，"看你这半个月也挺习惯了，就见见吧，免得哪天我不在家，我爸妈搞突袭，你会更惊恐……"

"你爸妈知不知道，我们闪婚？"席阳阳看着府禾朗。

府禾朗点点头，笑嘻嘻道："我可是个乖孩子，不像你，结婚还偷偷摸摸地瞒着爸妈……"

席阳阳嘴角抽搐了下说："你爸妈什么反应？"

"证都领了，还能有什么反应？就想见见你呗，你一会儿可别丢我的脸，让他们怀疑我的审美和眼光。"府禾朗正色关照。

席阳阳于情于理都没有拒绝的道理，只能快速起身，手忙脚乱地穿衣打扮，毕竟这"丑"媳妇，见公婆，可是一件大事，不管她愿不愿意承认，户口本上她都是府禾朗的老婆，府家的儿媳妇。

席阳阳心情忐忑地不停地看着手表，不知道为什么，心情特别紧张，就好像要面临重要的考试一样，生怕自己不合格，被淘汰。

或许之前文浩母亲给她的阴影太大了，席阳阳潜意识里害怕自己面对那样难堪的画面，担心府禾朗的父母，也如同文家父母一样，会带着伤人肺腑的尖锐，将她的骄傲、自尊，不留丝毫情面地踩在脚底下。

毕竟府家在A城，算有头有脸的大户之家，毕竟府家父母也不是一般的人物。而席阳阳跟府禾朗，却用闪婚的方式，裸婚的行为，直接同居了，在长辈们的眼里，这些应该很难接受吧。

即使接受了，多半也会认为这个女子太过轻浮，或者就是一个贪慕虚荣的女人。不然怎么会做出这样轻率的选择，这么随便就把自己给嫁了。

席阳阳很害怕自己会被看不起,虽然这段婚姻她并不看好,但是也不能败在家长这一关上,她失败过一次,不想重蹈覆辙。

"席阳阳,跟我领证都没见你这样紧张,你看你,满头的虚汗,一分钟看了三次手表。你紧张啥,我爸妈不可怕……"府禾朗拿了几张面纸,帮席阳阳将额头上的汗珠擦去,嘴里依旧打趣,"他们很和善的,真的,你相信我,他们一定会很喜欢你。"

席阳阳没跟府禾朗计较,不但没有还嘴,甚至都没有拒绝他友好地帮自己擦汗这样亲昵的动作,只是紧张地揪着衣角,咬着唇,不停地想象,一会儿到底该怎么面对这么有"分量"的公公婆婆。

门铃声响起,府禾朗安慰似的拍了拍席阳阳的肩,给了她一个宽慰的眼神,接着快步去开门。

府禾朗的爸妈,虽然席阳阳之前在电视上见过,但是现在见到真人,似乎比电视上那一板一眼的样子,更具亲和力。

府爸爸一身轻便的休闲服,温和、儒雅,散发着中年男子特有的稳重和睿智,不动声色地打量了下恭敬地站在府禾朗身后的席阳阳,眼神渐渐地缓和了下来。

府爸爸虽然忙于工作,很少过问府禾朗的私事,但是对于艾婷死缠烂打府禾朗的事,还是有所耳闻的,只不过碍于身份,他不能多说什么。尤其是年轻人自己的事,更是管不得了,所以他睁一只眼,闭一只眼,只能装糊涂。可是没有想到才短短几天,儿子说结婚就结婚了,这府爸爸可就没办法淡定了。

婚姻怎么能如此儿戏呢？他激动地跳脚，把府禾朗招回家，严声厉问，媳妇到底是个什么样的女人。潜意识里，就觉得不是什么好的姑娘家，要不然怎么这样随便、轻率地把自己给嫁了？府禾朗该不是为了摆脱艾婷的纠缠，随便从哪里拉了一个不正经的女人就结婚了吧，因为贪慕虚荣而接近他的女人，还是很多的。

　　府家虽然不讲究门当户对，也提倡接近民众，寻找真爱，但是不代表没门槛，也不是随便什么阿猫阿狗都可以进来的，尤其别有心思的那种女人。

　　府禾朗拍着胸脯保证，媳妇是一个正经女人，还自豪地说是个写书的网络作家，有才有貌，这才让府爸爸的血压微微下降，安心了不少。可是左等右等，等了大半个月，府禾朗还是没把席阳阳带回家，这让府爸爸府妈妈不由得怀疑府禾朗所说事情的真实性，唯有亲自找上门来过过眼。

　　看到席阳阳的瞬间，府爸爸还真的有几分意外，没有想象中的浓妆艳抹，确实是一个长相秀气的姑娘，随意扎了一个马尾，身上穿着简洁的连衣裙，整个给人的感觉是干干净净的。从她低垂的眉眼，举措不安的神情看来，就像一个做错事的孩子，在等着家长的责罚。看来，这丫头跟府禾朗闪婚，可以理解为，为爱情冲昏头脑，毕竟写书的人都比较浪漫。现在见到家长害怕、紧张，就说明这孩子骨子里还是很乖巧的。想到这儿，府爸爸的神情缓和了下来，他虽然没有什么门户观念，但是作为长辈，总归不想看着自己的孩子，找个不正经的媳妇。家庭背景可以不看，但是姑娘的人品必定得看。

　　府禾朗瞧着府爸爸柔和的眼神，心知爸爸这关是轻松地过了，就是不知道，府妈妈这一关，席阳阳能不能轻松地过了。

席阳阳低垂着脑袋，偷偷看了一眼府妈妈，正好跟她的视线不期而遇，尴尬地扯着嘴角，微微笑了下，府妈妈看起来很年轻，同样穿着简便的休闲服，但风韵犹存。看着府妈妈，就知道府禾朗为什么长得那么好看了——遗传。

府妈妈温和地朝席阳阳笑笑，主动伸手拉着席阳阳，"席阳阳是吧？"

席阳阳拘谨、含蓄地咬着唇，点了点头。想叫伯母，但是府家父母知道他们闪婚，肯定是不行的。想叫爸妈，但席阳阳实在开不了口，只能求救似的看向府禾朗。

"爸妈，你们先坐吧。"府禾朗领会到，忙赔着笑脸，拉着府妈妈先在沙发上落座，接着道，"一会儿是在家吃饭，还是出去吃？"

府爸爸跟着落座，随意道："就在家里吃吧。"

席阳阳额头闪过几道黑线，这也太有亲和力了，在家吃，总不能让那么有分量的"公公婆婆"屈尊下厨吧，那也就意味着，要席阳阳这个儿媳妇伺候了。席阳阳虽然会做几个家常小菜，但是在这样两个"大人物"面前，她哪敢献丑啊。可是叫外卖似乎更加不礼貌。

"一会儿和妈去买菜，待会儿我亲自给你们下厨做好吃的。"府妈妈大概是感觉到了席阳阳的紧张，笑吟吟地说完，熟络地拉着席阳阳的手，"阿朗是被我们宠坏了，结婚这么大的事，被他就这样马马虎虎给办了，真是委屈你了。等改天约你父母见见，帮你俩补办一场婚礼……"

"不委屈，不委屈。"席阳阳忙摇着头，尴尬地开口打断府太太的话。

"你好像很紧张，难道我看着像传说中的恶婆婆吗？"府太太拉着席阳阳的手，笑吟吟地打趣。

席阳阳的俏脸瞬间窘得通红，甚至都感觉快烧到脖子了，不过嘴里却是甜甜地对府太太回道："怎么会呢，您这样美丽温和的人，看着就很好相处，怎么会是恶婆婆呢！"

"哎，你这小嘴真甜。"府太太扑哧一声笑了，自我打趣道，"温和倒是贴切，美丽这词，可就担不起了，老咯。"

"没有啊，您的皮肤保养得很好，看起来很年轻。"席阳阳为了表示她的真诚，努力将这个话题继续下去，正色地说，"看着顶多像三十多……"

府太太嘴角挂着温和的笑，眉宇之间却带着遮掩不住的喜色，天下女人，爱美之心，人皆有之，府太太也不例外。

席阳阳瞅着府太太的神色，知道说到她的心头好了，忙不耻下问道："不知道您是用什么方法保养的？保养得可真好。"

"我啊，其实保养品擦得不是很多。"府太太拉着席阳阳的手，和蔼可亲地跟她攀谈起美容心得，"就清洁做得比较到位，然后，保湿水、精华素交替使用……"

府禾朗跟府爸爸相互对视了一眼，看着在那边亲切交流、共享美容经验的婆媳，极有默契地笑了笑。

通过对美容话题的探讨交流，二人初步感觉不错。到府妈妈做饭的时候，席阳阳乖巧地陪着打下手，府妈妈对席阳阳的印象已经相当不错了。到吃饭的时候，府太太跟席阳阳已经相当熟稔，席阳阳原本忐忑不安的心，也渐渐地收进了肚子里，府禾朗的父母，并没有想象中那么的可怕，甚至还带着一点点和蔼亲切的可爱。

饭桌上，府禾朗坐在席阳阳的身边，他突然凑过身子，附在席阳阳耳边悄悄地说:"老婆,你说,我现在是不是在做梦?你今天竟然下厨了,除了番茄炒蛋,你竟然还会油焖茄子,真让我刮目相看。"

桌子上,还有府爸爸、府妈妈两双眼睛凝视,席阳阳微笑着夹了一块肥硕的红烧肉放到府禾朗的碗里,同样凑近低声道:"是啊,现在是做梦时刻,你尽情享受……梦醒了,可就什么都没了。"

府禾朗低声笑了起来,轻声道:"老婆,你真好,知道我最爱吃红烧肉。"那音调不高,却恰恰能让在座的人清清楚楚地听到。府妈妈捂着嘴角轻笑,看着府禾朗跟席阳阳亲昵、暧昧的举动,看来这小两口的感情确实不错。

席阳阳倒是料想不到,她本来恶作剧地想给府禾朗夹块大肥肉恶心下他的,谁知道,他口味独特,竟然好这口。看着府禾朗得意的笑脸,席阳阳心里不住地鄙视,吃这么肥的肉,也不怕得三高。

"老婆,你今天辛苦了,来,给你吃个大鸡腿。"府禾朗礼尚往来地给席阳阳的碗里夹了一个鸡腿。

"看吧,典型的有了媳妇忘了妈。"府妈妈带着调侃语气对府爸爸说。

席阳阳被婆婆这样一打趣,"腾"的一下脸红了。她瞪了一眼挑眉浅笑的府禾朗,恨不得磨牙,将他啃了,因为席阳阳压根儿就不吃鸡肉的,上次跟席家父母吃饭的时候,席妈妈爆料的时候,府禾朗就知道了,他现在一定是故意的。席阳阳随手将大鸡腿往府妈妈的碗里夹,操着低若蚊子的声音开口道:"妈,鸡腿您吃。"接着不等府妈妈客气,席阳阳又眼疾手快地夹了另一个鸡腿给府爸爸,对他微笑道:"爸,您也吃……"

席阳阳一口一个爸妈，直接将老俩的客气都堵在了喉咙口。他们挂着和善的笑，满意地看着乖巧的席阳阳，不住地点头："恩，吃呢，吃呢，都是自己人，不用客气。"

府禾朗倒是意外，席阳阳这么一句话，一个鸡腿就把府爸爸、府妈妈给顺利地搞定了，直接承认了自家人，不由得对席阳阳有几分刮目相看。他盯着席阳阳的筷子，满脸期待着，等着席阳阳给他夹菜。

如果有鸡屁股，席阳阳一定会大方地夹给他吃。不过没有，所以席阳阳赏了他一个白眼，直接忽略他的眼神，埋头吃饭。

随后府妈妈又问了席阳阳一些家里的事，初步了解了下这个媳妇的身家背景。席爸爸虽然没有多说什么，但是听得也极为认真，最后总结道："毕竟这结婚不是两个人的事，也算是两个家庭的大事，该操办的还得操办。双方父母一定要约个时间见见，谈上一谈。"

席阳阳只能尴尬地应承下来。

一顿饭吃得宾主尽欢、其乐融融，不过席阳阳跟府禾朗就有点各怀心思。

临出门前，府妈妈笑着拉过席阳阳的手，把自己手腕子上一只玉镯子取下来，笑吟吟地塞到席阳阳手里："这个是我婆婆给我的，现在给你了，以后你跟阿朗可要好好过日子。"

席阳阳不能拒绝，只能硬着头皮接受，任由府妈妈和善地把镯子套上了自己纤细的手腕上。此刻，席阳阳只能点头接受："恩，我们会好好的……"说给府妈妈听的同时，也在心里告诫自己，试着跟府禾朗好好过日子，不管是何种原因结的婚，最起码现在是夫妻，理应把位置摆正。

府妈妈满意地笑了，伸手摸着席阳阳的脑袋："有时间多回来走走，婚礼我们会给你补上的，不会委屈你的。"说完也不等席阳阳回话，相携席爸爸一起走了出去。

席阳阳目送着他们远去的背影，有些无力地叹了口气，其实跟府禾朗结婚，席阳阳真的一点也不觉得委屈。她不需要什么婚礼，更不需要补办？

"呆瓜，发什么愣呢？"府禾朗一把拉着席阳阳，将她带进屋，俊脸上挂着笑意，"席阳阳，你现在可是我们家认定的媳妇了，等办了婚礼，整个A城都会知道，你是我们府家的媳妇，想跑都跑不了了……"

"府禾朗，你爸妈会办个什么样的婚礼？"席阳阳问得有些迟疑。

府禾朗低笑了两声，自信满满道："虽然说不上是本城最豪华的，但是一定会是最隆重的。"

席阳阳有些错愕，毫不犹豫地问："我能不能不要？"

府禾朗的笑脸瞬间凝结，怔怔地看着席阳阳问道："你什么意思？"

"我们现在这样就挺好的，我不想再要婚礼，也不想折腾。"席阳阳正色地看着府禾朗说，"如果非得要婚礼的话，你把这个镯子拿回去，我们离婚吧。"说着，席阳阳就动手摘自己手腕上价格不菲的镯子。

潜意识里，席阳阳知道，她高攀了府禾朗，即使府家可以不讲究门当户对，但是一旦踏入了府家，席阳阳的身家背景都会被挖出来，虽然她现在的职业拿得出手，但是她曾有那么一段阴暗的过去，席阳阳不想被拿出来晒。她不想背井离乡换过一个城市之后，还要把伤口再一次揭开。流言蜚语的杀伤力，强悍到无法估量。

席阳阳伤不起，席爸爸、席妈妈同样也承受不住。

如果席阳阳只是随便找了一个人，将就着下嫁了，那么过去的事就永远地过去了，随着时间的推移，都会让大家淡忘的。可是如果席阳阳嫁的是高干、豪门这样的家族，恐怕这段过去就再也成不了过去了。

伤疤一旦被揭开，除了席阳阳自己疼痛，恐怕也会给府家抹黑，席阳阳不想听到，当初文浩母亲的话，从府妈妈的嘴里说出来。

席阳阳能接受尊严被践踏一次，但是没有办法接受被践踏第二次，所以她宁愿选择做鸵鸟，选择放弃。

府禾朗愣了下，正色问："席阳阳，你真的不要豪华的婚礼？就想这样低调地跟我领个证就算完事了？"

"恩。"席阳阳认真地点点头，"我们这样过过日子，不是挺好的吗？"

府禾朗笑吟吟地伸手拧了席阳阳的鼻子一下："小呆瓜，也就你不想要豪华婚礼，不过结婚真的是很麻烦的事，我也怕麻烦，所以我会尽量跟我爸妈沟通，我们就这样过过日子得了。"府禾朗说完，转了转席阳阳手腕子上的玉镯子，正色地说："席阳阳，你现在已经是我媳妇了，我的人了，请你记住，以后可不许再说什么离婚之类的混话，要不然……"府禾朗拖着长调调，一本正经地说："我就打电话给你爸妈，让他们俩收拾你。"

席阳阳看着府禾朗被放大的俊脸，还没来得及反应，他已经一把抱住她的腰，将她带入怀里，火热温润的唇，毫不犹豫地朝着席阳阳的红唇覆盖了上来，霸道而又不失缠绵地撬开她来不及合上的牙关，长驱直入，细细密密地在席阳阳的唇齿间不断地索求温存……

这一吻吻得激情四溢、难舍难分，由客厅径直拥吻到了房间，接着顺理成章地倒塌在柔软的床榻上。席阳阳在府禾朗解开她BRA的瞬间，一下子清醒了，毫不犹豫地伸手推开了他。猝不及防的府禾朗狼狈地跌下床，席阳阳胡乱地扯着被子裹住自己，带着歉意地看着府禾朗，怔怔地道歉："对不起……"是的，在清醒的时候，席阳阳真的没有办法在心里念想着一个人的时候，跟另外一个男人上床！哪怕这个男人是她名义上的丈夫。

席阳阳并不是为了谁在守身如玉，她只是忠于自己的心，只是没有办法在还没接受这男人的时候，跟他翻云覆雨。

府禾朗看着神色恍惚的席阳阳，一扫不悦，轻扯了下嘴角，叹息了声道："我不勉强你……"

席阳阳吸了吸酸涩的鼻子，第一次认真打量着府禾朗，真心说了一句"谢谢"。

"你知道，我要听的不是谢谢。"府禾朗是个正常的男人，不是圣人，也不是神，他娶了老婆，却比没娶还要倍受煎熬，心里别提有多怨念了。

"我知道，你给我一点时间好不好？"席阳阳知道自己的话可笑，可是她不得不这样说。对她而言，没有爱的性就跟被强暴一样，想到被强暴，她的心里阴影就没有办法除去。

"恩，"府禾朗正色地点了点头，接着起身，胡乱扯了扯衣衫，"我去洗个澡。"

席阳阳歉疚地看着府禾朗走向卫生间的背影，心里百味陈杂，脑海里的思绪很凌乱，过去跟现在不停地穿梭，人影耸动，文浩跟府禾朗的俊脸也不停地交替。明明已经淡忘、埋藏，现在却清晰地出现在脑海，像是发生在昨天一样！

府禾朗擦拭着湿漉漉的头发，从卫生间出来，看到发呆的席阳阳，心头怔了一下。窗外已是一片暮色，屋内也昏暗得有些朦胧，席阳阳并没有开灯，就这样端坐在床上，眼神空洞地望着地板，脸上带着落寞跟忧伤。而见惯了席阳阳张牙舞爪、生龙活虎的样子，这样无助的她是府禾朗第一次见到的。他放低了脚步，轻声走了过去，打开了床头灯，站立在席阳阳的面前，清晰地看到了她眼角的泪痕。府禾朗愣住了，一时不知所措，只能张开双臂，将席阳阳抱入怀里，轻柔地拍着她的后背，柔声问："怎么了？"

席阳阳强忍住推开他的冲动，僵硬着身体，在他的怀里轻轻摇了摇头，回答："没什么。"

府禾朗也不深究，席阳阳没有推开他，已经让他心情极好。他又加大了怀抱的力度，下巴轻轻抵在席阳阳的头顶，闻着她的发香，低声地说："席阳阳，我们谈恋爱吧。"

席阳阳愣了下，怔怔地看着府禾朗，不说话。

府禾朗轻咳了下嗓子，遮掩自己的尴尬，一本正经地说："人家先恋爱，再结婚，我们先结婚，后恋爱，虽然顺序颠倒了，但是本质是不差的。席阳阳，你应该会接受我的追求吧？"

被府禾朗这么一本正经地追问，席阳阳有点招架不住，说："你追都没追，我怎么接受？"

府禾朗一听这话，瞬间笑得犹如花开一般灿烂，伸手揉了揉席阳阳的俏鼻，说道："好吧，从现在开始，我就正式追求你!"

席阳阳还没有反应过来,已经被府禾朗一把抱了起来,忙惊呼道:"呀,你干吗?"

"追你呀!"

"你放我下来!放我下来!"席阳阳挣扎了几下。

"席阳阳,你可别乱动,再动我就化身为狼,扑倒你!"府禾朗按压住胡乱挣扎的席阳阳,脚步却不停。他将席阳阳从房间抱到了客厅,将她轻柔地放到了沙发上。

席阳阳识相地蜷坐在沙发,看向府禾朗,问:"你到底想干吗?"

"约会第一步,我们一起去看电影。"府禾朗漂亮的黑眸闪着光,看着席阳阳有些羞涩的俏脸。

"刚不是说追求吗,怎么直接约会了?"这跳跃式的发展让席阳阳有点招架不住。

"我这不是在邀请嘛。"府禾朗笑得有些痞气地靠近席阳阳。

"你这是邀请?"席阳阳嘴角撇了撇,"我要不答应,你会怎么样?"

府禾朗呵呵笑了两声,带着几分邪气地说道:"你是我老婆,你要不答应,你说我会怎么样?"

"好吧,"席阳阳点了点头,"出门看电影,总得让我换衣服吧?"

"衣服别换了,你又不是没穿,"府禾朗笑说,"等等,我给你拿鞋去!"不等席阳阳开口,府禾朗便飞快地奔去鞋柜,拿了一双金色的高跟鞋。府禾朗看着这双八厘米细高的鞋皱了皱眉,又看了看鞋柜里似乎都是同类,开口道:"你怎么都是这样的高跟鞋呀？穿着不累吗？"心想，踩人可真疼！

"不累，挺好的！"席阳阳说着就从府禾朗手里接过自己的鞋子。

却不料，府禾朗不但没给她鞋，反而快一步蹲下身子，道："老婆，我帮你穿鞋！"接着，不等席阳阳抗议，直接抓着她的脚就要给她穿鞋。

这是府禾朗第一次帮女人穿鞋，远远比自己想象中难得多了！府禾朗抓着席阳阳的脚，怎么都套不上去，前面是塞进去了，后面却总拉不上，他又不敢过分用力，没一会儿，就急得额头上冒汗。

席阳阳看着府禾朗手忙脚乱地帮她穿鞋的样子，心里涌现出一股说不清楚的暖流，不知不觉脸上竟染上了红霞，因为，第一次有男人这样小心翼翼地帮她穿鞋。

府禾朗费了九牛二虎之力，在席阳阳的帮助下，总算帮她把高跟鞋穿上了，又体贴地扶着她站起来，稳当地走了几步，感慨道："哎，看来以后要多练习几次才行！"

席阳阳笑而不语，接过自己的包，跟着府禾朗一起出门了。

第五章　曾经的爱

到了电影院,他们要看《我愿意》,离电影放映还有二十五分,席阳阳看着府禾朗抱着最大桶的爆米花,笑得特欢快地朝着她挥舞着手,要她去帮忙拿买好的热奶茶。"老婆,来,帮我拿下。"

"小心烫。"在府禾朗关切声中,席阳阳小心翼翼地接过两杯热奶茶,问:"你买这么大桶的爆米花干吗呀?又吃不掉。"

"我喜欢,我乐意。"府禾朗的声音透着轻快的愉悦,深邃又含情脉脉地看着席阳阳。

席阳阳不敢对视他如此灼热的眸光,慌乱地撇开眼,强装镇定:"好吧,你喜欢就好。一会儿,你慢慢吃。"

"我一个人吃多没劲儿啊,当然是带着老婆一起吃。"府禾朗朝着席阳阳笑,"我等老婆喂我吃。"

席阳阳撇了撇嘴角,一时间不知道该怎么回复府禾朗。只听他喊了一声"小心",席阳阳还没反应过来,就被后面的人撞了下,手里的两杯热奶茶洒了出来。她被烫得松开了手,热奶茶便洒了一地。

府禾朗丢下爆米花,朝席阳阳快步奔来,一把拽着她的手,忙吹了起来,"疼不疼?"

说不疼才怪,那么烫的奶茶,大半杯洒在手上,白嫩的皮肤瞬间就红了。席阳阳疼得眼泪都要出来了,碍于形象,强咬着疼痛摇了摇头,看向那个不停地道歉的路人。

这一看,彻底让席阳阳傻眼了!

"阳阳,是你?"此人满脸惊喜,连声音都带着久别重逢的喜悦。

虽然早前在电视上,席阳阳已经看到过三年不见的文浩,青涩早已褪去,合体的西装,衬托着他俊朗的面容英伟不凡,举手投足之间俨然一副成功人士的模样。但现在见到他本人,还是在这种情况下,席阳阳的脑袋"轰"的一声,彻底乱了,不知道该如何应付。

文浩棱角分明的俊脸,是那样熟悉,席阳阳甚至能感觉出,她曾经抚摸过的每一个的地方的触感,下巴、脸颊、鼻尖、额头……但是,事实上分隔了三年,一千多个日日夜夜,没有任何消息,没有只字片语,两个人之间早就陌生了。

而跟在文浩身边的那个娇俏的女人,一脸醋意地盯着席阳阳,恨不得将她身上烧出几个窟窿来。她应该就是早前王娜嘴里的表姐——王丽娜。

席阳阳有些自嘲地动了动嘴角,原来她跟文浩之间,已沦落为熟悉的陌生人,如今还得新欢、旧爱齐聚,真是尴尬至极。

三年的时间不算长,但是也不短。席阳阳用空白的三年,独自沉浸在回忆里,纪念着曾经的爱人,文浩。但是好像一下子又全变了,她只用了一个晚上的时间就选择了闪婚,嫁给了一无所知的府禾朗。这恍惚的婚姻生活,总让她感觉自己在做梦，但他确实是真切存在的。

"阳阳，我是文浩啊。"文浩目光灼灼地盯着席阳阳，看她没有接话，语气不由得有些焦急。

"嗯，你好，好久不见了！"似乎是用尽了浑身的力气，席阳阳才能把这短短的几个字完整地说出来。

"好久不见，你好吗？"感觉到席阳阳的礼貌、生疏，文浩雀跃的心一点一点冷了下来，语气也平淡了许多。

"我很好，你呢？"

"我也很好！"

相互客套的问候，再也找不到能说的话，剩下只是尴尬。二人无语地对视了一眼，又不约而同地撤开视线。

一旁敏感的府禾朗早就觉察不对劲，看了看席阳阳，自然地将她护在自己怀里，微笑着伸手跟文浩打招呼："你好，我是席阳阳的丈夫，府禾朗！"

文浩一听这话，双眼瞬间黯淡了，不动声色地又礼貌地伸手跟府禾朗握了握："你好，我是席阳阳以前的朋友，文浩。"

席阳阳看着两个男人相握着手，两个人脸上都带着礼貌的笑容，暗地里却是风起云涌，心里不禁捏了一把冷汗，强装镇定地伸手挽住府禾朗，扬了扬手里的电影票道："老公，我们该进场了。"

"是啊，文浩，我们的电影也要开演了，走吧。"王丽娜甜腻地说，同时熟练地挽着文浩，拉着他转身。

曾经相爱的两个人，现在身边各自陪着不同的人，不约而同地转身，向左走，向右走。

府禾朗并没有多嘴任何有关文浩的事，进了影厅，抱着爆米花落座。席阳阳也没有跟府禾朗多做任何的解释，两个人专心致志地看起了电影。

在看到女主面对昔日恋人七年之后的归国，哭得唏哩哗啦的时候，席阳阳也开始无声地落泪。曾经那么刻骨铭心的爱情，到最后却是两两相望，擦肩而过。电影里的情节就像她和文浩一样，相遇了，也只能彼此简单问好，多说一句话都感觉要抽干自己浑身的力气。

府禾朗张了张嘴，想说点什么，但是最终还是没有说出口。他将席阳阳的头，轻轻地放倒在自己的肩头，掏着面纸，帮她轻轻地擦泪。

等席阳阳哭累了，眼睛再也流不出泪，她才深深地呼了一口气，对府禾朗轻轻地说："谢谢。"谢谢他的不过问，不然席阳阳真的不知道应该怎么跟他解释。

"不客气！"黑暗中，看不清府禾朗的表情，但是，他的声音却带着溺人的温柔。

席阳阳凌乱的心，被他这一声不客气，还有紧扣的十指传递的温情，渐渐地安抚了下来。

电影散场之后，府禾朗绅士地牵着席阳阳的手，走出昏暗的影厅，松开手，自然地问："你肚子饿不饿？

"不饿，我们回家吧！"席阳阳带了点疲倦地说。

府禾朗点了点头："好！"我们回家吧，这五个字，让他的心有一种踏实的幸福感。虽然他清楚，席阳阳跟他的婚姻纯属凑合，但是他喜欢席阳阳，愿意花所有的时间跟心思去了解她，去感动她，去爱她，等她。府禾朗相信，他的诚意早晚有一天会打动席阳阳，让她彻底地接受自己。

在这之前，府禾朗早就做好了一切等待的准备。

这一晚，席阳阳睡得并不踏实，不停地在床上翻来覆去，心乱如麻，那些挥之不去的过去，压在她的心头，让她沉闷得喘不过气！

她摸黑起床，轻手轻脚地开了房门，跑去书房，开了电脑上网。

其实府禾朗也没有睡着，望着空空的床榻，叹息了一声，接着望着天花板，思索着这段婚姻该怎样经营，该用什么样的方式去爱席阳阳。

凌晨2点半，大家都睡了，席阳阳也找不到可倾诉的对象，便玩起了游戏，直到玩得累了，才蹑手蹑脚地回到了床上，倒也管用，倒头就睡了。

听着她均匀的呼吸声，府禾朗自然地将她抱在了自己的怀里，动作轻柔，小心翼翼。

如果席阳阳愿意接受，府禾朗一定会用心对她好，竭尽所能地呵护这个敏感或许曾经受过伤的女子。她的欢快、张牙舞爪，不过是用来蒙蔽世人的假象。她的心里有一片汪洋，时刻会泛滥汹涌的海浪，一次次侵袭柔弱又倔强的她，她却独自承受着疼痛和悲伤。

府禾朗心疼，真的很心疼，但他只能看着，什么都做不了，这样的无力感让他感觉异常痛苦。

席阳阳睡得迷迷糊糊的时候，被周周的电话给吵醒了，睡眼惺忪地接起电话："喂！"

"喂什么喂啊，都几点了，你还没起来？"周周咋咋呼呼的声音，清晰地传了出来。席阳阳的作息一般是十点起床，周周比谁都了解，按周周现在的态度，此刻应该是十点以后了。

席阳阳眯着眼睛看了看墙面上的钟——一点半！

"阳阳，我以为你结婚了，府禾朗能把你的时差给纠正过来，你倒好，变本加厉了！现在一点半都不起来，你是不是想日夜颠倒？"周周不等席阳阳开口，率先一本正经地训起话来。如果不是年龄摆在那儿，席阳阳丝毫不怀疑，周周的婆妈劲儿，完全能跟席妈妈媲美。

"我昨晚没睡好，才难得睡了个懒觉嘛！"席阳阳无辜地打了个哈欠，解释了下，接着问，"怎么了？"

"陪我逛街，我男人要过生日了，我得给他买礼物！"周周甜蜜蜜地开口，接着催促道，"你现在起来吧，我十分钟后过去接你。"说完，风风火火地挂断了电话。

席阳阳胡乱收拾了下，半个小时之后，就和周周出现在了购物大厦。

周周挽着席阳阳，一脸纠结地问："阳阳，你说我该给我老公买个什么礼物呢？"

"额，我怎么知道！"席阳阳回得有些无奈，"你这做老婆的都不知道，我这个外人就更不知道了。"

"平日里喜欢的都一起买了，这不过生日，想给他一个惊喜嘛。"周周撇了撇嘴。

"我想，只要你买的，他都会惊喜吧。"席阳阳随意道，心想，你买的礼物，就算苏明不惊喜，你也会折腾得让他觉得惊喜。

"哈哈，这倒也是。"周周得意地笑了起来，随即道，"不过我还是想送得与众不同一点。破人，你倒是帮我一起想想呢。"

A城的购物大厦，从顶楼国际奢侈品到底楼二三线品牌齐全，从珠宝首饰到吃住日用，一应俱全、商铺林立，可谓琳琅满目。

"要不，你买个什么牌的衣服？"席阳阳建议。

"不要，没创意。"周周毫不犹豫地拒绝，"平时买买衣服也就算了，生日换个别的送送。"

席阳阳伸手指了指对面的ZIPPO店，道："要不，给你老公买个打火机？"

周周摇头："他现在不抽烟，买了用不着。"

"那去买瓶香水？"

周周摇头："给他买香水，骚不死他了，不行，再想。"

"要不，买个钱包？"

"前几天朋友从香港回来，给他带了个Gucci的钱包。"

"要不，去买对戒？"

"我们都老夫老妻了，结婚戒指、订婚戒指都有，再买对戒也没手指戴。"周周垮着脸，相当无奈，"我说阳阳，你的脑袋瓜怎么比我还俗啊？还以为作家的想法有多新颖另类呢。"

这下轮到席阳阳无语地耸肩了，说："姐姐，是你要求太高了，这跟我的职业毫无关系。"

"那到底买什么呢，纠结死我了！"周周满面愁容地跺脚。

席阳阳揉了揉发疼的太阳穴，试探性地问："要不，买个领带？"

"苏明最讨厌的就是每天戴领带，如果不是工作需要，他可是一点也不想戴的。你说，我能送吗？"周周反问席阳阳。

"好吧，那你说，你到底想给你老公买什么呀？"

周周一脸无辜地盯着席阳阳，委屈道："我就是不知道，才拉你出来一起参谋参谋，什么东西比较特别，又有纪念意义嘛。"

"我又没给老公买过，怎么知道！"席阳阳无奈地摊了摊手。

"也是，"周周点了点头，"不过，你今天也要给府禾朗买礼物吧？"

"我？"席阳阳指了指自己的鼻尖，反问，"为什么呀？"

周周怔怔地瞅着席阳阳，过了半晌才淡淡地说："因为府禾朗跟苏明是同一天生日，你这做老婆的好歹也要意思意思吧。"

"啊？"席阳阳真不知道府禾朗哪天生日。

对于席阳阳的反应，周周有些吃惊，笑道："阳阳，你快想想，你给府禾朗买个什么礼物？"

席阳阳脑海转了一圈，将府禾朗从头到脚清晰地过滤了一遍，才出声道："我能不能当作不知道？"

府禾朗从头到脚的行头都价格不菲，席阳阳无论送什么，都要"大出血"，便补充道："肉疼啊。"

"鄙视你。"周周没好气地顶过一肘子，满眼鄙视地看着席阳阳，"你说你，婚都结了，怎么一点也没为人妻的自觉性？"

席阳阳沉默不语，这一点她确实很理亏。

"你跟府禾朗夫妻生活和谐不？"周周侧过脸，看着席阳阳正色问道。

"嗯，还行吧！"席阳阳含糊地回答。

"打算什么时候要孩子？"

席阳阳脚底一软，这才反应过来，周周刚才的问题是有深意的，这可不是一般的夫妻生活！席阳阳的俏脸瞬间飞起了红霜，尴尬地说："没想那么长远。"两个人现在除了睡同一张床，实际上啥关系都没有。

"你也老大不小了，既然结婚了，就要考虑趁早要个宝宝，毕竟府家不是一般的人家……"

"嗯，我想到给府禾朗买什么了！"席阳阳忍不住打断周周喋喋不休的训话，一把拉着她走进了正前方的爱马仕专柜。

"买什么？"

"嗯……"其实席阳阳真不知道，要进来买什么，胡乱地扫了一眼，在周周灼灼的眸光下，硬着头皮指了指一边的配饰道："买个皮带吧。"接着看了一眼排列的皮带，将看着最为顺眼的一条棕色皮带拎了出来："好吧，就它。"

周周满脸欣慰地看着席阳阳，夸赞道："有进步啊，知道买皮带了。"席阳阳还没接话，周周笑着打趣："知道把你男人拴在裤腰带上了。"

席阳阳额头三道黑线，无语道："周周，你的想象力是不是忒丰富了点？"买个皮带都能想得这么深远，她不去写小说，还真的是埋没了人才。

"哪有？我说的就是事实。"周周随即笑道，"好吧，我也要把我男人拴在裤腰带上，也给他买个皮带得了。"说完，专注地挑选起了皮带，从款式到颜色再到做工，以及最后的手感，细细地比较挑选。

席阳阳付款过来，周周还在那儿纠结，到底是要挑个时尚一点的，还是朴素一点的，席阳阳伸手说朴素的，她就说没品位，太低调。席阳阳说，那就挑个时尚的，周周又说，太招摇，不适合苏明。席阳阳识相地保持了沉默，在一旁百无聊赖地打起了哈欠，手捂着嘴，还没打完，眼睛一下子瞪大。世界要不要这么小，她又看到了文浩？

文浩踏入店内，一下子就看到了定在那儿的席阳阳。确切地说，他是在玻璃橱窗外看到席阳阳的身影，才欢喜地走了进来打招呼："阳阳，好巧。"

"是啊，好巧！"席阳阳在看到他的一瞬间，脑袋就打结了，错开目光，垂下脑袋，只能呆呆地重复他的话。

"文浩？"周周瞠目结舌地抬头，看着他惊呼出声。

文浩轻扯了下嘴角，毫不吝啬地绽放友好的笑意："周周也在啊？"

"嗯，是啊……"周周有点招架不住文浩俊朗的笑脸，因为昔日恋人重逢，周周夹在中间，怎么都觉得浑身不自在，别扭。但是周周又不能丢下席阳阳走人，毕竟席阳阳现在是有夫之妇了，单独跟老情人会面，总归有些暧昧不清，还别说，他们两个人本来就分得不清不楚……

此时，文浩看着席阳阳的眼神，那叫一个含情脉脉、温柔似水，而席阳阳虽然低着头，没有回应，可是手却因为紧张，不停地揪拽着衣角，这样不安的神色丝毫不用怀疑，文浩在席阳阳的心里还是有一定位置的，至于这个位置有多重，那就只有席阳阳自己清楚了。

这两个人的互动让人看着就纠结，最不舒服的大概是周周。电灯泡这个角色让她浑身都被烧得灼热！她干咳了下，打破沉默："文浩，你也是来买东西的？"

"嗯……不……是啊！"文浩本来想说不是，他是看着席阳阳才进来的。但看到席阳阳移开视线，淡定地看向一边的玻璃橱窗，浑身散发出陌生跟疏远，不由得又将话吞进了肚子，胡乱说了一句。

"是吗？你买什么呢，要不要我帮你参谋参谋？"周周笑吟吟地打趣。

"嗯，不用了，我就随便买个皮带……"文浩说着，从货架上拿了跟席阳阳一模一样的皮带，交给专柜小姐，"包起来。"

席阳阳的心颤了下，神情恍惚地看着文浩，他竟然跟席阳阳选了一样的皮带。席阳阳虽然看似无意，随手拿的，但是席阳阳这个人就是这样，什么东西都只看一眼，觉得适合、喜欢，就会拿下，别的东西再好再贵也不会再多看一眼，对待男人或许也是如此，只要入了她的眼里，进了她的心里，她就会一直爱下去，直到再也爱不动为止。

这三年，一千多个日日夜夜，将他们两个生硬地拉开了，似乎什么都改变了，但是又似乎什么都没有变。甚至两个人选东西的眼光、偏执的个性，还是跟过去一模一样。

空气因为他们两个人的沉默而瞬间冰冷，周周想说点什么调节下气氛，但是又不知道说什么。

"我说爱你一万年你还嫌不够，究竟怎么才能满足你的渴求，我停下了漂流，我放弃了自由，想尽各种方式想和你一生守候，我心里难受却说不出口，为了那些莫名其妙的理由，你爱不爱我，我真的没把握，我情愿花很多时间来和你蹉跎……"手机铃声响起，打破了安静，显得格外刺耳。席阳阳看着手机屏幕上府禾朗的俊脸，"亲亲老公"来电，心想，府禾朗什么时候把名字改掉了，她竟然都不知道。

在铃声第二次响起的时候，席阳阳对文浩说了一声抱歉，然后走向一边接起电话："喂！"

"睡到现在才起来吗？"府禾朗温和地询问："我叫和嫂给你送的安神鸡汤，喝了没？"

"没，我陪周周逛街呢。"

"逛街？在哪儿逛呀？一会儿我去接你，"府禾朗讨好地说，"晚上正好回爸妈家吃饭。"

抬出爸妈，席阳阳根本没有拒绝的余地，只能乖乖地报上地址，接着挂了电话。

周周朝着席阳阳挤眉弄眼地说："怎么，老公查岗了？"一旁的文浩这次不再遮掩，神色大变，盯着席阳阳问："你真的结婚了？"

席阳阳深吸了一口气，努力让自己的声音听起来平淡："是的，我结婚了。我老公你上次也见过了……"

文浩的脸色顿时难看，失神道："我以为，你开玩笑的，没想到……"

"结婚怎么可能开玩笑呢。"周周再次强调事实。在文浩跟府禾朗之间，她毫不犹豫地站队府禾朗，因为她知道这个男人对席阳阳的感情到底有多深，至于文浩，就算对席阳阳余情未了，但是文家是席阳阳跨不进去的，周周不想看到席阳阳再次遍体鳞伤。现在她跟府禾朗过得很好，就这样一直平淡地好下去就足够了。

文浩的脸色越发难看，隐忍着痛苦问："什么时候？"

"半个月前。"

文浩听完周周的话，看着席阳阳，不死心地追问："真的？"

席阳阳咬着唇，一言不发，似乎用尽全身力气点了点头。

文浩怔怔地看了她很久，半响深深地叹息了一声，喃喃地道："那么，祝你幸福。"

席阳阳忍住鼻尖的酸涩，将眼中快要克制不住的泪生生地憋回去，强挤了一抹笑："谢谢，我会的。"说完，一把拉住不知所措的周周，快速奔出了专柜，眼泪就克制不住地落了下来，用手背一抹，掉得更凶猛了。

席阳阳真的没有料到，会在这样的情况下遇到文浩，更没有办法想象，两个人之间还会发生这样一段对话。她觉得身心疲惫，甚至有些透不过气来。

"阳阳。"周周意味深长地叫了一声，将她轻轻地搂在怀中，轻柔地拍着她的背安抚，"好了，好了，没事了，没事了。"其实作为死党，她真的不知道该说点什么，这些事情她可以看在眼里，疼在心里，但是无能为力，毕竟是席阳阳自己的事。

席阳阳哭了好久，情绪发泄得差不多了才抬起头，深深地呼了口气，对着周周挤了一个比哭还难看的笑容，伸手道："给我面纸。"

周周忙从包里掏了面纸递过去，知道席阳阳崩溃的情绪已然恢复，那么她也就不去多此一举地说些没用的话了，"我们找个地方休息下吧。"

席阳阳点了点头，跟周周到购物大厦一层的快餐店补了下妆，点了杯饮料，就坐着等府禾朗来接。

"阳阳，你跟我说句实话，你心里是不是还没放下他？"

"放下了。"席阳阳轻描淡写地说，"早就放下了。"在文妈妈践踏她尊严的时候，在她知道两个人不再有未来的时候，席阳阳就已经放手了。是她自己放手的，她没有资格去留恋，也没有资格委屈。只是她放不下过去，放不下回忆，曾经那么刻骨铭心的爱情，曾经装在心里用尽力气去爱的人，怎么可能说忘掉就能忘掉？所以她没有办法冷静地面对这曾经的爱人，刚才只是有些措手不及而已。

"放下会是你这样的表现吗？"周周一针见血说道，"阳阳，不管你爱听不爱听，这话我必须得说，过去的事都过去了，不管是因为什么，你跟府禾朗结婚是事实，既然结婚了，就好好地抓住他，花心思把婚姻经营好，别的就都不要瞎想了。"

席阳阳认真地点了点头，其实这些不需要周周点明，席阳阳也清楚，所以她也在努力去靠近府禾朗，试着一点一点地接受，或许顺着感觉一步一步走下去也挺好的，但是这个过程需要一点时间。

没一会儿席阳阳的手机铃声再次响起，她刚想接起，府禾朗已经推门进来，快步朝着席阳阳她们走来，边走边说："逛完了？"

"嗯。"

"买了点什么？"府禾朗随意地问。

周周刚准备开口，被席阳阳在桌底下踩了一脚，就笑嘻嘻地闭嘴了。席阳阳想到跟文浩买的同款皮带，便不准备再送给府禾朗，于是摇了摇头说："没买什么。"

"怎么逛了半天，什么都没买啊？"府禾朗一身PRADA轻便休闲装，简单的白色衬衫加水蓝色的磨洗牛仔裤，挺拔的身形显得更加玉树临风、潇洒俊逸，此时眉眼都带着笑意，看上去迷倒一片少女。

"太贵了，买不起。"席阳阳硬着头皮胡乱说道。

府禾朗皱了一下眉头，不可置信地重复道："太贵了，买不起？"接着又问："你看上什么了，走，我们看看去。"

席阳阳看他的架势，不用多想，他是准备出钱帮她买了，不由得尴尬了起来，紧张地说道："没什么，我也就随便说说。"

"真没什么？"府禾朗疑惑地上下打量着席阳阳。

席阳阳忙不迭点头。

府禾朗随意地掏出卡包，递给席阳阳一张金灿灿的VISA卡，淡淡地说："下次看上什么东西，自己刷，别客气。"

席阳阳一愣，并没有伸手接。府禾朗撇了撇嘴，一把拉过席阳阳的手，将卡塞到她的手里，"拿着。"

席阳阳不想接，但是看府禾朗那么坚定的眼神，不得不勉为其难接过卡。

"喂，你们要不要这样恩爱地刺激我呀？"周周在一旁打趣，"真是羡慕忌妒恨哪。"

府禾朗一脸镇定，淡淡地说："老公负责赚钱养家，老婆负责貌美如花，天经地义嘛。"

周周憋着笑，说："府禾朗，你没被调教，就有这样的觉悟，绝对是难得的人才！"

席阳阳攥着那张薄薄的硬卡，心跳骤然加速，快得有些跟不上节奏。同时，心底荡起一种没有办法用言语形容的触动，随着卡片的主人所说的每一句话，而激荡起层层涟漪。

府禾朗自然地揽过席阳阳，笑着跟周周道别："我跟阳阳要回爸妈家吃饭，先闪了，下次约时间跟你们夫妻俩好好聚下。"

周周挥手道别，同时不忘打趣："嗯，你俩恩爱去吧，我也回家找我家相公去，拜拜。"

席阳阳感觉自己的脸，有些说不清楚的滚烫，她的手被府禾朗大力地攥在掌心，暖流不断从交叠处蔓延开来，流向全身，渐渐淌入心脏。席阳阳悄然抬眸，看着府禾朗英伟的侧脸，轮廓分明的脸面上，完全是一副理所当然的样子。席阳阳暗骂自己太不淡定，都这么大的人了，又不是没跟男人牵过手，紧张什么呀，何况府禾朗本来就是她老公。

一路被府禾朗牵着走出了周周的视线，走到了停车场，到了车旁边，府禾朗依旧没有松手。

"席阳阳，你在紧张？"半响，在席阳阳感觉自己的心犹如小鹿乱撞时，府禾朗淡淡地开口。

"没有！"席阳阳硬着头皮回道。

"可是，你的手心在冒汗。"

"这么热的天，你牵着我，我当然会冒汗！"席阳阳没好气地抵赖，想甩开府禾朗的手，却没有成功，反而被他攥得更紧了。只听他在耳边低沉温和道："可是我在紧张，这是我们第一次在人前牵手。"

席阳阳听到这句话的时候，心里不由得一阵慌乱，不由自主地抬头，正好对上府禾朗漂亮、晶亮的黑眸，忙不安地错开视线，连呼吸都小心翼翼起来。

直到坐上了府禾朗的车，在狭小的车厢内，席阳阳依然感觉自己浑身的神经有种说不出来的紧绷，内心也跟着紧张。当然，表面上，席阳阳强装着镇定，为了缓和紧张，她随手点开了车上的音乐。

我说爱你一万年你还嫌不够,究竟怎么才能满足你的渴求,我停下了漂流,我放弃了自由,想尽各种方式想和你一生守候,我心里难受却说不出口,为了那些莫名其妙的理由,你爱不爱我我真的没把握,我情愿花很多时间来和你蹉跎……

带着悲凉的声音,缓慢地在车厢里蔓延。

席阳阳疑惑地看向府禾朗俊朗的侧脸,问道:"你怎么也听《不够》?"

府禾朗正好转过目光,跟她对视上,解释道:"听你手机铃声是这个,就拷贝了全首,听听还可以。"

席阳阳不知道该接什么话,心中百味杂陈,耳中是挥之不去的旋律……

府禾朗关低了音乐,歉意地看着席阳阳,扬了下手机,低声道:"接个电话。"

席阳阳点了点头,将目光移向车窗外。

"嗯,我们现在正过去呢,一会儿就到!"府禾朗温和地说完,挂了电话,又重新打开音乐。看着席阳阳专心致志地盯着窗外的景致,似乎不想交谈,便也识相地保持了沉默,专注地开起车来。

到府家的时候,饭菜都端上桌了,府爸爸、府妈妈都身穿家居服。府妈妈一脸慈爱地招呼着席阳阳,府禾朗落座,拉着席阳阳说:"快点坐吧,鸡汤我让和嫂去热了,一会儿先喝汤。"

府禾朗绅士地拉着椅子,伺候席阳阳坐下,又拉开她身边的另一把椅子,准备落座。这时,从厨房走出一个时尚的美女，手里还端着菜，甜腻腻地对着府禾朗笑着打招呼:"朗哥哥。"

府禾朗有点意外，忙问:"你怎么在?"

这个女孩叫艾婷，是府爸爸一个战友的女儿，他爸爸过早离世，艾婷就被托付给了府家。这么多年了，府爸爸、府妈妈也当她是亲生孩子一般疼爱抚养的。

府禾朗是真心当她妹妹，小时候有人欺负她，他就护着她，帮她出头;长大点了，就带着一起出去旅游玩耍，府禾朗是从心眼里疼爱这个从小缺爱的姑娘。可是情窦初开的艾婷，却暗恋上了府禾朗，并且这一恋很多年。府禾朗装傻了很多年，不停地纠正她的恋爱观，却始终没用!

艾婷从偷偷喜欢，到忍不住泪流满面地告白。府爸爸、府妈妈本来抱着围观的态度，毕竟艾婷是他们看着长大的孩子，要真跟府禾朗凑一对，也不是坏事。但是府禾朗要真不喜欢，凑不拢，也只能算了。不过，女追男，毕竟隔层纱，府爸爸、府妈妈潜意识里还是挺看好这两个人的。

不过没有想到府禾朗是个爱憎分明的人，他没办法接受一直当惯了妹妹的人突然跟他告白，所以他很直接地拒绝了艾婷，让她重新喜欢一个人。

艾婷不死心，不停地破坏府禾朗的恋情，总是让他的爱情还没萌芽就被掐死了。一次可以忍，两次也能忍，但是次次都这样的话，府禾朗再好脾气也要爆发，找艾婷大吵了一架，并且果断地拒绝，明确告诉她，妹妹，永远只是妹妹。

艾婷一哭、二闹、三上吊都玩了，府禾朗依旧没回头。在艾婷自杀未遂之后，府爸爸、府妈妈终于意识到问题的严重性，而且这两个人是绝对没可能的，所以，双双出动，软硬兼施地劝说艾婷，并送她出国去念书了。

这一走起码也要三四年，当然，被她这样折腾后，府禾朗也不敢轻易谈恋爱了，所以，一直保持单身。前不久，艾婷在QQ上跟府禾朗说，有个青年才俊在追求她，要不要答应。言语之间还是对府禾朗旧情难忘。为了彻底断了她的念想，府禾朗告诉她，自己已经有个谈婚论嫁的对象了，艾婷不信，非得定机票回来。府禾朗无奈，去婚庆公司定了一套婚纱照，告诉她这事的真实性，要她接受那个青年才俊，等他结婚的时候，一起带回家。

艾婷应了下来，府禾朗也以为这事就过去了。当然，跟席阳阳的闪婚，确实是他计划之外的事。

席阳阳目光迎上艾婷深不可测的探究，看着她精致、漂亮的妆容，朝着她友好地笑了笑。

艾婷将视线从席阳阳的身上收回，又看向府禾朗，淡淡地问："这个就是你要谈婚论嫁的对象？"

"已经是我老婆，你的嫂子了。"府禾朗露出一口白牙，满脸幸福道，"我们领证了。"

席阳阳不动声色地看着艾婷瞬间僵硬的表情，听着府禾朗在那边介绍道："老婆，她是我妹妹，艾婷。"

"嫂子，你好。"艾婷眼底的忌妒一闪而逝，面无表情地吐出这么几个字，算是寒暄了。

看来，这妹妹跟哥哥之间有不少故事。席阳阳扫了一眼府禾朗，努力忽视艾婷灼烧在她身上的妒火，微微笑道："嗯，艾婷，你好。"

气氛有点不太和谐，府妈妈忙出来招呼道："都过来吧，喝鸡汤了。"

府禾朗帮席阳阳盛好烫，又端到面前，还帮她吹了吹才说："老婆，来，趁热喝。"

席阳阳不知道府禾朗是故意要秀恩爱，还是真的在殷勤地追求她，总之她很配合将鸡汤喝了个干干净净。刚放下碗，府禾朗就温柔地帮她擦嘴。

府家二老倒是开明，对于小夫妻的亲昵举动笑而不语，不管是什么职业、什么人群，年长者都有共同的一个心愿，那就是能早点抱上孙子，享受天伦之乐。

坐在一旁的艾婷终于忍不住冷哼了一声，丝毫不顾忌席阳阳的尴尬，嘲讽道："朗哥哥，你至于把她伺候得跟个皇太后似的吗，她自己没长手吗？"

忌妒可以，没好感也行，暗地里翻白眼也没问题，但是你也别这样赤裸裸地攻击啊，席阳阳长这么大，什么都吃，唯一吃不得的就是亏。好，既然你忌妒，看不过她跟府禾朗的恩爱，那么席阳阳一定会加倍恩爱，让你气死。

席阳阳嘴角扬起灿烂的笑容，对府禾朗甜腻腻地道："老公，我要吃虾。"

府禾朗不动声色地拢了下鸡皮疙瘩，灿烂地笑着说："老婆，等等，我帮你剥好。"

艾婷一听这话，俏脸都气白了，恼恨地磨了磨牙，夹了几块肉，胡乱嚼了起来，那憎恨的表情，恨不得吃的就是席阳阳的肉。

府禾朗看着席阳阳把他剥好的虾吃了，又乐颠乐颠地夹了一块鱼，小心翼翼地去了鱼刺，放入席阳阳的碗里："老婆，这鱼味道不错，你尝尝。"

艾婷深呼吸：说"朗哥哥，我也要。"

"自己夹。"府禾朗毫不犹豫地拒绝了。

如果不是碍于府家两位重量级长辈在，席阳阳真的很想笑场。她扫了一眼艾婷气呼呼的脸，只见她嘟着嘴，咬了咬唇，怒气冲冲地放下筷子："我吃饱了。"起身径直奔进房间。"嘭"的一声关了门，宣泄心头的不满，震得席阳阳的小心肝扑通扑通加快了好几拍。

府禾朗淡定地扫了一眼，接着给席阳阳碗里夹了一块鸡肉，柔声道："老婆，这个鸡炖得不错，肉也相当入味。"

府妈妈也慈爱地给席阳阳夹了一块肉，说："吃吧，吃吧，多吃点。"

谁都有不能说的秘密，关于府禾朗的事，不管过去还是现在，席阳阳聪明地选择了装傻。她扬起灿烂的笑容，乖巧地给府妈妈、府爸爸夹菜，"爸妈，你们也多吃点。"

饭桌上，一家人吃得其乐融融。

晚上回到家，府禾朗伸手帮席阳阳拿包的时候，顺手拿起装着皮带的包装袋，扫了一眼问："你买了什么？"

"呃……"席阳阳有点尴尬，这事说来有点话长，总不能告诉他事实，本来是想送他的生日礼物，结果跟她初恋情人买得一模一样了。虽然这并没有什么，但是席阳阳潜意识里不想他们两个撞，所以决定不送了，大不了明天再给府禾朗挑个别的礼物，有他的卡在，刷再贵的东西，都不肉疼。

"什么东西？"席阳阳的表情，令府禾朗对这东西有了几分好奇，说话的同时就拆开了袋子，也看到了里面的东西。

"不……"席阳阳的话还没说完，府禾朗已经拆了盒子，看到里面的东西："皮带？给我买的吗？"

"当然不是。"毫不犹豫地否认，席阳阳硬着头皮伸手接过袋子，"给朋友的。"

"给朋友买的？"府禾朗微微挑了下飞扬的眉，漂亮深邃的黑眸直视席阳阳慌乱的双眼，淡淡地道，"男的？"

"……嗯……"席阳阳差点咬到自己的舌头。本来以为府禾朗还会问点什么朋友之类的问题，席阳阳甚至心中想着，如果这样问，该怎么回答。府禾朗却没有再问，沉默着帮席阳阳拿拖鞋，伺候着她换鞋。

"呃，府禾朗，其实这……"席阳阳倒是有点不自在了，想解释什么，但是又不知道该怎么开口。当然，说了一个谎，注定要用无数谎来圆了。要早承认，就是给府禾朗买的礼物，又怎么样呢。明明很简单的事，却被她搞得这么复杂。

府禾朗看着席阳阳，望着她欲言又止的模样，不由得轻笑："老婆，你想说什么？"

被府禾朗的笑意传染，席阳阳眉眼带着笑意道："我想说，你今天的衣服很好看。"

"其实，你是想说，我人好看吧？"府禾朗自恋地打断席阳阳，"衣服穿在我身上，才特别好看是吧？"

席阳阳嘴角抽搐了下："见过自恋的，没见过你这样自恋的。"

"席阳阳，你好歹也算半个文艺女青年，评价能不能稍微中肯一点？"府禾朗无奈地叹气，"夸我至少也把话说得漂亮点，好听点吧。"

"我已经很中肯了好不好？"席阳阳摊了摊手，"按照我以往的说话方式，其实会说，见过不要脸的，没见过你这么不要脸的。"

"你就不会诚实一点地夸夸我?"府禾朗的声音听起来有点恼羞成怒,"不夸就算了,竟然还损我。"

"我没损你啊,自恋又没什么。"席阳阳掩嘴浅笑,"再说了你有自恋的资本,多好呀。很多人可是羡慕得要死了。"

"算了,不指望从你这嘴里听到好听的了。"府禾朗说着俯身,低头,亲了下席阳阳的唇,"亲亲倒是不错的。"

席阳阳只觉得脸瞬间就烧了起来,耳根那儿热得灼痛,心跳莫名加速。看着府禾朗那得意的俊脸,笑得就跟偷腥的猫咪似的。

"席阳阳,我有没有说过,你脸红的样子很可爱。"府禾朗一本正经地开口,接着伸手在她的鼻尖上亲昵地捏了一把,"你脸红的样子,就像一只红彤彤的苹果,让人好想咬一口。"

席阳阳的俏脸红得更厉害,这样直接地夸她,她会害羞的。席阳阳脑袋里乱哄哄的,就好像一团糨糊似的。

"席阳阳,等我调休,我们去度个假吧。"府禾朗眼神温和,语气坚决,"去三亚。"

席阳阳咬着唇点了点头说:"好。"

席阳阳能感觉到自己的心已经被府禾朗打乱,也许两个人之间能摩擦出火花呢,席阳阳需要整理清楚思绪,放掉过去。

度假是一个不错的提议,因为席阳阳跟府禾朗,需要的就是一步一步地培养感情,水到自然渠成。

席阳阳之前去过三亚,那里确实是一个适合度假、调整身心的城市,碧海蓝天,沙滩两旁种植着浓郁清秀的椰树、槟榔树,许多树上还挂着沉甸甸的果实。踩在落日余晖下的沙滩上,看着一望无际的碧海蓝天,听着海浪声,心情会不知不觉地放松,被这美轮美奂的景色给迷住。

另外,异族风情的部落文化,让这个滨海城市充满了浓郁的魅惑风情。所以席阳阳很期待这一次度假之行。

或许她跟府禾朗之间,能够走进彼此。

第六章　意外

府禾朗申请的婚假，第二天就批了下来，一个电话把机票跟酒店全部搞定了。他眉开眼笑地对席阳阳道："老婆，我们整理行李吧。"

计划往往赶不上变化。

当席阳阳跟府禾朗收拾妥当，心情雀跃地奔去机场，换好了登机牌，等待上机了，府禾朗公司一通紧急电话打了过来，有个工程出了纰漏，负责人跑掉了，上下交接不起来，棘手得很。

府禾朗神色纠结地看着席阳阳，商量道："要不，等我处理好这事，过两天再去？"

席阳阳看看已经打包好的行李，犹豫了下，说："要不然我一个人先去，你处理好了事情再来找我。"反正席阳阳以前也经常一个人去旅游的，再说三亚她之前也去过，算是熟门熟路了。

府禾朗皱了一下眉，说："这不太好吧？"

"没事的，我这么大的人了，还怕丢了不成？"席阳阳轻松地道。

"我是怕你丢人啊。"

府禾朗的话刚说完,席阳阳一脚就飞了过去:"说什么呢你。"

"好了,老婆大人,我知道,我错了。"府禾朗边闪边求饶道,"我是真不放心你一个人去。"

"矫情。"席阳阳赏了个大白眼给府禾朗,"算了,不跟你计较了,机票拿来,我要登机了。"席阳阳伸手朝府禾朗讨要,坚持一个人先走。

府禾朗拽着机票,犹豫着不肯给。

"府禾朗,你大爷的,是不是男人?婆婆妈妈的,机票给我。"席阳阳终于没耐性地爆了句粗口,接着道,"你把机票、酒店、接机的都安排好了,还有什么不放心的?"

"我是想跟你一起去嘛。"府禾朗说得很委屈。

"你忙完了就过来找我,要是不过来也行,下次再去呗。"席阳阳心直口快地说,反正现在飞机方便,去海南就三个半小时,当天都能往返。

府禾朗拗不过席阳阳,只能千叮咛万嘱咐地要她好好照顾自己。目送她去了登机口,一颗心也跟着她飞去了三亚。

不知道是太久没有坐飞机出门,还是选坐的位置太靠近羽翼,抑或是气温的缘故,总之席阳阳第一次晕机了,感觉耳边全部是嗡嗡声,头晕炫目,胸口闷得喘不过气来。她难受地张嘴大口大口地呼吸,症状却丝毫没有减轻,而且胃里不停地翻涌,她一会儿捂住嘴,一会儿又想吐,但是又吐不出来,干呕着折腾了几次,最终疲倦地半瘫在椅子上,后两个半小时的机程,几乎是呈昏迷状的。等听到乘务小姐用甜美的声音播放目的地的气温,以及飞机着陆的消息时,席阳阳第一次感动得就差热泪盈眶了,大地母亲啊,还是地面上的感觉好啊。

下了飞机,席阳阳拖着行李直奔洗手间,对着抽水马桶一阵狂吐。等吐完了,洗了一把脸,深呼吸了几次,才算恢复了那么一点点的力气。她脚底发软地拖着行李箱,跟着客流走出机场通道,想去停车场,跟府禾朗安排好接机的人碰头。

"席阳阳?"

一声熟悉又陌生的呼喊,让她顿住了脚步,转身,错愕地对上一双清澈透亮的眸子。过去那个青涩警察的形象,跟眼前这个成熟的穿制服的人,交叠在席阳阳眼前。

顾寒,他怎么在这里?

顾寒紧蹙浓眉,快步追上前,关切地问:"席阳阳,你是不是不舒服?脸色好苍白。"

"嗯,有点晕机。"对于网络上的关于顾寒的消息和邮件,她可以删掉,可以当作没看到,但这是本尊,她没有隐身功能,只能面对。席阳阳其实不想面对顾寒,因为那样会让她想起自己不堪的过去,但是顾寒又是救命恩人,席阳阳不得不勉强带笑应对,这是很矛盾的一件事。

顾寒主动地拿过席阳阳的行李,温和地道:"你跟我来。"

席阳阳脚步顿住,用狐疑的眼神瞅着顾寒,不明白他想干吗,而她也没有跟他熟到随便跟他走的地步。

"走呀,难不成怕我卖了你吗?"顾寒回头,看着席阳阳笑着打趣。这个冷笑话,一点也不好笑,如果是府禾朗说的话,席阳阳大概会说:"你要卖了我的话,估计你还得倒贴钱。"

没有想到,刚到海南落脚,席阳阳的脑海里不知不觉地就想起了他。

顾寒看席阳阳没有接话,忙热情地说:"我这几天在这里出差,你不是晕机嘛?我带你去休息下。"

"可是我有司机来接了。"席阳阳委婉地拒绝,眼神看向顾寒拉着的行李,示意他不用帮忙,自己来就好。

"你住什么酒店,让司机先回,一会儿我送你过去。"顾寒热情地招呼着,目光中带着毫不遮掩的真诚,让席阳阳完全不能拒绝。

"别发呆了,走吧。"顾寒熟稔地招呼,"我们很久没见了,一起坐会儿。"

席阳阳只能打了个电话,跟司机说了声抱歉,然后跟着顾寒进了机场旁边的一家咖啡厅,面对面坐了下来。

"先生,小姐,你们要喝点什么?"热情的服务员微笑着端着盘托询问。

席阳阳看了一眼顾寒,见他正看着自己,硬着头皮道:"白开水,谢谢。"

"我要一杯绿茶。"顾寒微笑着目送服务员小姐离去,扭过头看向席阳阳,三年不见,她长得越发地精致好看了,素雅的面容,清秀、端庄,漂亮的星眸,犹如一潭池水一样,深不见底,但是又那么清澈、明亮,闪耀着盈盈的光泽。看着她的眼,会不由自主地被深深地吸引进去。

席阳阳的神色有些窘迫,无法淡定、坦然地跟顾寒对视,只能拽着桌上花花绿绿的单子胡乱地看起来。她轻咳了下,暗示顾寒,不要这样盯着她看,她觉得很不好意思。

顾寒回过神来,憨厚地嘿嘿直笑,接着问:"这几年你过得好吗?"

"挺好的。"席阳阳其实真的不知道该跟顾寒聊什么,她只是不能对救命恩人视而不见,但是要聊什么,她也很难,毕竟她跟顾寒真的一丁点都不熟悉,而且有那么让她抗拒的过去,如果有的选择,她宁愿从未遇见顾寒,也不需要认识他。

"那就好。"顾寒似乎松了口气,认真地看着席阳阳的黑眸,真诚道,"我其实一直想跟你说句对不起。"

席阳阳挤出一抹苦涩的笑,轻轻摇摇头说:"跟你没关系的。"其实这个世界上,不是每句对不起都能换来没关系的。当初为了宣扬小警察的英武,将席阳阳描述得惨不忍睹,其实媒体并没有错,只是将事实报了出来,那些精彩的意淫、遐想、猜测,也都是一些空虚的人、想象丰富的人,散播出的谣言而已。

但是往往不真实的谣言,才具有毁灭性的杀伤力,比如有说席阳阳被强暴了,还染上了艾滋;也有人说席阳阳被强暴了,还怀上了歹徒的孩子;甚至有人说席阳阳是出去"卖"的,只是跟歹徒谈不拢价格,而被强……总之版本很多,内容也很精彩,有苦情版、文艺版、暴力版、涉黄版……但是没有一个版本真正描述出了事实,哪怕是当时的媒体,也没讲清楚,到底是被强暴了,还是强暴未遂。他们所有的精力都用来赞扬这位英武的小警察了。没办法,这个社会太需要这样的英雄了。

席阳阳真的不怪顾寒,只是她也没有办法对这个救命恩人亲近,她沉默地端着服务员端上来的白开水,轻轻地晃动着杯子,消磨着时光。

自从那一晚后,席阳阳就深深地印入了顾寒的心里,顾寒永远记得她受伤又无助的眼神,看向他那一瞬闪过的光芒,那是一种信赖、希望。可是顾寒真的没有想到，他的救助被报道，会给席阳阳带来那么大的伤害。

听说她跟谈婚论嫁的男朋友分手了，还离开了生养她的城市，这个城市不再有她的消息……顾寒想跟席阳阳说对不起，不停地找寻一切能够联络她的方式……所有方式都找遍了，但是他却始终没有找到她。

无数个夜深人静的时候，顾寒想起席阳阳，想起那张倔强的俏脸，心头就会变得柔软。在面对那样凶残的歹徒，她能那么机智、冷静地周旋，保全自己，真的很不容易。相对席阳阳，他这个救人英雄就显得有些微不足道了。因为作为一名巡警，这是他分内的责任。可是媒体的流言蜚语，牺牲了席阳阳，用她点燃了照耀顾寒的光环。

这三年，顾寒算是平步青云，从一个小巡警，攀升到S城刑警队副队长，但是他始终忘不了席阳阳。随着时间的推移，他的愧疚更深，思念也更深。他会因跟席阳阳相似的背影而蓦然地心跳加剧。

前不久在S城，看到席阳阳的瞬间，他都不知道该用什么话来形容心头的狂喜，失去理智地狂追公交车，连闯了两个红灯。可是当他看到席阳阳一脸忧郁、疲倦地提着行李走下车时，他突然害怕了。害怕他可能认错人，也害怕席阳阳说，压根儿不认识他这个人……

傻傻地目送着她进了小区楼道，顾寒在车里抽了整整一包烟，才黯然离开。回到家，他终究按捺不住，给她发了一个邮件，却依旧没有得到回复。顾寒的嘴角露出一抹凄凉的笑意，因为这一刻他清楚，在三年前那个夜晚，他从歹徒手里救下席阳阳，又小心翼翼抱起她，狂奔了几公里送去医院的那刻起，他的心就丢在了席阳阳的身上。

顾寒心里真的装了好多好多话,想跟席阳阳说,但是看到她俏脸苍白,带着疲倦,就生生地吞了回去,最初说出来的都是关切的话语:"刚才,你说晕机了,现在好点了没?"

"嗯,好多了,谢谢。"席阳阳礼貌地回答。

"嗯,出来之前,你没吃晕机药吗?"

"我以前不晕机的。"席阳阳端着白开水,闷头喝了一口。

"你这次是工作出差,还是旅游?"

"旅游。"席阳阳回答得很简洁。

"一个人吗?"顾寒不知道该跟席阳阳聊什么,只能胡乱询问,背过身子,他真想狠狠地抽自己几个嘴巴,怎么那么笨啊,尽说废话。

"呃,不是……"

"不是?"顾寒倒有几分意外,"那你朋友呢?"

"暂时还没到,过两天来跟我会合。"席阳阳有问必答,但是也不说任何多余的话。

"旅游不错,放松放松自己。"顾寒俊逸的脸上带着憨厚的笑,"你写书是不是挺累的?"

"还好。"

"你的书,我都有看。"

席阳阳脸色一红,窘迫了起来。她不好意思地说:"那都是瞎写的,不好看。"想着一个警察追着她的小说看,她就有些说不清楚的不自在。而且是一个算认识的"朋友",更是有些说不出来的感觉。

"挺不错的。"顾寒正色道,"天天等你连载更新呢。"

席阳阳不知道该接什么话了,她连载的网文,她都不好意思跟熟人说,那是她写的。

"你肚子饿不饿?"顾寒见席阳阳不想多谈,便开始转移话题。

"不饿。"席阳阳一口气将杯子里的白开水喝完,然后抬手看了一眼手表,6点半了,"我今天有点累,想回去休息了,要不我们就到这儿?"

"好的,那我送你回酒店。"顾寒笑着点点头,招手结账。

席阳阳跟着坐上了顾寒的车,顾寒问道:"你住什么酒店?"

席阳阳报了名字,他一脸欣喜地说:"真是巧了,我也住那个酒店。"

席阳阳尴尬地笑笑,说:"是吗?真巧?"

"你留个电话给我吧。"顾寒递过他的手机,示意席阳阳自己拨号码。席阳阳没办法拒绝,只能接过手机,拨了一遍号,接着一路上就保持沉默了。

到了酒店,顾寒殷勤地帮她提着行李,等她办完了登记手续,又熟门熟路地带她去了房间。

"VIP808,这是豪华海景房,躺在床上就能看海。席阳阳,你真会享受。"

"嗯,是我老公订的。"顾寒这么殷勤,让席阳阳受宠若惊,她顺手从顾寒手里接过行李,随意地回道。

顾寒的俊脸僵了下,掏了掏耳朵,不确定地问:"你说什么,你老公?"

"嗯。是啊,怎么了?"

席阳阳随意地回答，让顾寒的俊脸一瞬间苍白了，他不自然地问："你已经结婚了？"

席阳阳淡然地点了点头，笑得温和无害："对啊，我结婚了，跟我老公一起来度蜜月的。"

虽然不知道顾寒是什么心思，但是席阳阳快一步将自己的立场表了出来。她现在谈情说爱的对象是她的老公府禾朗，对于其他男人，她是一个都不想招惹。

席阳阳清楚，感情的世界越简单越好，又不是写小说、演电影，要拉一堆的炮灰，男配、女配、打酱油的路过。

"什么时候？"顾寒从牙缝里挤出这几个字。

"领证很久了，酒席还没办，到时候要办的话，我通知你。"席阳阳假意客气了下，接着打开房门，拖着行李进去，向顾寒礼貌地挥了挥手，笑道，"今天谢谢你了，再见！"关上房门，轻轻地吁了一口气。

顾寒犹如被雷劈了似的，呆立在门口，久久回不了神，席阳阳结婚了，席阳阳竟然结婚了！

这个消息让他的心头又是欢喜，又是疼痛。欢喜的是，她总算走出阴影，有了自己幸福的家庭；疼痛的是，他那么喜欢她，却还来不及表白，她就已经结婚了。

顾寒的一颗心，突然有种无处安放的感觉。

席阳阳拉开酒店的窗帘，玻璃窗外有个小阳台。她打开门走了出去，一阵腥湿的海风袭面吹来。她张开双臂，深深地呼吸，感受着面朝大海，春暖花开的舒适感，放眼望去，夕阳余韵，散播在粼粼的海面上，折射出耀眼的光芒，天边水云相接处，是那么透彻、碧蓝……

欣赏着这样的美景,心情会自然开朗。席阳阳吹了一会儿风就进屋了,然后将身上的衣服换了下来。泡完澡出来,还来不及吹干头发,府禾朗的电话就打了进来,席阳阳擦着头发顺手接起电话,府禾朗关切的声音传了过来:"老婆,到了没?"

"嗯,到了。"

"吃晚饭了没?"

"还没,准备打电话叫酒店送!"席阳阳躺在床榻上,慵懒地回答。

"嗯,一会儿吃了饭就早点睡,好好休息,小心别贪凉,感冒了。"府禾朗不放心地叮嘱了一句。

"嗯,知道了啦,漫游,漫游很贵的,我挂了。"说着挂断了电话。

府禾朗听着那头不耐烦的挂断电话的声音,摇了摇头,心急如焚地开始处理棘手的交接事宜。

确实被府禾朗的乌鸦嘴说中了,席阳阳昨晚贪凉,将空调温度调得很低,后来睡觉的时候忘记调高,第二天刚醒来,她就觉得不太舒服。席阳阳只当自己昨天晕机了,还没恢复,浑身软绵绵的,提不上劲儿,脑袋也是一阵接着一阵的昏沉。酒店送来的早餐,她也没胃口吃,蜷缩在床上,迷迷糊糊地睡着了。

府禾朗打电话来关心她有没有去吃海鲜的时候,她带着鼻音嘟囔道:"我不去了,有点累,就在酒店休息了。"

"声音怎么这么奇怪,感冒了?"府禾朗着急地问道。

"嗯。"席阳阳伸手在床头抓了几张面纸,胡乱地撸了撸鼻子。她真的不想承认她感冒了,在四季如春的三亚,这么温暖、美好、温度适中的环境里，怎么就感冒了呢？

"严重不？吃药了没？"府禾朗忙问。

"嗯，不严重，没事，我躺会儿就好了。"席阳阳有点不耐烦地回道，"好了，我休息了，拜！"

府禾朗知道席阳阳的脾气，再打电话过去，只会惹得她更加不快，所以即使担心，也只好识相地不再打扰。

席阳阳挂了电话，翻了个身子，抱着枕头虚弱地眯眼沉睡。

顾寒来敲门的时候，席阳阳正睡得迷迷糊糊的，她晕晕沉沉地拖着不稳的步子，不修边幅地开门。顾寒深邃的黑眸瞅着她，俊眉拧成了川字："席阳阳，你是不是生病了，脸色很难看。"

席阳阳吸了吸鼻子，随意地道："没事，就有点小感冒。"

顾寒一听她那破嗓声，自然地伸手，朝着席阳阳的额头探来，"席阳阳，你在发烧。"席阳阳条件反射地要后退，却被顾寒一把拽住，"走，我带你去医院。"

"不用了，我没事……"席阳阳的抗议遭到强势的顾寒的拒绝，只能被他半拖半拽地带去了医院。

排队、挂号，顾寒周到的一条龙服务下来，席阳阳也只好乖乖地看病，量体温：37.9°，发烧了，但是烧得不厉害。

医生询问了下病状，又检查了下喉咙，并没有扁桃体发炎，也不是病毒性感冒，咳嗽什么的症状也没有。医生淡淡地说："没什么问题，只是着凉，发烧，挂瓶退烧药水就行，回头自己注意下，别贪凉了。"

席阳阳躺在床上，手上打着点滴，看着顾寒为她忙东忙西的，心里有种说不出来的感觉。她手握着电话，指尖在亲亲老公四个字上面摩挲了几下，想打，但是又觉得没必要打。

病人的思想很怪异，心柔软得跟豆腐一样，轻轻一碰就能碎。席阳阳这一刻其实很渴望熟悉的人，在这陌生的医院里，能陪在她的身边，握着被点滴流过的冰凉的手，给她温暖，极度地宠爱着她，嘘寒问暖。

"你要不要吃点什么？"顾寒帮席阳阳把点滴的速度调慢，俯下身子，放低了声音问。

席阳阳摇了摇头，对顾寒露出一个真心的微笑："不要了，谢谢你。"然后放下手机，最终还是没打电话给府禾朗。

顾寒拉了一把椅子，陪坐在席阳阳的床头，看着她，终究忍不住问："你老公是个什么样的人呢？"

说实话，席阳阳还真的不了解府禾朗。席阳阳认真地想了想："他是一个什么样的人，我并不是很清楚，但是我知道，他对我很好就是了。"

顾寒看着窗外的阳光，柔和地撒在席阳阳的身上，她的脸上有一种淡然的惬意，嘴角挂着微笑，好像回想起什么有趣的事似的，心不由得难过，也找不到话题开口，只能讪讪地傻坐着。

席阳阳也不知道该主动跟顾寒聊点什么，窘迫中只能选择假寐。不过因为生病比较虚弱，没一会儿就真的睡着了。

顾寒第一次那么近地看着席阳阳，听闻着她均匀的呼吸声，看着她紧闭的黑眸，微微向上卷的睫毛，犹如一把漂亮的小扇子似的，坚挺的俏鼻，柔嫩的肌肤，让他忍不住伸手，轻轻地抚上了她披散的发丝……

这个娇俏的小女人，顾寒在她最狼狈的时候遇见她，爱上她，可是她却消失匿迹了好几年，等她带着幸福的姿态美丽回归时，已经名花有主了。

该说命运捉弄人，还是该说有些事命中注定了的有缘无分？

顾寒的心酸涩不已，他深深地叹息了一声，接着收回那颤抖的手，轻声说："席阳阳，你一定要幸福。"

陪席阳阳挂了三个小时的水，顾寒又绅士地把她送回了酒店，在房门口，他双手插进口袋，眼神专注而又纠结地凝视着席阳阳。顾寒这样的表情，让插着房卡准备推门进去的席阳阳倒是不好意思了，她尴尬地回望着他，问："你有什么话要说吗？"

顾寒张了张嘴，欲言又止。

席阳阳也不好催促，只用沉默的眼神看着他，等他回答。

"老婆。"一声亲切的呼唤，打破了这刻的安静。席阳阳转过脸，看着不远处的府禾朗，风尘仆仆地提着行李箱，从过道处走了过来，神情疑惑地在她跟顾寒之间来回扫视。

"他是？"府禾朗走到门边，放下行李，疑惑地开口。

"以前的一个朋友，他叫顾寒。"接着席阳阳对顾寒笑着介绍，"我老公，府禾朗。"

府禾朗友好地朝顾寒伸手："你好。"

顾寒也伸手握了握："你好。"

松开手，府禾朗挨着席阳阳，亲昵地伸手揉了揉她的额头，说："好像有一点烫。我们一会儿去医院吧。"

"不用了，我刚医院打点滴回来。"席阳阳坦荡地说，接着看看顾寒，真心道谢，"今天谢谢你。"

"不用客气。"顾寒不动声色地打量完府禾朗，又看着席阳阳，"你好好休息，我先走了。"

府禾朗也朝着顾寒微笑着点了点头："谢谢你！"虽然他不清楚事情的始末，但是既然席阳阳在客气地道谢，他也妇唱夫随地跟着意思意思总是没错的。

目送着顾寒离去的背影，府禾朗的手自然地揽上席阳阳的肩，打趣道："席阳阳，看不出来啊，你桃花开挺旺嘛！幸亏我来了！"说着从席阳阳手里接过房卡，打开门，拉着她的手进屋。

席阳阳的脑袋还是有点懵，看着府禾朗大大咧咧地脱下衣服，露出小麦色的肌肤、健硕的胸膛、精瘦的腰肢、匀称的肌肉，线条比例真可谓完美。

身材真好，尤其在阳光折射的映照下，更是曲线动人，让席阳阳看得有些心跳加速。不过，让她更加血气汹涌冲顶的是，府禾朗竟然优雅地解开牛仔裤的扣子，将拉链拉开，嘴里嚷嚷着："热死了，热死了！"接着，两腿胡乱蹬了下，牛仔裤就径直地脱了下来。他胡乱地往地上一丢，穿着三角裤就向浴室走去准备冲凉，临走前不忘记扫了一眼面红耳赤的席阳阳，调侃道："席阳阳，你竟然脸红了？"

这样坦诚相见，我能不脸红吗？席阳阳心里鄙夷了下，嘴角微微撇了撇，不准备继续这没营养的话题，随意地问："你怎么突然来了，公司的事都处理好了？"

"嗯。"府禾朗含糊不清地回答，他不放心病了的席阳阳，所以公司的事处理了一半，还有一半他带着电脑，到时候远程视频处理就行。

洗完澡，神清气爽地出来，府禾朗往床上慵懒地一躺，饶有兴趣地看着在阳台上抱着电脑写东西的席阳阳。那是府禾朗第一次认真地观察她，只见黄昏的余光，带着黄色的光泽，柔和地照在她身上。她的表情很认真，手指不停地在小小的键盘上敲落一个又一个字符，速度快得就好像在盲打。她虽然不说话，但是俏脸的表情很精彩，对着电脑屏幕一会儿纠结，一会儿犹豫，一会儿欢喜，一会儿兴奋……

府禾朗很好奇，但是他清楚，那是一个他进不去的世界。在那个世界里，席阳阳是唯一的主宰，她能操控一切的爱恨，将故事翻云覆雨。

没关系，在现实的世界里，府禾朗能好好跟她过下去就可以了。府禾朗想到这儿就释然了，从床上起身，轻轻地走到席阳阳身边，张开双臂抱着她，凑近她的耳朵，柔声道："老婆，你是来度假的还是来工作的？是不是太敬业了点？"

"呵呵，突然想到了一个故事，就记录下来呗。"席阳阳干笑了两声，看了看电脑上的时间，"呀，都七点半了，你也不提醒我下。"三亚的日照时间很长，七点的时候，天一点也不黑，只是比较昏黄，跟别的城市的傍晚差不多。

"我看你太认真，就没敢打扰你。不过，东西我叫了，一会儿就送来。"

席阳阳抬眸，对着府禾朗笑意盈盈的俊脸点了点头，说："嗯，吃完晚饭，我们去夜游亚龙湾吧？"

"你今天才去医院，今晚好好休息，明天白天去也是一样的。"府禾朗正色地看着席阳阳，接着额头顶住她的额头，试了试温度，"还是有点热度的。除了打点滴，今天配药了没？"

席阳阳浑身一僵，有点不太自然地垂下头，记忆里，除了小时候生病,爸妈用额头对额头探过她的体温外,府禾朗是第一个,席阳阳的心里暖洋洋的。

府禾朗亲昵地伸手揉了揉席阳阳的鼻尖,说:"我们有的是时间玩,不差这一晚。听话,今天好好休息,明天我带你去吃海鲜。"

"哈欠。"席阳阳鼻尖一痒,打了个喷嚏。府禾朗倒也不嫌弃,伸手从桌面上拽了几张面纸递给她,"来,擦擦……"

席阳阳接过面纸,擦了擦鼻涕,含糊不清地说:"你说的啊,明天带我去吃海鲜!"

府禾朗一听这话,眼眉间挂上笑意,打趣道:"真是个吃货!"

席阳阳面色淡定,瞅着府禾朗说:"我就是吃货了,怎么了?"

"没怎么,吃货好啊,我就不停地找东西喂你呗。"府禾朗说得一本正经,"放心吧,随便你怎么吃,我还是养得起你的。"

席阳阳跟府禾朗又胡乱斗了会儿嘴,等酒店饭菜送来,吃饱喝足之后,又下楼沿着海边的沙滩光着脚丫散了会儿步。

海浪、沙滩、椰树、爱人十指紧扣,感情在这样适中的温度里慢慢升温,似乎一切都发生得那么自然。其实,要喜欢上府禾朗这样的男人,并不是一件很难的事,尤其是在生病这种脆弱的时候,更觉得他是那样温柔体贴。

晚上,听着窗外的海浪声,蜷缩偎依在府禾朗的怀里,倾听着他狂乱有力的心跳声,席阳阳突然觉得,其实真的跟府禾朗这样过一辈子也挺好的,没有丝毫的犹豫,她反手搂上了府禾朗的腰肢。

府禾朗浑身一震，心跳得越加有力、狂乱，虽然跟席阳阳结婚后，每天也能抱着她同床而眠，但是都是府禾朗在做，席阳阳从抗拒到不挣扎，顺其自然，到现在她竟然伸手主动搂着他，这让府禾朗真的是又惊又喜。是不是意味着他们两个人能够更进一步接触了解呢？

　　府禾朗思忖了下，环过手臂，大力地抱着席阳阳，挨着她敏感的耳边，轻柔地呼着热气道："老婆，我们进一步发展好不好？"

　　席阳阳的心颤抖了下，刚鼓起的勇气瞬间又消散得无影无踪。她缩回手，将头埋在府禾朗的怀里，低声道："你再给我一点时间好不好？"有些阴影不是说抹掉就能擦干净的。

　　府禾朗叹了口气，轻轻地拍了拍席阳阳的后背，像哄孩子似的："嗯，不早了，睡吧。"

　　席阳阳的心瞬间就柔软了下来，却没有再做过多的动作，只是卸下防备，紧紧地抱着府禾朗，沉沉地进入了梦乡。

　　府禾朗闻着席阳阳发间的香味，黑暗中他的表情有些深不可测的复杂。说实话，他对席阳阳刚开始只是好奇。从来不看文艺小说的他，被周周逼着非得看，他就挑了一本席阳阳最短的十万字的《半暖》胡乱看看。开篇就是小三的题材，他是带着鄙夷的心态，勉为其难地看下去的。可是看完结局，他不得不对作者感到好奇，到底是一个什么样的女子，才能写出这么动人心弦的文字？没有华丽的语言，没有环环相扣的心计跟阴谋，只是用最朴实真挚的语言，描述这么一个关于婚外情的故事，最后那大彻大悟的结局，潇洒收尾，爱恨收放自如。

　　席阳阳是不是就是《半暖》的主角？或者说生活中的席阳阳，又是怎么对待情感问题的呢？府禾朗的好奇使得他一次一次卖力地接近席阳阳，接触越多，越觉得自己好似中了毒，对席阳阳欲罢不能！

她是一个外表坚强、倔强的女子，习惯用外在的喧嚣、张牙舞爪来掩饰内心的落寞。她是个吃软不吃硬的女子，她心肠柔软得跟豆腐一样，可是，嘴巴有时候却很尖酸。她没有太多物质的要求，也不好名牌。但是，她看上的东西必属精品，她笔下的世界很精彩，但是她的生活却很单纯，甚至有些苍白……

府禾朗伸手，温柔地揉了揉席阳阳的发丝，看着她熟睡的俏容，深深地叹了口气，革命尚未成功，他还要加倍努力才行。

第二天，睡到自然醒，府禾朗生龙活虎地和席阳阳去了美丽的亚龙湾。

二人租了一把躺椅，搁在大伞下，看着漂亮的碧海蓝天，翠绿的椰林长廊，沙滩上欢快地蹦跳着的男女，府禾朗讨好地抓着防晒霜，看了看带着超级大墨镜，遮了半边俏脸的席阳阳道："老婆，我帮你涂防晒霜。"

席阳阳懒洋洋地伸出了手，翻了一个身，将光滑的背部大方地露了出来，"涂吧。"

府禾朗本来以为是美差一件，谁知道，手触碰上席阳阳的背时，那细腻滑润的触感，瞬间在他的掌心蔓延了开来，他的心剧烈地跳动。他深呼吸了几次，手却依旧克制不住紧张地颤抖、渗汗、哆嗦，好不容易才勉强将她整个背擦完，最后为了避免鼻血流出来，扭捏地把防晒霜往席阳阳手里一塞，说道："老婆，还是你自己来吧。"同时心里暗骂自己，真是不争气,艳福都不会享。

晚上,席阳阳跟府禾朗去了海鲜市场,挑选了一些活蹦乱跳的海鲜,拿回酒店加工,吃了一顿丰盛的晚餐后,席阳阳提议要去沙滩酒吧逛逛。

府禾朗看席阳阳的状态不错,就点头同意了。直接带她去了三亚湾某个沿海位置,在出租车内指着海岸边道:"那一排排小茅屋就是沙滩酒吧。"

说是茅屋,其实就是一顶茅棚伞,下面搁了一张木桌,还有几把藤椅。桌子上放置了一个简单的酒水单。

这样的酒吧是席阳阳第一次见到,不免好奇,四周细细地打量了一遍。服务员光着膀子,热情地过来招呼:"喝点什么?"

府禾朗笑着点了一打啤酒,又要了点花生米之类的小吃,眉眼都笑得弯弯地看着席阳阳道:"怎么样,这里的景色还不错吧?"

席阳阳点了点头说:"嗯,感觉蛮好的!"柔软的沙滩,古朴的草棚,简洁的摆设,淳朴憨厚的笑脸,瞬间就给席阳阳带来一种悠闲度假的感觉。她脱掉了凉鞋,学着府禾朗的样子,拿了一瓶啤酒,光着脚丫踩着沙滩,挑了一个视角不错的位置席地而坐。前方是蔚蓝的大海,浩瀚无边,扭过头看向海岸边,灯火辉煌,人群载歌载舞地表演,欢声笑语一片。让她这个过客都不知不觉地染上轻松、愉悦之感。

"这个城市的节奏不快,适合度假,调节情绪。"府禾朗感慨道,"以后老了,我们就来这里养老。"

席阳阳的心头流过一阵柔软的暖意,密密麻麻地涌向全身,笑着接话:"是呀,这边是出了名的长寿地,我们要来了,也指不定能活上一百岁,甚至一百五十岁,或者更多呢……"

"你也不怕自己成千年老妖精。"府禾朗打趣。

"我才不怕呢,我小时候就听人家说,返老还童,等人过了一百岁,就又跟初生时一样纯真了。"席阳阳的脸上挂着憧憬的笑容,"初生的孩子那样纯真、干净,是多么美好的事啊。"

"我小时候倒是听过,老了会老年痴呆。"府禾朗爽朗地大笑,"老年痴呆了,什么都不知道了,当然跟小孩子一样,要人照顾了。席阳阳,你个笨蛋。"

"你才笨蛋呢。"

"好吧,我是个笨蛋,娶了一个笨蛋,我们两个都是笨蛋。"

席阳阳跟府禾朗不知不觉地打开话匣子,从小时候的趣事,说到长大后的烦恼,从少女怀春,说到少男钟情,聊了很多话,也开心地喝了很多酒,不知不觉脑袋便有些眩晕。

当府禾朗漂亮深邃的黑眸,灼灼地盯着席阳阳询问上一段恋情的时候,席阳阳轻快的神色染上了一抹忧郁。她一口喝掉了大半瓶的啤酒,冷声道:"我不想再提。"

"席阳阳,你心里现在是不是还有他?"府禾朗神色隐晦,执拗地问。

一个女人爱一个男人多真,恨也会多深,席阳阳毫不遮掩地憎恨,恰恰说明,她的心里还有那个男人。

"我说了,我不想再提。"席阳阳不耐烦地又拿了一瓶酒,大口大口地喝着。

"你放不下他?你还爱着他?"

府禾朗的语气带着尖锐,刺痛了席阳阳敏感的心,情绪瞬间失控的她,想也不想地扬手朝着府禾朗的俊脸上甩了一巴掌:"闭嘴!"

气氛瞬间凝结,空气都变冷了。

府禾朗浑身泛起阴森之气,深邃的黑眸布满阴霾。他抿紧嘴巴,怔怔地瞅着席阳阳的"罪魁祸手"。

手上的麻木感,让喝得有点晕头的席阳阳稍微清醒了几分,抬眸看着府禾朗白皙的俊脸上,醒目的手掌印,席阳阳心里涌出一股愧疚,刚想开口说抱歉,谁知眼前一黑,嘴唇毫无预警地惨遭突袭。

府禾朗的吻很霸道,他温热的唇狠狠地吻着席阳阳的唇,接着,强势地撬开了她因惊讶而微张的嘴,柔软的舌灵巧地钻进了她的嘴里,大力吮吸、纠缠、亲吻……

席阳阳能清楚地尝到他舌尖略带着冰凉的啤酒味,涩涩的、甜甜的……这个吻霸道而又激情,直到席阳阳感觉自己的下巴快要被吻得麻木脱臼了,府禾朗才轻轻地松开她。

府禾朗低下头,看着席阳阳因为激吻而羞涩绯红的俏脸,没有再问,也没有再开口说话。他张开手臂轻轻地抱住了她,动作是那样温柔,又小心翼翼,就好像呵护珍宝似的。

席阳阳轻轻地叹息了一声,将自己的脸埋入他宽阔的怀里,感受着他强劲有力的心跳声,吸取着他怀里的温暖。很多感情能够惊天动地、充满激情,但是经不起岁月,经不起平淡,而她跟府禾朗,就这样简简单单多好!席阳阳心想,就这样吧,就这样跟着他好好地过下去吧。

两个人相依相偎了许久,席阳阳抬起俏脸,脸上露出一抹纯真的笑:"陪我再喝点!"说完奔去吧台,找服务员调了一壶最烈的酒,拿着两个杯子跑了回来。

"今晚无醉不归!"

府禾朗知道席阳阳有心求醉,唯有舍命陪君子,跟她一杯接一杯地喝,感受烈酒进入喉咙的瞬间,那滚烫的灼烧感,热热的,烧得他浑身的血液都开始沸腾!

终究还是喝高了,席阳阳望着满天繁星闪耀的天空,醉眼蒙眬地数着星星,哼着儿歌:"一闪一闪亮晶晶,满天都是小星星,挂在天上放光明,好像无数小眼睛……"

这是府禾朗第一次见到醉酒失态的席阳阳,纯真得跟个孩子一样,他的心不知不觉快要被融化了。他温柔地伸手抱着席阳阳,低语道:"阳阳,你喝多了。"

阳阳,阳阳,自从跟文浩分开之后,再也没有人那样亲昵、温柔地叫过她了。

席阳阳醉眼蒙眬地望着府禾朗,透过他似乎又能看到对着她淡淡微笑的文浩,正宠溺地看着她,呼唤着她,眼角不知不觉有泪滑落,最终,泪水被风干在脸上。

知道这个世界上有一种爱叫放手吗?明明相爱,却不能在一起,必须要自己去放手!可是放手了,却再也找不到当初的爱了!

席阳阳当初斩断自己的情根的时候,连同对爱的希冀一起埋进了坟墓。她现在想要爱,渴望爱,但是又小心翼翼的,不敢再去爱。因为,有爱就有伤害!

席阳阳害怕伤害,真的很害怕!没有爱的爱情,不会变质,没有爱的爱情,淡然、将就,不会有伤害。

府禾朗没有说话,高深莫测地看着席阳阳,半晌轻轻地抱着她,柔声说:"好了,我们回去吧。"

席阳阳看着府禾朗的眼神迷离,脸色潮红,但是乖巧地点了点头。在府禾朗的搀扶下,她脚步不稳,歪歪扭扭地走着。

府禾朗将微合着眼、浑身无力的席阳阳带回房间时,她已经醉得不分东西南北了。府禾朗轻声地叹息,将她轻柔地安置到床上,帮她盖好被子,准备烧水,给席阳阳解酒。谁知道,席阳阳蓦地睁开了双眼,热情地一把勾住了府禾朗的脖子,将防备不及的他拖倒在床上,接着翻身将他扑倒,压了上去。

府禾朗火热地看着席阳阳,被她柔软的身子压着,心跳蓦然加速,艰难地吞咽了下口水,试探性地叫了两声"阳阳"。

"嘘——"席阳阳醉眼迷离地比画了一个噤声的手势,接着吻住了府禾朗的唇。

这一吻很轻很轻,就好像蜻蜓点水一样,只是蹭了蹭就移开了。席阳阳好像偷吃了糖的孩子,看着府禾朗咯咯地笑。

府禾朗明白被"醉鬼"席阳阳调戏,不由得有些恼羞成怒,反手一把勾住席阳阳的颈脖,将她结结实实地按压了下来,狠狠地咬住了席阳阳的嘴,接着霸道地探入他的舌,强悍地在她的唇齿之间侵略,纠缠着她的舌,一起浓烈地激吻。

席阳阳已经浑身软绵无力,压根儿没有任何抗拒的力道,只能柔顺地跟随着府禾朗的节奏,同他一起将吻进行到底。

这一吻一发不可收拾,府禾朗的手渐渐地从席阳阳的后脑勺游移到她的后背,不停地上下摩挲……喘息声越来越粗重,最后他一个灵巧的翻身,将席阳阳反扑在床榻上,认认真真、仔仔细细地顺着她的唇吻向她的颈脖,接着是柔软的胸、腰肢……

浑身酥麻的触电感,让席阳阳克制不住地低声呻吟起来。府禾朗将席阳阳浑身都亲吻了一遍,再一次吻在席阳阳的脸颊上，望着她醉眼蒙眬的样子，心头有一瞬的犹豫，但最终还是没有停下……。

"文浩，不要。"席阳阳吃疼地尖叫，闭着眼睛，无力地伸手想去推开。府禾朗的俊脸瞬间黑了下来，停止动作，望着身下的席阳阳，只见她身子紧绷，眼角甚至疼得流下泪水。

席阳阳被撕裂的疼痛惊醒，睁开双眼，看着身上的府禾朗，伸手想去推开，泪眼婆娑道："府禾朗，疼。"

府禾朗表情怔了怔，微微眯了黑眸，看着满面羞涩地撇开脸、不敢正视他的席阳阳。他俯下身子将她抱入怀里，轻柔地在她耳边轻轻地呼着热气，亲吻道："乖，一下下就不疼了。"

席阳阳咬着唇，不做声，府禾朗再一次运动起来，并没有小说中描写得那么欲仙欲死的美妙滋味，席阳阳除了疼，还是疼。

席阳阳这一刻清楚地知道，上次跟府禾朗的"一夜情"完全是乌龙，两个醉鬼胡乱找地睡了觉而已，今晚才是她真正的第一次。

二十七岁的处女很少见了吧？席阳阳就是。

虽然之前跟文浩谈恋爱的时候，也有过亲密举动，但是因为席阳阳怕疼，几次都在紧要时刻刹车，文浩也不勉强她，迟早是自己的人，所以最终没越界，守住了底线，所以刚才的疼痛让席阳阳潜意识会叫出文浩的名字。

谁会料到，席阳阳会遭遇歹徒，从此留下了心里阴影，所以在跟文浩分手后的空白期，在寂寞的时候，即使想发生一夜情，也过不了自己心里那坎儿。

所以当席阳阳以为自己跟府禾朗那晚发生什么之后，文浩又要回来了,她慌乱之中才会在权衡利弊后,同意闪婚。

没有想到,竟然只是一个乌龙。

席阳阳心里有种说不出的感受,嘴角挂着苦涩的笑。她安抚着自己,其实这样也挺好,上次是假的,这次是真的,结局还是一样的!

既然结局是一样的,那么就不要再去纠结过程了!

旖旎的激情过后,府禾朗抱着席阳阳心满意足地沉沉入睡。

虽然浑身酸疼,但是席阳阳宿醉的脑袋却开始变得清醒。她清楚自己的身、心,都在这一晚接受了府禾朗,知道曾经那些阴影会随着时间的推移慢慢消失、远去,而她的爱情曾经埋入土地的情根,也在渐渐萌芽。

嫁鸡随鸡,嫁狗随狗,以后的日子将会跟府禾朗牵手,慢慢走下去,或许真的如他所说,老了以后再来这片美丽的土地养老,也是不错的想法。

窗外微薄的晨光,渐渐地透过缝隙钻进房间,昏暗中渐渐有了一丝明亮,几乎是一夜未眠,席阳阳看着床头的钟,从午夜一点,走到了清晨六点。她揉了揉酸涩的眼,细细地打量着府禾朗,白皙的肤色、飞扬的剑眉、高挺的鼻、微薄的唇、硬朗的五官,线条清晰,轮廓分明,真是一个英气俊朗的男人,睡着的时候,带着一股安人心弦的宁静。此刻的他微微皱眉,似乎睡梦中遇到什么不悦的事了,席阳阳忍不住轻轻地伸手,抚上那道眉。府禾朗呢喃道:"乖,别动,再让我睡会儿!"

席阳阳轻轻地挪开他搁在她胸口的手臂,蹑手蹑脚地下床,跑去浴室,放了满满一缸的热水,将疲倦的身子泡了进去。席阳阳将自己的脑袋沉入温热的水中,直到快要窒息才抬起头,大口大口贪婪地呼吸着空气,呆呆地望着雪白的墙壁。她像是想到什么似的,随意围了一条浴巾,便拖着湿嗒嗒的身子走到床边,悄悄掀开被子,洁白的床单上什么也没有,只是有些凌乱。

席阳阳拧着秀眉,不死心地又看了几眼,甚至还轻轻地将府禾朗往一边推了推,雪白色的床单上并没有传说中的落红,席阳阳的心沉了下来,潜意识里她认为,这里应该有她从女孩蜕变到女人的证明,可是很遗憾,没有。

府禾朗睁开蒙眬的睡眼,看到席阳阳一副失魂落魄的样子,心里有些忐忑。昨晚他毕竟有乘人之危之嫌,明知道席阳阳喝醉了,还生米做成熟饭,虽然是自家老婆不犯法,可是良心上过不去,尤其看到她这样的表情,更是让他的心里捏了一把汗,小心翼翼地问:"老婆,你怎么了?"

席阳阳抬眸看着府禾朗,勉强挤了一抹笑,说:"没事。"

府禾朗看着席阳阳,也不知道该说点什么,最后冒了句"昨晚喝多了"。

"嗯。"席阳阳面色尴尬地应了一声,局促地道,"我去洗个澡。"然后在府禾朗探究的眸光中落荒而逃地奔进了浴室。

席阳阳泡在温热的水里,脑子里乱乱的,一遍一遍胡乱擦洗着自己的身体,直到皮肤都搓红了,还在那里擦着。

府禾朗推开门,扫了一眼席阳阳,俊眉不知不觉地拧了起来,难道她是那样嫌弃自己才要这样地清洗自己?

席阳阳无法赤身裸体地面对府禾朗,忙条件反射地伸手捂住胸口，情急道："你先出去。"

府禾朗眸光一黯，神情阴郁地道："那你慢慢洗。"接着"嘭"的一下，大力地甩上了洗手间的门。

席阳阳摸了摸鼻子，表情讪讪地看着那颤动不已的门，心也跟着跳快了几拍。她不明白，府禾朗大清早的发什么邪火，不过她还是用最快的速度起身，擦干，然后又端端正正地将浴巾裹在身上，才轻轻地拉开浴室的门出去。屋内的窗帘已经全部拉开，清晨的阳光柔和地洒满了屋子，府禾朗坐在小阳台上对着大海，神色阴郁地抽着烟，袅袅升起的烟圈，将他的侧脸映照得有些模糊不清。

席阳阳能感觉出来，男人都有处女情结，府禾朗是不是在介意她没有落红的事？但是这件事席阳阳有些无力，不知道该怎么说。

席阳阳轻轻地叹息了一声，看着凌乱的床，脸庞莫名发烫，她试探性地问："你是不是介意，我不是处女？"

府禾朗回身，意味深长地瞅了一眼席阳阳，不明白她怎么突然开口说这话，别说她是，即使不是，她这么岁数的女人，有过去也是能理解的。

席阳阳半响等不到府禾朗的回话，不免有些泄气，自言自语道："算了，当我没问。"接着脸烧得滚烫滚烫的，她狠狠地胡乱收拾了下床，以转移自己的注意力。

"席阳阳，文浩真的那么重要？"府禾朗盯着席阳阳的一举一动，最终还是忍不住开口。他脑海里想起那次跟席阳阳去影院，席阳阳失控流泪的表情，还有昨晚意乱情迷时，她喊出的名字：文浩。

席阳阳沉默，咬着唇，一时不知道该怎么回答。她不知道,为什么府禾朗知道文浩,也不知道该怎么回答府禾朗的问题。文浩重要吗?不重要,重要的是席阳阳忘不掉那段过去。

府禾朗盯着席阳阳看了半响,见她错开视线,不由叹息了一声道:"公司有点事,要我回去,你跟我一起走,还是在这里再玩几天?"

席阳阳微蹙了下眉,看了一眼府禾朗,她知道府禾朗不高兴了。他在生气,但是气什么,席阳阳真的不知道。而且她太久没有恋爱,也没有哄人的经验,所以压根儿就不知道该怎么办,只能硬着头皮回道:"你有事的话先回去吧,我再玩几天。"

府禾朗没有说话,阴郁地看了一眼席阳阳,说:"好的,我下午就回去,你慢慢玩。"接着冷着俊脸不再说话,只是默默地开始收拾行李。

席阳阳知道,府禾朗生气了,他的黑眸内带着怒气,可是她真的不知道,自己哪里做错了。好端端地提起文浩做什么?那只是一段过去,这男人得到之后,果然就变了,说给脸色就给脸色,搞得席阳阳心里也不痛快了。

随便这男人去抽邪风,爱理不理算了。席阳阳愣是憋了口气,换了衣服,抱着电脑就去酒店的咖啡吧喝茶、上网、写东西了。

第七章　误会

府禾朗回去了三天,一个电话、一条信息都没有给席阳阳发过。

席阳阳抱着电脑坐在阳台的地上,望着蔚蓝的海,纯净的天空,傻傻地发呆。一夜之间,她和府禾朗刚刚萌芽的爱情,似乎就遭遇风雨,摇摇欲坠了。习惯了他的电话、短信、微信各种方式的关心,突然之间没有了,还真的很不习惯。好几次席阳阳想着要发条短信主动问候下他,但是拿起手机又放下了,因为席阳阳真不知道该怎么去哄府禾朗。

红色取消,绿色拨号,正当席阳阳犹豫地手指再一次停留在亲亲老公的名字上时,屏幕上亲亲老公的字眼让她的心瞬间雀跃了下。她以最快的速度摁了接听,声音也自然地带着娇柔:"喂。"

"席阳阳,后天我妈生日,你回来不?"府禾朗的开场直奔主题。

被他这样生疏、公式化的语气一问,席阳阳的心突然有些难受。她失落地说:"嗯,回去。"婆婆生日,席阳阳敢说不回吗?

"什么时候回?"

席阳阳咬了下唇,说:"明天晚上吧。"

"好,我帮你订机票,注意查收。"府禾朗说完便挂断了电话。席阳阳听着电话里的嘟嘟声,叹了口气,看着手机屏幕,久久回不了神。府禾朗的疏远,让她有些不知所措。

没一会儿,手机上就传来航空公司订票的信息,但是府禾朗没有再打电话或是发短信确认。

席阳阳犹豫了下,最终还是忍不住回了个信息过去:南航,三亚机场,十八点十五分的机票是吗?

半天等不到府禾朗的短信回复,席阳阳带了点恼怒,直接打过去电话,问道:"是不是明天晚上六点十五分的飞机?"

"嗯。"府禾朗惜字如金。

席阳阳的心里被这个"嗯"字堵得闷闷的,非常不舒服。她都主动示好了,可是府禾朗竟然还是这样莫名其妙的语气,席阳阳不由得也来火了,"知道了!"然后"啪"的一下,生气地挂断了电话。

席阳阳深呼吸了几口气,好不容易才将怒火给压下去,突然想到一句话:男人在得到你之前,心柔软得跟豆腐一样,等得到之后,就硬得跟豆腐干一样了。

府禾朗是不是也是这样的呢?席阳阳不知道,但是她肯定,他们两个的关系确实是在那一晚升华了,但也在那一晚凝固了。升华的是席阳阳,凝固的是府禾朗。

凭什么府禾朗得到她之后,又跟她耍酷?席阳阳越想越郁闷。

气归气,临回来前,席阳阳还是去免税店给府妈妈挑了个生日礼物——香奈儿的香水,还给自己买了盒粉饼,给周周带了支口红,准备结账的时候,又折了回去,给府禾朗也买了一瓶他常用的运动系香水。她心想，毕竟是夫妻，这莫名其妙地怄气也不是办法，不管有错没错，回去先把他哄好了再找原因解决问题吧。

就一个行李，席阳阳也懒得托运，过了安检，就直接登机了。放置好行李，席阳阳就靠着椅子闭起眼睛小憩，心想，府禾朗还算有良心，知道她来的时候晕机，回去给她定了头等舱。

离起飞还有十五分钟的时候，席阳阳旁边空着的座位，终于有人落座。来人声音中带着狂喜，唤道："阳阳？"

席阳阳乍一听这声音，蓦地睁大了黑眸，看着眼前的文浩，惊道："你怎么在这儿？"世界不用这样小吧，当初一走，三年了无音讯，这回来了，兜兜转转，去哪里都能遇到。这到底是缘分呢，还是阴魂不散？

"嗯，过来开个会，你呢？"

"过来度假。"席阳阳回答得简洁。

"你老公对你好吗？"文浩问得有些纠结，心里也涩涩的。

被他灼灼的眸光盯着，席阳阳只能硬着头皮微笑道："挺好的。"即使假装，也要在文浩面前装得很幸福，这是席阳阳唯一想要的逞强。

文浩的俊脸一片清冷，嘴角扬起苦涩的笑容，似乎是说给自己听的："挺好的，不错。"

"嗯，是啊。"席阳阳回得尴尬，她无法招架文浩那受伤的眼神，只能转移注意力，开始玩手机。刚开微信，就有亲亲老公的信息，席阳阳愣了下，随即点开，语音传来府禾朗温润的声音："老婆，你登机了没？"

席阳阳没有多做犹豫，回复：已经登机，等待起飞。

府禾朗马上回语音信息来："那好，一会儿我去接你。"

席阳阳怔了怔，前两天玩冷战、装深沉的家伙似乎不见了。府禾朗又恢复了原来那个府禾朗，那个爱粘着席阳阳、跟她吵、跟她闹的家伙又回来了。

莫非男人每个月也有那么几天会阴晴不定、喜怒无常，莫名其妙发脾气？席阳阳忍不住想。

府禾朗没等到席阳阳的信息，又发了一条语音："老婆，我想你了。"

文浩似乎被水呛着了，捂着嘴巴，不停地在那边咳嗽，表情痛苦。

席阳阳回了一条信息给府禾朗：关机了。接着微信都来不及退出，径直关机。然后看着文浩，小心翼翼地问："你没事吧？"

文浩顺过气来，看着席阳阳，神情痛苦地怔了半晌，才细不可闻地开口道："阳阳，当初你为什么不坚持一下，就选择离开我？"

席阳阳咬着唇，揪着衣角，沉默了下，终究还是要说到这个话题了。深吸了一口气，看着文浩，风轻云淡地说："在你的家庭反对我们在一起的时候，除了分开，我们能怎么办？"接着自嘲地笑笑，说："文浩，你别告诉我，你能冲破你家庭的阻力，跟我在一起，这不太现实，你也没那个勇气。"

文浩听着这话，俊脸瞬间苍白，认真地看着席阳阳说："可是我从未放弃过。"这么多年的漂泊，在他心里，席阳阳仍旧是最好的，"我一直在等待这件事过去，然后回来找你。"

席阳阳一听这话,露出一丝苦涩的笑:"归根究底,你跟我一样,无法面对这件事,那么何必勉强自己呢?"说着又叹了口气道:"不过现在说这些也都没用了。"

文浩紧抿着唇,表情阴郁无奈。

"我现在结婚了,而你身边也有别的人陪着了,何必纠结过去呢?"席阳阳温柔地笑笑,这话是说给文浩听的,也是说给她自己听的。

"阳阳,这些都是你的真心话?"

席阳阳正色地迎上文浩探究的眸光,缓缓开口,礼貌却疏离:"是的。对我而言,你现在只是一个朋友,遇见了,还能够彼此问候而已。但是,也仅此而已。"

文浩没有接话,沉默地看着席阳阳,半响之后,才低低地说:"你真的变了。"依照席阳阳原来爱恨分明的个性,要么爱,要么恨,打死她也不会说出,只是朋友,还能问候这样的话来。

席阳阳有些语塞,稳了稳心神道:"这个世界转变太快,没有人会一成不变地站在原地不动的。"

"可是你却在原地等了我三年,空白了三年。"文浩飞快地打断席阳阳,"为什么要在我找你的时候突然闪婚?"

席阳阳的眼睛不争气地潮湿,她不敢抬头,深吸一口气说:"你想多了,我并没有站在原地等你,只是我没有遇到合适的结婚对象而已。"接着吸了吸酸涩的鼻子解释道:"在遇到合适的人时,我自然不会错过。"

"你觉得,府禾朗适合你吗?"文浩的声音有些缥缈,"他知道你的过去吗?"

"过去"两个字,深深地刺疼了席阳阳。她瞬间竖起防备，语气尖锐地质问道："我的过去怎么了？我坑蒙拐骗了？我杀人放火了？"不等文浩接话，她又刻薄地说道："你以为人人都像你母亲一样会践踏别人的自尊，衬托自己高高在上，不可一世的样子？"

"阳阳，我妈她……"文浩想辩解，但是又觉得苍白无力。

"你妈她说得没错，我是一个身家不清白的人，所以请您老离我远点，免得被我污染了。"席阳阳气血上涌，口不择言。

说真的，文太太的话真的句句带刺，尖锐地刺到了席阳阳柔软的心坎上。在席阳阳那么孤立无助的时候，还将她踩到脚底下，席阳阳这辈子都会记得她的"恩情"。如果不是她那么一番话，让她大彻大悟，选择放手离开，恐怕这世界上只会多一个为情所困、想不开而跳楼自杀的冤魂，而不会多一个张牙舞爪写故事的作者。

"阳阳，你不要这样说自己。"文浩神情痛苦，歉意地说，"都是我不好，我对不起你。"如果当初他不那么幼稚，现在也不会留有遗憾了。

席阳阳深吸了一口气，挤了一抹笑，说道："算了，都过去了，不要再提了。"

感情的世界，没有谁对不起谁，只有谁不珍惜谁。既然当初没有珍惜，既然当初已经错过，现在就不要再去想那么多。爱也好，恨也罢，过去的事就让它过去吧。做人得要往前看，未来的幸福才是席阳阳努力的方向。

此时此刻，席阳阳想着的是，怎么才能把她和府禾朗的婚姻经营好，怎么才能让他们的感情走得更长更稳。

此时传来飞机起飞的提示音,接着一阵颠簸,席阳阳感觉自己的重心坠了下来,眼睁睁地看着飞机缓缓起飞,下面的城市建筑越来越渺小……

"现在我们是朋友?"文浩正色问道。

"嗯。"席阳阳回答得一本正经。

之后二人保持沉默,这沉默保持了三个半小时,直到飞机落地,各自拿着行李下飞机。

文浩绅士地帮着席阳阳拖着行李,席阳阳拒绝的话还没说出来,文浩已经先一步说:"既然当我是朋友,就不要开口说拒绝。"

席阳阳只能默然地跟着他的脚步,走在他身后,一直出了机场通道,"文浩。"

文浩的脚步顿了顿,回身看向席阳阳,微挑了下飞扬的剑眉,问道:"怎么了?"

"嗯,行李给我吧。"席阳阳说得有些心虚,她不敢正视文浩那灼灼的眸光,低声道,"我老公来接我的。"她潜意识里不想让府禾朗有任何的误会,尤其为了文浩这个男人。

"哦……"文浩淡淡地应了一声,含情脉脉地看着席阳阳。

被他这样深情地凝视着,席阳阳浑身都不自在,尴尬地接过行李,朝他挥了挥手:"再见!"

"阳阳……"文浩叫道。席阳阳的脚步顿了顿,回眸,对着文浩无语地笑笑。

"老婆。"府禾朗喊着席阳阳的名字奔跑了过来,神色复杂地在席阳阳跟文浩之间看了个来回,接着自然地接过她的行李,亲昵地拉着她的手,笑吟吟地问:"想我没?"

看着府禾朗这亲切熟悉的笑颜，席阳阳的心头不自觉地变得柔软，会心地笑笑："你说呢？"

　　"肯定是想的。"府禾朗自信满满地说完，像是刚刚看到站在一旁看着他们秀恩爱的文浩，打招呼道："你好。"

　　文浩神色落寞地看着席阳阳跟府禾朗打情骂俏的模样，心里酸涩无比，朝着府禾朗微微点点头："好好照顾她。"

　　"放心吧，我会的。"府禾朗说道。

　　"祝你们幸福。"文浩说完，转身离去。

　　席阳阳望着文浩的背影，心里有些说不清楚的滋味，曾经那么深爱的男人，曾经那么深爱她的男人，说放开就真的放开了。再次相逢的时候，还能问候，却再也找不到拥抱的理由了。

　　"放不下吗？人都走远了还看。"府禾朗的语调已然与刚才不同，带了几分酸意。

　　席阳阳听出了府禾朗话里的酸劲儿，知道他在乱吃飞醋，不想跟他一般计较，只能转移话题："你什么时候来的，有没有等很久？"

　　府禾朗没有说话，紧抿着唇，双眼阴郁地望着席阳阳。

　　席阳阳坦荡荡地望着他，咧了咧嘴角说："府禾朗，你有什么话就说吧，不要这样莫名其妙的。"

　　"我莫名其妙？"府禾朗指了指自己的鼻尖，"你才莫名其妙呢。"然后气呼呼地拖着席阳阳的行李就往外面走。

　　席阳阳就这样站在原地，看着府禾朗头也不回地走出了她的视线，她的鼻尖克制不住酸涩，眼泪就掉了下来，说不清楚是委屈，还是被气的，无可抑制地难受，心里憋得发慌。

　　为什么在席阳阳付出真心，决定跟着他，对他好的时候，府禾朗就变成这样了呢？这样喜怒无常的样子，让席阳阳一点安全感都没有，她会担惊受怕，害怕自己下一秒是不是就要被他厌恶、抛弃了。

府禾朗将行李放上车，回头并没有看到席阳阳，拧着眉，狠狠地捶了一拳车门。他犹豫了下，转身回去，看着席阳阳一动不动地站在原地，满脸的泪，心头不由得一阵柔软，快步地走了过去，一把将她搂进怀里："对不起，对不起。"

席阳阳轻轻地推开了他，然后头也不回地走了出去。她的心刚刚对府禾朗升起温度，但是被他这样莫名其妙的邪火浇得透心凉。席阳阳不是没有脾气、没有个性的人，她不是府禾朗的宠物，任他呼之则来挥之则去。他高兴的时候逗逗她，叫叫她老婆；不高兴的时候，摆了一张臭脸，恨不得将席阳阳踹得越远越好。

府禾朗回神，忙追了上去，一把拽着席阳阳，沉声道："老婆，你干吗？"

"放开。"席阳阳深吸了一口气，带着浓重的鼻音道。

"我不放！"府禾朗赖皮，将席阳阳拽得更紧了，"你是我老婆，说什么我都不放！"

"府禾朗，你大爷的，放开我。"席阳阳咬牙切齿，胡乱去掰府禾朗拽着她的手，挣扎着。

府禾朗一把松开席阳阳的手臂，将她大力地抱进了自己怀里，耍赖道："今天打死我也不放。"

席阳阳拗不过府禾朗的死皮赖脸，被他半拖半拽着拉上车后，府禾朗从后座拿出一捧蓝色妖姬递到席阳阳的手里："老婆，我知道错了，原谅我好不好？"

"我现在不想跟你说话。"席阳阳面无表情地接着花，扭头看向窗外，不准备再搭理府禾朗。当她的骄傲被府禾朗狠狠地冷嘲热讽后，府禾朗再捧出一把花来就想哄她开心，未免太轻巧了。席阳阳心里还在介意，在三亚，他摆着臭脸，说丢下她飞回来就飞回来了，回来了就给她脸色看，把她丢机场。

"席阳阳，我给你台阶下，你反而顺着杆子往上爬，你还有理了呢？"府禾朗气呼呼地说道，"给我戴了绿帽子，还能这样理直气壮的，席阳阳，不简单啊。"

"你胡说什么？"被这样泼脏水，席阳阳也起火了，"东西可以乱吃，话可别乱说，我什么时候给你戴绿帽子了？"

"是啊，你的人在我身边，心一直不在。"府禾朗自嘲地冷笑道。

"我没有。"席阳阳试图辩解。

"席阳阳，别的阿猫阿狗我就不说了，今天我可是亲眼看着你跟文浩一起出来的。"府禾朗义正词严，"你可别告诉我，你跟文浩不熟。"

席阳阳被府禾朗堵得哑口无言，心想，大爷的，我怎么知道文浩会跟我一起回来，航班不是你定的吗？但她最终还是没说出口，她咬着唇，倔强地回道："文浩是我前男友，那又怎么样？"

"你倒是坦荡，敢承认？"

"我又没做见不得人的事，我干吗不承认？"席阳阳眸光清澈地望着府禾朗。

"是啊，你坦诚，我们做爱的时候，你叫的都是文浩的名字，要是那么喜欢他，为什么要嫁给我？"府禾朗终于把积压在他心头的话一股脑地倒了出来。

心爱的女人在床上喊另外一个男人的名字，对于任何一个男人而言，这都是一种羞辱。老婆在床上喊其他男人的名字，对府禾朗而言，恐怕不只是悲伤吧。

府禾朗明显是生气了，不给她打电话，不给她发信息，他以为席阳阳至少会动容，知道主动示好。可是三天过去了，她竟然不闻不问，让府禾朗的心拔凉拔凉的。第一天，他气得抓狂；第二天，他暗骂自己窝囊，控制自己不打电话，甚至还关机了。第三天的时候，府禾朗坐不住了，连公司的事都处理不下去了，在屋里来回踱步，烦躁不堪，终究忍不住借口府妈妈的生日，给她打了个电话，可是听着她甜腻的声音，不难想象，没有他的陪伴，席阳阳没心没肺的，一样过得很开心！

府禾朗气恼地挂了电话，生着闷气，帮席阳阳定完机票，愣是憋着气没有多问。不过接到席阳阳的确认电话，他还是挺意外的，欣喜地"嗯"了一声，刚想服个软，席阳阳那边就"啪"地直接切断了电话。府禾朗总算有点明白了，席阳阳也是有脾气的，她在为府禾朗的冷淡生气，有了这个认知，府禾朗的心情瞬间变好了，想着第二天一定要去机场接席阳阳，给她一个大大的惊喜。

第二天，府禾朗早早地到达机场，对着通道不停张望时，却看到席阳阳跟文浩一起走了出来，他不敢相信地揉了揉眼睛，还真没看错，他的眸光紧紧地盯在席阳阳身上，没有错过她的任何一个表情和动作。府禾朗的心瞬间就好像被人狠狠地揉了下，接着被大力地捏爆了。

当他不停地调整自己的呼吸，强装淡定地走过去时，他的心已经抑郁得透不过气了。假装秀了下恩爱，却发现席阳阳的表情带着不自然的慌乱。他不由得苦笑，文浩，这个席阳阳心心念念的男人，看着席阳阳的眸光，也是这样温柔得能溺死人，差点把府禾朗这正牌老公给比下去。府禾朗脑子一热，说话也口不择言起来。

"席阳阳，跟老情人会面，旧情复燃的感觉不错吧？"

"府禾朗，你什么意思？"席阳阳被气得浑身颤抖。

"我什么意思，你做了，难道还要我说出来？"府禾朗嘲讽道，"你不要脸，我还要脸呢。"

"靠，你大爷的，我做什么了？"席阳阳被惹急了，忍不住爆粗。

"席阳阳，当着我的面，你就跟文浩眉来眼去，背着我还不知道干吗了！"府禾朗嘲讽道，"过去，你们的过去看来也很精彩嘛。"

"啪——"席阳阳情绪失控地抬手甩了府禾朗一巴掌。

府禾朗摸着发烫的脸颊，充满怒火地盯着席阳阳："你又打我？"

府禾朗长这么大，第一次挨巴掌是席阳阳打的，第二次还是她。如果换作其他人，估计早被府禾朗揍了。

"府禾朗，我警告你，不要再提文浩，也不要再提我过去的事，要实在过不下去，我们就散。"

席阳阳知道，她是骄傲的，而且她的骄傲会轻易伤人。

是的，席阳阳忍受不了别人的忽冷忽热，忍受不了别人的不重视，也忍受不了别人的丢弃。可是府禾朗，短短几天的时间，把席阳阳的底线挑战了一遍，现在竟然还不怕死地挖席阳阳埋在心里的炸雷。要知道，过去对于席阳阳而言，万劫不复。

"散就散，谁稀罕啊！"府禾朗赌气道。

"好，找个时间，我们离婚去！"席阳阳咬牙切齿道。

如果不是碍着那有法律效力的红本本，席阳阳真的很想对他大吼：你大爷的，地球有多远，TM给老娘滚多远去！谁稀罕你呀！

事实上，席阳阳的心已经慢慢陷进了府禾朗的柔情里，一点一滴地被他的情绪所牵引。但是，他却突然将柔情收回，让席阳阳不知所措。席阳阳很茫然，也很无助，这条路要不要继续走下去？如果继续，又该怎么走下去？

女人有时候就是小心眼，越是对待自己在乎的人，越是会介意这些平常压根儿不会注意的细节。如果席阳阳不在乎府禾朗，随便他想怎么样就怎么样，因为在乎，所以计较，因为计较，所以才会生气。

"席阳阳，够了你。"府禾朗沉声怒吼。

席阳阳被他阴郁的神色怔住，讪讪地收住了话题，但是心里憋着一口气发不出来，也咽不下去。

府禾朗浑身泛起阴森之气，紧抿着薄唇，一对黑眸狠狠地瞪着席阳阳。突然，府禾朗毫无预警地靠近，一把按住席阳阳，吻上她的唇，狠狠地吻着她，粗鲁、霸道。说是吻，不如说是撕咬，他大力地纠缠着席阳阳的舌，使着最大力气啃咬着。

席阳阳吃疼地挣扎，两个手臂胡乱挥舞，却被他轻易地钳制住了。没有丝毫犹豫，席阳阳张嘴咬了下去。府禾朗吃疼地松开席阳阳，唇上染着鲜红的血，一股淡淡的血腥味在狭小的车厢内蔓延开来。

"席阳阳，你跟文浩为什么分手？"府禾朗深邃的黑眸带着神伤，盯着席阳阳问。

席阳阳跟文浩之间有着千丝万缕的情思，府禾朗不是瞎子，看得出来两个人之间是有情的，既然彼此有情，那为什么要分开？

席阳阳并不是因为爱他，对他有感觉才跟他结婚的，这些府禾朗心里清楚，所以他从来没勉强过席阳阳，而是用尽心思在培养两个人的感情。在三亚的时候，府禾朗甚至都觉得，他所有的努力被认可了，席阳阳那失温的心也被他一点一点焐热了。可是那一晚，她在无意识的时候，喊出的名字却是文浩，让府禾朗的心瞬间就崩溃了。

府禾朗并不是一个想纠结过去的人，可是他介意席阳阳的心里竟然还藏着文浩这个人。而文浩即使知道席阳阳结婚了，看她的眼神依旧是那么温柔深沉。要说这两个人没点什么"奸情"，估计没人会相信。

"跟你没关系。"席阳阳的俏脸有一瞬的苍白，随即又恢复了一贯的倔强。

"跟我没关系？"府禾朗怒极反笑，"席阳阳，你是我老婆，你说，你跟别的男人出墙了，给我戴绿帽了，跟我没关系？"

席阳阳气得浑身发抖，手克制不住地又高高扬起，想朝着府禾朗的脸上甩去，她受不得冤枉跟污蔑。

府禾朗眼疾手快，一把大力地捏着席阳阳的手腕，俊脸布满阴霾，深邃的黑眸简直杀气腾腾。他咬牙切齿地道："席阳阳，你再打一次试试？"

席阳阳望着府禾朗狰狞的俊脸，他的劲道很大，有一瞬席阳阳甚至以为自己的手腕要断裂了。她死死地咬着唇，柔嫩的唇被咬破，顺着嘴唇往外渗血，可是席阳阳一声也不吭地对视着府禾朗那失控得想杀人的怒火。

席阳阳的个性从小就倔强，还记得小时候惹祸了，别的孩子挨打的时候会跑，可是席阳阳从来都不跑也不躲，就定定地站在那里，任由席爸爸、席妈妈打屁股。她咬着唇，疼得掉眼泪，依旧一声不吭，也不会主动求饶！倔强得让席爸爸、席妈妈打到心软，下不去手为止。

理智失控的府禾朗被席阳阳这样的倔强给怔住，望着她因吃疼而变得惨白的俏脸，心疼地松开手，想关心她有没有事，但又放不下面子。只能黑着脸，转过身子，沉默不语。府禾朗一脚将油门狠狠地踩到底，车风驰电掣地疾驰了出去……

席阳阳同样黑着脸，她从来都没低声下气的习惯，也没有取悦别人的爱好！

一路沉默地回到家，席阳阳也不管府禾朗，径直去洗了个澡，然后闷头躺床上就睡了。席阳阳在心情不好的时候，就喜欢闷头睡觉，是的，她现在的心情极度不爽。

府禾朗识相地帮席阳阳收拾了行李，深情地看了一眼蒙头睡觉的席阳阳，深深地叹了一口气，然后开门出去了。

这一次，席阳阳并没有睡着。她躺在床上翻来覆去，怎么也睡不着，心里一团火越烧越旺。

席阳阳的五脏六腑都要被气炸了，府禾朗倒是风轻云淡的，竟然还有心情去酒吧。因为她刚才清楚地听到府禾朗约了什么人，去"咔啪"酒吧了。

席阳阳爬起来上网，改了个性签名：男人，你当他是宝，其实就是根草，贱。

睡不着就开始写小说、玩游戏，席阳阳看着时间一分一秒地过去，到了凌晨两点半，府禾朗才拖着一身酒气和脂粉味的身子回来。

席阳阳微微皱了下眉,又将心思转移到构思了一半的剧情里,手指敲击键盘,直接把府禾朗当空气晾在那里。

府禾朗愣愣地站在门边,料想不到,这个时间点,席阳阳竟然在客厅抱着电脑上网。莫非席阳阳是在等他回来?这个想法在脑海里一闪而逝,他的心瞬间就柔软了,他试探性地叫了一声"老婆"。

席阳阳赏了他一个白眼,保存,关机,一气呵成,转身回了卧室,当他的面,"嘭"的一声关门,然后利落地上锁。

府禾朗心里也憋着气,明明错的不是他,可是他处处赔着不是,当太后一样伺候、哄着,席阳阳还给他摆脸色,不跟他说话。府禾朗看了看紧闭的房门,带着一身酒气去了隔壁的房间睡觉。

两个人由闹别扭,发展到婚后的第一次冷战。

席阳阳躺在床上,心里憋得发慌,翻来覆去睡不着,脑子里不停地闪着府禾朗那狰狞的脸庞。府禾朗之前那么殷勤,那么温柔,那么体贴,都只是伪装出来的表象,其实他就是一匹粗暴的狼,在没有得到之前,他是孙子,得到之后,他是大爷。

席阳阳深深地叹了一口气,她是一个极度没有安全感的女子,所以会用最坚硬的外壳来保护自己。一旦被人敲破了那层外壳,看到最柔软的内心,她就会变得柔弱、无助。此时的她清楚,自己那层外壳已经被府禾朗慢慢地撬裂了,离打开只有那么一丁点的距离了,可是,这时候她却看到了这样的府禾朗,让她不由自主地害怕、抗拒。

女人一旦在情感上受伤,便会变得小心翼翼,不会再像少不更事时那样越挫越勇。年轻的时候还可以说没关系，谁这辈子不遭遇个把人渣？可是随着年纪的增长，所有的感情都变得奢侈，伤不起了。

曾经，席阳阳能轻易地将心交给文浩，那么简单而美好，可是，结局却是那么伤人，那么疼痛，也让她背负了无法抹去的遗憾，是她亲生断绝了她的爱，将残破的记忆留在岁月里。

蓦然回首，心头总是带着一丝丝的缺憾，曾经的席阳阳刻骨铭心地爱文浩，最后也撕心裂肺地恨命运的不公。相爱的人，不能相守，注定要分开。每当夜深人静，独自对着电脑敲下寂寞的文字，席阳阳的心总会隐隐作痛。她的回忆中挂满泪痕，时刻提醒她，在过去的岁月里，为了避免被世人冷漠的流言灼伤，她丢弃了那一份纯真的爱。随后独自一人背负行囊，在情感的荒原上漂泊，渐渐明白有很多种爱，注定只能埋在心里，而见不得阳光。日子一天一天过去，记忆一点一点褪去，伤害一点一点被磨灭，最后，这一切爱恨都变得平静了，她就变得不再奢望爱情，不再奢望依赖，她变得坚强独立了。

其实这个世界很无情，谁若常情，注定会被伤害，席阳阳害怕受伤，所以宁愿选择无情。

席阳阳不敢想象，当她彻底沦陷进府禾朗编织的情网之后，会不会失去自我？而当她失去自我之后，府禾朗又不珍视她的话，她该怎么办？府禾朗介意过去的话，她又该怎么办？她小心翼翼、卑微地保护自己，不敢轻易把自己的心交出去，并不是因为真的没心没肺，而是她不敢，她的心丢不起。

席阳阳深深地叹了一口气，揉了揉酸涩的眼，天空已经灰蒙蒙地亮了，她从床上起身，抱着双臂，静静地站在窗前，看着晨曦微露的阳光，一点点透过云层，渐渐地渲染天边，然后播散到了大地上。金色柔和的光线，是那样柔和、温顺，暖暖地融了她的心。

席阳阳梳洗完毕，将床上的被子折叠得方方正正，然后轻手轻脚出门。

一觉睡到日上三竿，府禾朗摸着宿醉后头疼欲裂的脑袋，从床上起来的时候看到，主卧的门开着，床上的被子叠得整整齐齐，却不见席阳阳的人影。

府禾朗望着天花板，拿起手机想打个电话问问，席阳阳干吗去了，晚上要不要回爸妈家吃饭。但是想到席阳阳的冷脸，他热乎的心瞬间就凉了下来。他把手机直接揣进兜里，郁闷地去公司上班。下班后，回了府家。

府禾朗刚踏进家门，就闻到一股香甜的肉味，不由得嚷嚷道："妈，做了什么好吃的，好香啊！"

府妈妈一脸慈爱地说道："喏，你媳妇在做，你自己问她。"

府禾朗的心波动了下，不管他跟席阳阳闹别扭也好，冷战也罢，至少席阳阳在长辈面前给足了他面子，把自己当府家的儿媳妇了，那么他何必去纠结文浩，何必去纠结曾经的故事呢？过去再好，也都只是过去，席阳阳现在是他府禾朗的老婆，他是她第一个男人，也会是最后一个男人。想到这儿，府禾朗心头的抑郁瞬间散了，转身走向厨房，含情脉脉地望着围着围裙，认真择菜的席阳阳，甜腻腻地叫唤了声"老婆"。

席阳阳没有说话，面无表情，只当没看到府禾朗这人，该干嘛还干嘛。她昨天亲眼见识了府禾朗狰狞的一面，那张发怒的脸庞还在脑海中没有淡去，晚上又等到凌晨两点多，他才醉醺醺地带了一身乱七八糟的味儿回来。席阳阳一晚没睡好,今天实在是没有心情给他好脸色看。

府禾朗咽了咽口水,走了进来,讨好地帮着席阳阳开始择菜:":老婆,我来帮你。"

席阳阳不作声,将菜一把拿过来,就开始在水池里洗。

府禾朗忙快一步抡起袖子,开了龙头,殷勤地开始洗菜。

席阳阳也不跟他争,把水池的地盘让给了他,转身开始盛焖好的红烧肉。

府禾朗忙扔下菜,赔着笑脸接过大碗:"我来,我来。"

席阳阳终于恩赐似的瞅了一眼府禾朗,撇了撇嘴,还是跟个哑巴似的,一句话也没说。看着府禾朗讨好地端着碗,笨手笨脚地将肉盛了出来。

府禾朗端着大盆红烧肉,侧头正色地看着席阳阳,说:"老婆,跟我说句话好不好?"

席阳阳紧抿着唇,没有说话,转身走出了厨房,看到府妈妈的瞬间,脸上笑得跟花一样灿烂:"妈,真的不好意思,晚上有事,不能陪你们一起吃饭了,这桌子菜就当我赔礼了,您可别介意。"

府禾朗端着红烧肉跟着出来,听到这话,不满地将红烧肉重重地往桌子上一搁,"嘭"的一下,汁肉飞溅,一张俊颜黑得跟电脑屏似的。

席阳阳抬头,扫了一眼生闷气的府禾朗,不以为意地转身拿包,准备走人。

府妈妈倒是被府禾朗的举动给吓到,随即若有所思地在席阳阳跟府禾朗之间打了两个转。

"席阳阳,你什么意思?"眼瞅着席阳阳无视他的怒火,起身拎包要走,府禾朗急了,一个箭步,伸手拦住了她,沉声地问。

"没什么意思,我有事先走而已。"席阳阳一字一句地看着府禾朗回答。

"有什么事,吃完饭再走。"府禾朗语气带着不容抗拒的坚决。

"府禾朗,让开。"席阳阳一向吃软不吃硬,脾气上来了,也是一根筋拗到底的人。

府禾朗挡住了席阳阳的去路,他今天还真跟她较上劲儿了。

"府禾朗。"席阳阳也顾不得府妈妈在场,脸色沉了下来。

府妈妈看这两孩子的状况,剑拔弩张、互不相让,赶紧出来打圆场:"你俩这是干吗呢?"府妈妈扫了一眼府禾朗,训道:"你都多大的人了,还这样孩子气?阳阳有事,就让她先走呗。"

"她有个屁事。"府禾朗冷声打断。

席阳阳一听这话,心里就发堵,别说真有事,约了一个电影公司的策划要谈影视版权,就算没事,打死她也不想跟府禾朗坐一起吃饭秀恩爱,所以对府妈妈道:"妈,祝您生日快乐,改天再来看您,我先走了。"

府妈妈看席阳阳确实不想留下来吃饭,也不好勉强,只能扯了扯她的衣角,慈爱地笑道:"那让阿朗送送吧。"

"不用。"

"不用。"

席阳阳跟府禾朗异口同声地拒绝,然后各自赏了对方一个不爽的眼神，又撇开，席阳阳不做停留，快速离开了府家。

府妈妈若有所思地看着府禾朗，问："跟阳阳闹别扭了？"

府禾朗头也不抬地回道："谁跟她闹别扭？无聊。"

府妈妈顺手拧住了府禾朗的耳朵，府禾朗吃疼，狼狈地闪了下，看着府妈妈，无辜道："妈，您干吗呀？好疼的。"

府妈妈慈爱的脸上带着怒气，咬牙道："就你这态度，阳阳受得了你才怪。"

府禾朗不服气地说："我这态度怎么了，总比她一张死人脸好。"

府妈妈嘴角抽了抽，说："府禾朗，你都多大的人了？"接着叹息了一声道："你是个男人，有你这么小心眼的吗？"

府禾朗更憋屈了，哀怨道："我哪里小心眼了？"好吧，他承认他乱吃飞醋，有点小心眼，可是看到老婆跟旧情人依依不舍的样子，他是个正常的男人，吃醋是正常的反应，好不好？虽然是有那么一点点的小心眼，可是说到底，还不是因为在乎，因为喜欢她。要不他才不在乎席阳阳跟谁在一起。

再说了，他都低声下气地赔不是了，席阳阳还不顺着台阶下，让他男人的面子、骄傲、自尊往哪里放。

府妈妈一巴掌就打在了府禾朗的头顶："就你今天的行为，赤裸裸的小鼻子、小眼睛、小嘴巴、小男人一个。"接着摇摇头，意味深长道："阿朗啊，女人都是要哄的，不能拧的。"

府禾朗揉着被府妈妈打疼的脑袋瓜道："我有哄啊，可是她不吃我这一套，我能怎么办？"

"回家跪键盘去。"府妈妈猜想府禾朗跟席阳阳之间也就闹了点小别扭。席阳阳今天又是给她送礼又是做饭的，而府禾朗也有让步的意思，府妈妈自然放下心来。

"好了，我知道回去哄她，您老就放心吧。"府禾朗笑着安抚府妈妈，免得她担心，"妈，祝您生日快乐。"

"我生日年年都快乐，你要给我生个孙子，我才叫真正快乐。"府妈妈说得一本正经。

府禾朗把手举在头顶，信誓旦旦地保证道："妈，您放心，很快了。"

府妈妈听了，满脸灿烂的笑容。

夫妻并不是真的一辈子都不吵架，而是尽管吵架，哪怕吵了一辈子，都舍不得分开，这才是夫跟妻。

第八章　我们离婚吧

席阳阳抬手看了看表，在约定的时间内，赶到了咖啡厅。

顺着服务生的指引，她看到了一个戴着眼镜的中年男子，已经端正地坐在了座位上。她深呼吸了一口气，踩着高跟鞋的小碎步，风姿绰约地走了过去，脸上洋溢着微笑，伸手打招呼："您好，我是席阳阳。"

那中年男子眼镜下的黑眸，刷地闪过一道光，伸出手紧紧地握着席阳阳，自我介绍道："我是XX电影公司的策划，我叫Rach，很高兴认识你。"

Rach，某某官方认证的微博名人，席阳阳也是在微博上被他@，然后私聊了，发现在同一个城市，他又正巧看上了席阳阳那本小说，想谈谈改编影视版权的事，所以约着见面了。

席阳阳不动声色地抽回手，对着他友好地笑笑，然后在他对面落座，但席阳阳心里有一种说不出来的感觉。

"席阳阳，你本人比照片上漂亮多了。"Rach眸光直勾勾地盯着席阳阳看了半晌，中肯地评价道，"说真的，长得漂亮的女作者不多，尤其像你这样的，长得可以，身材也正点的，太少了。"

Rach这句话让正喝水的席阳阳，一下子就被水呛到了，不住地"咳咳"。Rach直勾勾的眼神，看得席阳阳小心肝乱跳，这人给席阳阳的感觉有点猥琐，席阳阳安慰自己，难道是自己想多了？

Rach绅士地起身，拿着面纸就要帮席阳阳擦嘴，另外一个手很自然地落到了席阳阳V字打开的裸露肩头上。

肩头传来一阵温热，席阳阳浑身不自在，然后不动声色地闪过身子，假装不小心地将桌子上的水碰倒，接着惊呼："呀……"手忙脚乱地拿着面纸混乱擦拭，抱歉地对Rach道："不好意思，我去下洗手间。"

当席阳阳从WC出来，深吸了几口气再次落座的时候，Rach似乎又恢复了一本正经的君子模样，端端正正地坐着，对着席阳阳夸夸而谈他们公司的前景发展多么明朗，后台有多么的强硬，等等。

说实话，如果不是因为听他说，想改编自己的小说，席阳阳才懒得坐在这里，看着他唾沫纷飞、高谈阔论。她不喜欢到处显摆的男人，不就是仗着公司的福利，微薄被认证过嘛，更何况席阳阳自己又不是没被认证，所以她一点也不稀罕。

"席阳阳，你也知道，我对你那本相亲的小说蛮有兴趣的。"终于在席阳阳感到无聊至极的时候，他总算是说到了正题上。

席阳阳不由精神一振，坐正了身子，正色地看着他。

"不过你也知道，现在电影行业不是很景气，相亲的题材一抓一大把。"Rach一本正经地开口道，"要改编你的那本小说不难，只是需要费一点心思。"

席阳阳听到这儿，似乎有那么一点点明白了，她刚才不是敏感，而是这家伙确实是有备而来。既然他把话说得比较隐晦，没有太过直接，席阳阳也不能发怒走人，不过她的心情却再也好不起来，转过脸，看着落地窗外的人群，突然有些茫然。

这世界什么时候开始变了？变得这么现实。任何事都变得能够交易了。

"席阳阳，不瞒你说，我挺欣赏你的。"Rach眸光热切地盯着席阳阳的V字领口，接着道，"你长得不错，又有几分才华，如果包装一下，你的知名度瞬间就会飙升。"

席阳阳的秀眉微微皱了下，歉意地挤了笑脸，对Rach说："对不起，我有事，先走了。"席阳阳对于炒作成名这件事一点也不热衷，因为她知道自己如果火了，那些不堪的流言蜚语就会全部呈现。她宁愿做一个默默无名的小作者，写自己想要的故事，吃穿不愁就够了，仅此而已。

"你有什么事？"Rach有点情急，一把拉住了准备起身走人的席阳阳，"错过我，你想成名，或许就难了。"

席阳阳虽然不想跟他撕破脸，但还是毫不犹豫地抽回手，客气道："好吧，我会考虑下。"

"席阳阳，你装什么清高？"Rach被驳了面子，脸色瞬间沉了下来，嘲讽道，"你也不知道爬了多少男人的床，才能写点没营养的小说出来。"

席阳阳随手抓起桌子上的水杯，毫不犹豫地泼向Rach。"再见。"嘴上说是再见，回家直接拉黑，这辈子再也不见了。

"你竟然泼我？"Rach一把拽着席阳阳，脸色阴沉，横眉怒目。

"泼你怎么了？"席阳阳看着他，心想，就你这么不要脸，泼你水还算轻的呢。

"贱人，给脸不要脸！"Rach气恼地抡起手臂，想往席阳阳脸上抽去。

席阳阳条件反射地后退了一步，一道黑影快一步地冲了上来，将席阳阳护到了身后。同时，来人一把攥住Rach的手臂，沉声道："你再说一遍？"

席阳阳惊魂未定地看了一眼，这个充满阳光的、挡在自己身前的男人，似乎总是在自己狼狈的时候，英勇地做着护花使者。可是他不是在三亚吗，怎么会来这里？而且不早不晚，正好在这一秒，挡在了自己身前。是他，顾寒。

顾寒的身上散发着英武之气，他犀利的眼神直直地落在Rach的身上，语气不容抗拒地要求道："跟她道歉。"

Rach料想不到会出来这么一个英武的护花使者，虽然心里百般不情愿，可是被他钳制的手腕好像快要被捏断了似的，只能讪讪地道歉："对不起。"

"声音太小了，听不到。"顾寒铿锵有力，面色严肃。

咖啡厅里，众人的视线都随席阳阳泼水开始，抱着看戏的心态围观。服务员看Rach要动粗，本准备上前阻止，却不料顾寒快一步英雄救美，围观的人交头接耳，窃窃私语。

Rach看顾寒不是一个善茬儿，斜眼看了席阳阳一眼，再次提高声调道歉："席阳阳，对不起。"

顾寒这才冷着俊脸松开他，Rach头也不回就跑掉了。

周围静默了片刻，然后又恢复如常，大家该干吗还干吗。

"席阳阳，真没想到在这里碰到你。"顾寒对着席阳阳微微一笑，熟稔地问好，"最近过得好吗？"

在他微笑注视的眸光下，席阳阳有些狼狈地红了俏脸，说:"嗯,挺好的。"

顾寒只字不提刚才的事,就好像什么都没发生,微笑着邀请道:"既然这么巧遇到了,要不一起吃个晚饭吧?"

于情于理,席阳阳都没有拒绝的理由,只能微笑着点点头:"好的。"然后起身跟着顾寒走出了咖啡厅。

"你怎么在这里?"上了他挂着黑色牌照的车,席阳阳终于忍不住发问。

"我被调到这个城市了。"顾寒轻描淡写地回道,接着笑吟吟地问,"我刚来这个城市,不太熟悉,你有什么好吃的地方推荐吗?"

席阳阳尴尬地摇了摇头:"其实我也不太熟。"婚前席阳阳是个宅女,婚后府禾朗倒是带着她吃过几家相对好吃的餐厅,中西餐都有,只是席阳阳压根儿就没注意过店名,所以叫不上名来。

"那好吧,我来想想。"顾寒一本正经地问,"你想吃中餐,还是西餐?"

"我无所谓的。"席阳阳友好地笑笑。

顾寒同样报以微笑:"那好,我做主了。"接着七拐八拐地将席阳阳带进了某生态园的山里人家酒店。

"你不是刚来吗?怎么感觉你熟门熟路的。"席阳阳带着几分疑惑落座,推过服务员递来的菜单给顾寒,"你点好了,我什么都吃的。"

"什么都吃啊,你倒是很好养嘛。"顾寒也不客气,接过菜单,随口就报了几道特色的招牌菜,然后看着席阳阳打趣道,"我刚来三天,在这里吃了四顿饭,你说,我能不熟悉吗?"

"啊？"席阳阳笑笑，不知道该说什么。

"你放心，下次我一定带你去吃别的好吃的。"顾寒眉眼笑得弯弯的，随口问，"你在三亚，海鲜吃得过瘾不？"

席阳阳点了点头，脑海里不自觉地浮现出府禾朗带她去海鲜市场的情景。

海鲜市场的人很多也很杂，府禾朗将席阳阳一路护在怀里，然后带着她一个摊贩一个摊贩地逛，寻问席阳阳想吃什么，还不时拿着活蹦乱跳的海鲜逗趣，吓唬席阳阳。一路欢声笑语、打打闹闹，最后两个人满载着拿回酒店加工，当然，这加工费远比海鲜贵得多。

席阳阳当时就很诧异，依照她对府禾朗的了解，他应该不会想到去海鲜市场挑选鲜活的海鲜，然后拿回酒店加工。问他的时候，府禾朗只是诡异地笑笑，说："想跟你好好地度假，感受那里的人情风土，自然要提前做功课了。"说着笑嘻嘻地扬了扬手机："有万能的度娘，这些都是小意思。"

其实女人很容易被细节感动，因为从细节能看出来，这个男人是不是真心想跟她一起。

当时席阳阳的心被感动了，可是她真的想不明白，为什么府禾朗说变就变了呢？那么温柔俊朗的脸，狰狞起来，原来是那么恐怖。

"席阳阳，试试这道松鼠鳜鱼合你的口味不。"顾寒的声音打断了陷入回忆的席阳阳。

席阳阳尴尬地抬起脸，歉意地笑了笑，"嗯，我试试。"说着拿起筷子夹了点鱼，细细地嚼了下，"嗯，味道挺好的。口感酥软，甜而不腻，咸淡适中，算是地道的苏帮菜。"

"呵呵，你果然偏好甜食。"顾寒爽朗笑笑，"那你应该会喜欢这家的甜点。"

"真的吗？这家有什么特色的甜点？"一提到吃，席阳阳少了几分客气、拘谨，眯眼笑着问。

"这家的糖果小圆子做得不错。"顾寒看着席阳阳那神采飞扬的俏脸，神情也自然放松，献宝似的推荐道，"还有一个糖饼做得也不错。"

"是吗？"席阳阳笑着说，"那一会儿可一定要留点肚子尝尝了。"

"是啊，还有几道小点心，都是可以尝尝的。"

由着吃这个话题，两个人打开了话匣子，席阳阳跟顾寒一边聊，一边吃，一顿晚饭下来，感情增进了不少。

饭后，顾寒喝了口茶，随意地问："你现在还会经常去GAGA酒吧吗？"

"咦，你怎么知道GAGA？"席阳阳有些诧异，刚来这个城市时，周周还没有结婚，两个单身女人经常结伴去酒吧玩，而GAGA就是据点之一。

去得次数多了，就成为酒吧的VIP了，每逢节假日，GAGA酒吧都会通过快递送花、礼物上门。

席阳阳还曾经跟周周打趣说："看吧，我单身，没男人送花，可是所有节日，GAGA都会记得我，我花钱也花得舒心。"

"以前看你的博客，我记得有一篇专门写了GAGA。"顾寒朝席阳阳笑了笑，"说真的，我挺想见识下GAGA酒吧的。听你描述，那里的帅哥很俊，美女很美，老板娘热情又贴心，是让人去了还想再去的窝心地。"

席阳阳嘿嘿笑了两声，心里有些微微的感触，总有些人会默默地关注着你的空间、你的签名、你的喜怒哀乐、一举一动……可是，你却不知道。

因为你会关心你想关心的人的一切，对于关心你的人，你是一无所知的。

"既然，你想去，我一会儿带你去坐坐。"席阳阳爽朗地答应，在这个城市，唯一熟悉的地方就是，醉倒过无数次都被安然送回家的GAGA。

当然，这跟酒吧无关，纯粹因为席阳阳跟老板娘的私交很好，每次她一个人去的时候，老板娘总会贴心地安排一个美女全程陪着聊天、喝酒，最后把她安全地送回家。

"可是你去酒吧方便吗？"顾寒问得有些小心翼翼，毕竟他没有忘记席阳阳已婚的身份。一个已婚妇女去酒吧，好像有些不太合适，尤其是还约了别的男人，这更容易让人想多。

提到这儿，席阳阳的心里就微微有点不舒服，她也不想太早回家面对府禾朗，所以忙不迭地点了点头道："方便，方便的。"

于是，顾寒跟席阳阳就一起开车去了GAGA。

老板娘许久不见席阳阳，热情地给了她一个熊抱："傻妞，你好久都不来了，想死我了。"

席阳阳也拥着老板娘，笑吟吟道："我也想你的，这不来看你了吗？"

"上次周周来聚会，跟我说你结婚了，真的假的呀？"老板娘好奇地问。

席阳阳尴尬地点了点头说："嗯，真的。"

"这是你老公？"老板娘看着顾寒，狐疑地问。

席阳阳的面色有点尴尬，忙解释："嗯，不是，这是我一个朋友。"接着笑嘻嘻道:"他可是慕名而来的,你可一定要招呼好了。"

老板娘见多识广,不以为意地笑笑:"今天吃的、喝的都算姐的,别客气,自己点。"

席阳阳笑吟吟地转过脸看着顾寒道:"怎么样,老板娘热情吧?"

顾寒笑着点头:"嗯,跟你博客里写的一样。"

"哈哈——"席阳阳爽朗地笑了起来,"喝点什么?我帮你去点。"

"随便吧。"

"这里可没随便给你点。"席阳阳一本正经地说完,自己扑哧一声笑了,"我去拿老板娘亲手调的招牌酒给你试试。"说完便轻快地奔去吧台。

顾寒出神地望着席阳阳跟调酒员、老板娘欢笑着闹成一片,笑得毫无城府,灿烂至极,心情不由得跟着愉悦,席阳阳本来就应该是这样简单、快乐的。

这一晚,席阳阳跟顾寒称兄道弟,喝了不少酒,后来老板娘又对慕名而来的贵客顾寒青眼有加,热情地灌了他不少酒,总之顾寒倒了,趴在桌子上醉得不省人事。

席阳阳带着七分醉意,三分清醒,拍拍胸口,然后掏出手机毫不犹豫拨通了府禾朗的电话。

"请不要离开我……"彩铃刚响起两秒不到,电话就接通了,府禾朗暴怒的吼声就传了出来:"席阳阳,你大爷的,几点了还不回家?"

席阳阳没有说话,揉了揉被他"河东狮吼"震疼的耳朵。

府禾朗听着电话那头杂乱的声音,不由焦急地问:"席阳阳，你在哪儿？"府禾朗现在只关心席阳阳的安全，也顾不得生气了。

"我在GAGA酒吧，你要不要来接我？"席阳阳清晰地一字一字说完，打了一个酒嗝。

"废话。"府禾朗没好气地吼了下，接着道，"在那儿等着我，十五，不，十分钟我就到。"

"哦……"席阳阳带着醉意，乖乖地应着。

"你不要乱动，就在那儿等我，明白不？""嘭"的一声关门声，接着电话里传来府禾朗的警告，"哪里都不许去。"

"哦！"席阳阳出奇地乖巧，刚要挂电话，那头又传来府禾朗的声音："不许挂电话，跟我说话。"他需要确认席阳阳的安全。

"啊？"席阳阳有些愣住了。

"啊什么啊？"府禾朗没好气地吼了下，"你跟谁去酒吧的？"

"嗯，一个朋友。"席阳阳含糊地回答。

"男的女的？"

"……"席阳阳心虚得不吱声，"啪"的一下挂断了电话。

府禾朗的电话立马又打了过来，席阳阳看着屏幕上闪动的字，就好像烫手山芋似的愣是不敢接。

府禾朗不死心地连续拨打。

府禾朗在十分钟之内赶到GAGA酒吧的时候，就看到席阳阳乖巧地坐在卡座那儿。她的对面倒着一个不省人事的男人。看着这个男人英俊的侧脸，府禾朗自然地想到在三亚时见过的

"顾寒"，俊眉不由得拧成了"川"字，一把将席阳阳拽着拖起，厉声道："席阳阳，你到底想怎么样？"他动作粗鲁、毫不温柔，活像老鹰拎小鸡。

席阳阳被拽得晃了两步，下意识伸手扶禾朗，同时风轻云淡道："没想怎么样。"

"怎么了？"老板娘见到这桌有情况，忙带着几分酒气，走过来打招呼，眼神戒备地瞅着府禾朗，伸手就要去扶席阳阳，免得她被乱七八糟的人骚扰。

府禾朗冷眼一扫，席阳阳忙对老板娘解释说："我老公。"

府禾朗一听这话，板着的脸才微微缓了几分。

老板娘神色玩味地盯着他俩打转，笑吟吟地问："阳阳，你这朋友怎么办？"

席阳阳转身看着府禾朗，想起了打他电话的本意，讪讪地叫道："府禾朗。"

府禾朗没有说话，眸光怔怔地看着席阳阳。

席阳阳硬着头皮开口道："你帮忙把他送去酒店好不好？"席阳阳伸手指了指顾寒。她不知道顾寒住哪里，但是总不能把他丢在酒吧，好歹也是救命恩人。

府禾朗紧抿着唇，黑着一张脸，半响没开口。正当席阳阳以为他会拒绝或者转身丢下她不管的时候，他快一步将瘫软的顾寒搀扶了起来，磨了磨牙道："走吧。"遇到席阳阳这样的老婆，他也是服气了，敢指挥自己家老公去酒吧带别的男人，她也是二到无穷大了。

席阳阳暗自吐了吐舌头，跟老板娘悄悄地挥了挥小手道别后，就犹如小媳妇似的跟在府禾朗身后，随着他上车。

府禾朗为顾寒找了一家离他们家很近的酒店，安置妥当后才一言不发地回到车里，嗖嗖的冷眼径直地往席阳阳身上射。席阳阳的几分酒意早折腾没了，面色讪讪地不知道该怎么面对府禾朗。

府禾朗没有直接开车，他从口袋里掏出了一支烟，点燃，倚靠在座椅上，袅袅上升的烟雾，在灯晕中缓慢散开，映着他俊朗的五官，一种深沉的忧郁在他身上蔓延开来。

席阳阳犹豫了下，伸手也抓了一支烟，刚点上，还没来得及抽，府禾朗已经一把抢过，摁灭了。府禾朗深沉地看了席阳阳半响，无奈地叹息了声，道："席阳阳，我到底该拿你怎么办？"语气里尽是无奈。

许是他的表情太过阴郁，许是这样的气氛有些煽情得撩人，许是他的话真切地触动了席阳阳柔软的心，毫无预警，她感觉自己的鼻子有些酸涩，眼睛也湿润了。席阳阳深吸了一口气，眼泪就克制不住地往下掉。

府禾朗拧着俊眉，看着席阳阳无声地抽噎，他的心闷得快透不过气来。他张开双臂，将她轻轻地揽到了怀里，柔声道："老婆，我们不要怄气了好不好？过去的就让它过去好不好？"

席阳阳沉默，只是眼泪掉得更凶了，心里涩得发苦，过去的真的能过去吗？如果可以，席阳阳真的不想要过去，她想做一个没有过去的人。

"好了，乖，不哭了，都是我不好，我错了好不好？"府禾朗不停地安慰席阳阳。

其实席阳阳心里是有他的，不然不会喝醉了给他打电话。能想到要他这个老公来处理喝醉了的顾寒，可见席阳阳真心把他当自己人了。

"老婆,我以后不乱发脾气,也不乱吃飞醋了!"府禾朗说着自己的不是,轻轻拍打着席阳阳的背,"我真的错了,原谅我好不好?"

席阳阳埋头在府禾朗的怀里哭了很久,直到再也流不出泪,才擦了擦脸,对着他挤了一个笑道:"我没事了。"

府禾朗这次没有多嘴问有关顾寒的任何事,也没有追究席阳阳跟男人去酒吧这件事。他温和地朝着席阳阳笑笑,说:"那好,老婆,我们回家!"

老婆,我们回家,这六个字真的很温暖,就像黑暗中一盏明亮的灯,将迷茫的路照亮。席阳阳受伤的心,也因为这几个字而慢慢奇迹般地愈合,她甚至对爱情又开始有那么一丝丝的期待跟奢望了。

这一晚的月色很美,星光点点闪烁。

府禾朗抱着犹如初生婴孩一般蜷缩在他怀里的席阳阳,心忽然就软了,明知道她是那么没有安全感的女子,还这样跟她怄气,实在是不该!府禾朗低低地叹口气,小心翼翼地将已经睡熟了的席阳阳心疼地抱入怀里。

醉酒后,睡得迷迷糊糊的席阳阳是被尿憋醒的,她睁开有些酸涩的眼,看着府禾朗近在咫尺的俊脸,他的手亲昵地揽着她的腰,两个人亲密地偎依在一起,席阳阳的心就这样被触动了下,瞬间百味杂陈、翻江倒海。她伸手轻轻地抚摸府禾朗的俊颜,细细地打量着他,其实就这样好好地过日子真的挺好的。

席阳阳轻轻地将府禾朗的手臂从自己的腰肢移开,蹑手蹑脚地去了卫生间。刚从洗手间出来，肚子就毫无预兆地疼了起来。她微拧着秀眉，迎来了她的"大姨妈"。

不知道是喝了冰酒的缘故，还是刚从三亚回来，气候温差大的缘故，抑或是这几日跟府禾朗怄气没休息好的缘故，总之，这一次席阳阳疼得就差在地上打滚了。腹部就好像被什么东西抽打一般搅动着，疼得豆大的冷汗直冒，比以前任何一次痛经都要来得猛烈。

府禾朗感觉到怀里人的不对劲，迷迷糊糊地睁开眼，看着席阳阳的脸色苍白、虚汗直冒，一下子就惊醒了。府禾朗忙坐起来，紧张地问："老婆，你怎么了？"

"没事！"席阳阳揉着肚子，回得有气无力。

"到底怎么了？"府禾朗还坚持问，"是不是身体不舒服？要不要去医院？"

"大姨妈。"席阳阳羞红了脸，同时赏了府禾朗一个白眼。

府禾朗的手抚摸着席阳阳的腹，小心翼翼地帮她揉着，心疼地说："怎么会疼成这样？"

"我怎么知道。"席阳阳望着帮她揉肚子的府禾朗，心里涌现出丝丝的甜蜜，这一刻疼痛似乎缓解了不少。

府禾朗帮席阳阳揉了很久，看她的表情似乎没那么难受，问："老婆，好点没有？"

席阳阳靠着床，半坐起身子，点了点头说："好多了。"

"我帮你去煮红糖水！"府禾朗说着，衣服都没披，裸着上半身就直奔厨房而去。

席阳阳跟着起身，拿了一件睡衣走了过去，递给府禾朗，然后靠在厨房门口，看着府禾朗手脚利落地切姜，好像很有经验似的，不由随口问："你怎么知道煮红糖水放姜的？"

府禾朗头也不抬地回道："你博客不是转载了那篇文章嘛。"

"嗯！"席阳阳的心又被狠狠地感动了下，原来他也会进自己的博客，默默关注自己。是不是喜欢一个人的时候，他所说的每句话，所做的每一件事，都能把女人柔软的心给打动？

看着他有条不紊地往锅里放红糖、姜片，明明是一件很小的事，但是席阳阳却感动得几乎要落泪。她忍不住走过去，从身后抱住他，将脸贴到他厚实的背上，柔声道："府禾朗，我有没有跟你说过，我好像有点喜欢你了。"

府禾朗有一丝窃喜，但没有表现出来，歪着脑袋，有点不满地责问："什么叫有点喜欢？"

"就是有点喜欢！"席阳阳在他的后背上蹭了蹭，面色因羞涩有些绯红。

"老婆，你能不能直接一点？"府禾朗转身，挑眉，看着席阳阳，"把有点喜欢给我掐了，再说一次。"

席阳阳感觉自己面红耳赤，心跳得就跟第一次跟文浩表白那样紧张。她将头埋在府禾朗的怀里，嘟囔道："我不说，我不说。"

看着席阳阳第一次因为害羞而语乏词贫，府禾朗忍不住哈哈大笑起来："好吧，老婆，你不说，那我说。"他将席阳阳轻柔地抱到了怀里，亲昵地在她的额头上蹭了蹭，目光深邃地直视着她说："席阳阳，我爱你，真的真的很爱你！"

席阳阳一听，鼻子酸酸的，眼泪就不争气地落下了。在跟文浩分手以后，席阳阳已经封情绝爱了，她不会去爱人，也不稀罕被人爱，可是，今天听到府禾朗的表白，她发现，她的心似乎枯木逢春，就这样瞬间复活了。

府禾朗紧紧地握着她的手，十指紧扣，接着俯下身，轻吻席阳阳眼角的泪，小心翼翼得如同呵护珍宝。

席阳阳轻轻踮起脚尖，主动吻上了府禾朗的唇，任由他那温柔的舌灵巧地在她的嘴里极尽缠绵地纠缠，柔软、甜蜜、缱绻。这一刻，两颗心火热地升温，将彼此深深地装了进去。

清晨微微的晨曦映透窗帘，昏暗的室内渐渐亮起来。床头的手机扰人地响了起来。席阳阳睡眼蒙眬地胡乱摸了摸，眯眼看了一眼来电，打着哈欠，怕吵醒熟睡的府禾朗，所以轻手轻脚地准备去客厅接电话。刚掀开被子，人还没来得及下床，腰肢上传来一股力道，便将毫无防备的席阳阳拖倒了。席阳阳还没反应过来，人已经被结结实实地抱进了府禾朗光裸的怀抱里。

席阳阳扭头，扬了扬手机，朝着府禾朗比了一个"嘘"的手势后说："别闹，你妈的电话！"

府禾朗笑眯眯地亲了亲席阳阳的额头，轻声道："接吧。"

席阳阳温和礼貌地接起府妈妈的电话，府妈妈其实也就试探下，看看小两口的别扭闹完没，顺带着叫席阳阳跟府禾朗回家吃饭。

席阳阳礼貌地挂了电话，然后将府妈妈的话重复给府禾朗："你妈要我们晚上过去吃饭。"

府禾朗漂亮的黑眸赏了席阳阳两道冷飕飕的目光，皮笑肉不笑、认真地问："谁妈？"

席阳阳意识到自己说错了，忙识相地纠正："咱妈叫我们回去吃晚饭。"

府禾朗一听这话，俊脸好像花开似的瞬间灿烂无比，伸手将席阳阳大力地按在怀里，亲昵地在她的额头上蹭了蹭，"老婆，我要亲亲。"

席阳阳发现，不仅是女人，男人有时候也是需要哄的，再大的男人，在心爱的女人面前都会有孩子气的一面。

府禾朗起床准备上班，临出门前跟席阳阳依依不舍地道别："老婆，上班的心情，真TM比上坟还沉重，我一刻都不想离开你。"

席阳阳暗自庆幸，如果不是"大姨妈"造访，估计府禾朗一定会把她吃得骨头渣都不剩。昨晚府禾朗抱着她，浑身烫得惊人。席阳阳不想折磨他，好心地推开了他。可是他却不乐意了，一把紧紧地抱住着席阳阳，一条腿还横在她身上，让她动弹不得地缩在他怀里睡去。

"老婆，我想再抱抱你。"

席阳阳也不矫情，漂亮的黑眸温柔地注视着府禾朗，嘴角挂着浅浅的微笑，主动张开双臂，一把抱着他，然后大方地在他的唇上亲了一下，"好了，乖乖上班去吧。"

情人之间的亲昵，永远不会嫌多，也不会嫌弃到底有多幼稚，只是这一刻觉得心里很甜很甜，甜得让人迷失，甜得让人可以忘记过往所有的不愉快。

府禾朗一把抱着席阳阳的腰，俯身吻住她的嘴，结结实实地来了一个法式的长吻。在席阳阳吻得牙关都发酸了，府禾朗才松开她，意犹未尽地舔了下嘴唇，说道："你家亲戚什么时候走？"

席阳阳额头冒出三道黑线，害羞地催促道："好了，快走吧，你上班要迟到了。"

"好吧，老婆，我上班去了，晚上下班来接你去爸妈家吃饭！"府禾朗在席阳阳额头上大力吻了一下，才心满意足地出门。

席阳阳目送着他远去的背影，心里被一种叫幸福的东西填满，可是幸福来得太快太猛，让席阳阳的心中升起了一种不真实感。

第九章　风波再起

晚上跟府禾朗十指紧扣着回到府家，府妈妈一看小两口甜蜜的样子，就知道两个人和好了，她的心也踏实地落下了。府妈妈慈爱地开口道："好了，你们洗洗手准备开饭了。"

席阳阳跟府禾朗嬉闹着洗完手回来落座，府爸爸微笑着朝席阳阳点了点头，"坐吧。"

碍于府爸爸、府妈妈在场，艾婷只能不屑地赏了席阳阳一个白眼，然后沉着脸闷头吃饭。

府妈妈一脸慈祥地看着席阳阳，闲话家常："阳阳，你跟府禾朗准备什么时候补办个婚礼？"

席阳阳的笑脸一下子就僵住，在桌下踩了府禾朗一脚，求助地看着他。她从来都没想要婚礼，也不要盛大的婚礼，她就想着这样简简单单地过日子。

"咳咳。"府禾朗轻咳了几下，成功地将府妈妈的注意力吸引了过来，才淡淡地开口："妈，我跟阳阳不想办婚礼。"

"这怎么行？"府妈妈立马打断，语气严厉地说道，"胡闹！名不正言不顺的，也委屈了阳阳。"

席阳阳忙摇摇头接话："妈，不委屈，一点儿都不委屈，其实是我不想办婚礼。"

府妈妈拧着秀眉，不解地问："为什么？"

"结婚太麻烦了。"席阳阳硬着头皮回复，在府妈妈的灼灼眸光下，又心虚地补充道，"我跟府禾朗都不喜欢麻烦，所以我们不想折腾。"

府妈妈对席阳阳的回答有些不满，说："怎么说结婚都是大事，你们两个这样太草率了。"

"妈，"府禾朗正色地打断府妈妈的话，"妈，现在的结婚方式有很多，像什么裸婚、旅行结婚，或者其他形式，不一定要铺张浪费摆酒席才算，只要我们红本本拿了就好。"

府禾朗又道："只要我跟阳阳开心，早点给您生个孙子抱抱，比什么婚礼都强啊。"

"可是……"府妈妈还要说点什么，府爸爸扫了府妈妈一眼，插话道："算了，随便他们吧。不过这婚事，还是得跟席家父母见上面了再说。"

"还是爸开明。"府禾朗笑着拍马屁，"来，爸妈一人吃个大鸡腿补补。"

"就你油腔滑调。"府妈妈看着碗里的鸡腿，乐得合不拢嘴，"那你打算什么时候给我生个孙子抱抱？"

府禾朗挑眉看了一眼席阳阳，说："妈，这您得问您儿媳妇，光我一个人努力是不够的。"

席阳阳一听这话，面色瞬间羞涩，脸庞都红了，低头啃着肉，大口吃米饭，不好意思再抬头。

艾婷的俏脸已经黑得快要挂不住了，不停地深呼吸，最终忍不住把筷子一搁，气呼呼地说："我吃饱了。"然后推开椅子，头也不回地奔去房间，大力地甩上了门。

府爸爸、府妈妈，甚至府禾朗都是一脸淡定，该吃饭就吃饭，该喝汤就喝汤，依旧家长里短地聊着，丝毫没有因为艾婷而影响心情。

当然，席阳阳的心微微有点沉，艾婷对府禾朗的情意，对席阳阳的敌意，表现得实在太过明显了。这样一个小姑子，让席阳阳的心里不是很舒服。可是府禾朗没有追问过席阳阳的过去，那么席阳阳也不能贸然去问关于府禾朗的事，毕竟他们是要过日子的，是要向前看的，而不是追究曾经的事情。

吃过饭，又聊了一会儿天，府禾朗就跟席阳阳回家了。

在这样欢快的气氛中，小日子过得飞快，一晃眼几天就过去了。

两个人在客厅的沙发上嬉闹着看电视，府禾朗递过一个苹果，笑嘻嘻地撒娇道："老婆，帮我削苹果。"

虽然《我是金三顺》早几年前就看过了，但是重温的时候，席阳阳还是看得津津有味。望着男主帅气的俊脸，眼神连扫都没扫那苹果，毫不犹豫地拒绝："没空，忙着呢。"

府禾朗站在席阳阳的眼前，挡住她的视线，放软了声音说："老婆，就给我削一个苹果嘛。"

"你挡住我视线了。"席阳阳不满道。

"老婆，你就给人家削个嘛。"府禾朗嘴上撒娇，身体继续挡，不满席阳阳那么花痴地盯着电视里的帅哥看。府禾朗心里暗恨，真不该买大屏的电视，他的身材怎么都不够挡。

席阳阳一阵鸡皮疙瘩落地，拢了拢手臂，秀眉一拧，说："要吃苹果自己不会削啊，没长手吗？"

府禾朗凑过脸，挨着席阳阳坐下，讨好道："老婆，我给你削苹果吧。"

"这还差不多。"

"老婆,你说是我帅,还是他帅?"府禾朗递上一片削好的苹果,指了指电视里的男主,较真地问道。

"你帅。"席阳阳回答得毫不犹豫。

府禾朗的脸上瞬间笑开了花:"老婆,你这是情人眼里出西施吗?"

席阳阳偷笑了下,说:"好吧,是他帅。"

府禾朗一听,扔下苹果,一个恶狼扑虎将席阳阳扑倒在沙发上,恶狠狠地问:"老婆,你再说一次,到底谁帅?"

"一样帅。"席阳阳见风使舵。

"席阳阳,真的是一样帅吗?"府禾朗咬牙切齿地瞪着她。

"我'大姨妈'走了。"席阳阳怔怔地望着府禾朗近在眼前的俊脸,脱口而出。

府禾朗邪恶地笑了,眉眼弯弯地低头挨着席阳阳的颈窝蹭了蹭,含糊不清地说:"老婆,你在暗示我什么吗?"

席阳阳的俏脸瞬间绯红,不好意思地推开府禾朗埋在她脖颈的大脑袋,红着脸道:"我才没呢。"她不是暗示,简直可以说是明示,真是羞死人了。

"可是,我要你,我疯狂地想要你,我浑身每个毛孔都在呐喊,要你,要你。"府禾朗深情款款地说,接着煽情地在席阳阳的额头亲了亲,"老婆,你家亲戚可是快把我给憋死了。"

这个轻柔的吻烫热了席阳阳的皮肤,她感觉自己浑身都开始发烫,面红耳赤地主动伸手抱住府禾朗的腰,将脸深深地蹭在他怀里,听着他有力沉稳的心跳声,低声地呢喃道:"其实，我也想要你。"

府禾朗一把抱起席阳阳，将她抱去卧室，铺天盖地的热吻，瞬间洒遍席阳阳全身。他是那么温柔，那么细致，那么缠绵悱恻又小心翼翼……昏黄的灯光下，席阳阳抱着府禾朗的颈子，深情地望着府禾朗那深邃明亮的黑眸。半裸的席阳阳，羞得绯红了俏脸，低声道："关灯。"

府禾朗大力地将席阳阳往怀里抱了抱，将两具几乎一丝不挂的身子更加密实地紧贴在一起，温柔地低声道："不，我就要这样看着你，你不知道，这一刻你有多美吗？"

席阳阳的脸更烫了，不好意思地埋入府禾朗的怀里，娇嗔道："讨厌。"

府禾朗呵呵地笑出声，翻身将席阳阳压在身下，伸手关掉了灯："老婆，我爱你！"此刻，两颗心终于真正地完成了情投意合的融合。

一室旖旎的风情，两颗火热的心、纠缠的肢体，诉说着充满爱意的语言，随着夜的深沉，越发地显得撩人。

这一次，府禾朗清晰地听着，席阳阳嘴里不停地呼喊着他的名字——府禾朗，那简直比天籁还好听。他的心瞬间溢满幸福的喜悦，紧紧地抱着席阳阳，恨不得就这样把她揉进自己的骨子里。

幸福的时光飞逝如电，一晃连新年都过了。

今年的新年，席阳阳过得跟往年都不一样，除了让府禾朗用"准老公"的身份回家过年外，还以府家媳妇的身份，跟着府禾朗，与府家有分量的长辈们一起吃了顿饭。但是对于长辈们心心念念的婚礼，席阳阳的心里充满了忐忑。

幸福来得太快，太不真切，总让她觉得有些恍惚，也有着隐隐的担忧。她有些害怕，这幸福会突然就消失不见。

席阳阳坐在咖啡厅里，手托着腮，望着对面打扮精致的女人，有点茫然。应该说，是从接到艾婷约她出来喝咖啡的电话开始，席阳阳就一头雾水了。她可不记得，自己跟艾婷的关系什么时候好到能约着一起喝咖啡的地步了。

艾婷拨弄了下漂亮的手指甲，面无表情地看着席阳阳说："我想跟你谈谈。"

"嗯，想谈什么？"席阳阳漫不经心地握着杯，不明白艾婷跟她有什么好谈的。不过聪慧的席阳阳不难猜到，今天谈话的主题是她老公府禾朗。看来，艾婷憋不住，想来抖过去了。

不过，既然称之为过去，那就只是过去。不管府禾朗跟艾婷之间到底有过什么，席阳阳都做好了一笑置之的准备。

"我不喜欢你，你应该知道吧？"艾婷开门见山，语句尖锐。

你不喜欢我，喜欢府禾朗，长眼睛的都知道，我跟他过，又不跟你过，我管你喜欢不喜欢我。席阳阳心里冷笑道，然后微笑着说："我也不喜欢你，彼此彼此。"

艾婷愣了下，料想不到席阳阳会这样平淡地丢出这么一句让她瞠目结舌的话。她缓了缓神，怒瞪着席阳阳："你不适合我哥，你配不上他。"

席阳阳喝了一口水，看着艾婷，不卑不亢地开口："适合不适合，得要问府禾朗，至于配得上配不上，得要问你爸妈。"接着看着艾婷气红的俏脸，又不紧不慢地补充道："不过现在，不管适合不适合，配得上配不上，我们都已经结婚了。"

"席阳阳，你真不要脸。"被席阳阳不温不火的回话气炸的艾婷，维持不住风度，破口就骂。

"艾婷，"席阳阳沉声打断，"我看在你是府禾朗妹妹的分儿上才忍你，但是请你别忘了，我是府禾朗名正言顺的妻子，你的嫂子，请你嘴巴放干净点。"

艾婷冷笑了声，冷言冷语道："我嘴巴是能放干净的，但是，对你这样本来就不干净的人没必要。"

席阳阳的心微微颤了下，"什么意思？"

"什么意思？"艾婷笑了起来，嗓音瞬间拔高，"席阳阳，你可别告诉我，你写书写失忆了，忘记了被人强暴这件事。"

席阳阳的脑袋"轰"的一声，俏脸瞬间惨白，恍惚地望着艾婷从包里掏出一沓照片扔在桌上。虽然没有看，但是想都不用想，肯定是席阳阳最狼狈不堪的记录。

艾婷嘴角扯着扭曲的笑，轻蔑地说："你忘记了没关系，我会替你告诉我哥、我爸妈，原来你被人强暴过，还上过大新闻。"

府禾朗手里捏着车钥匙走过来，一把捏住艾婷的手腕，压抑着熊熊怒火："闹够了没？"

艾婷一反常态的严肃，手指着面色难看的席阳阳说："哥，她被强暴过。"

"啪——"清脆的巴掌声毫不犹豫地挥在了艾婷的俏脸上，阻止了她的喋喋不休。

艾婷不可思议地捂着被打疼的脸颊，双眼溢满泪水，盯着府禾朗，"哥。"

"滚。"

艾婷咬着唇，委屈地落泪，哽咽道："我回去告诉爸妈。"

"你敢。"府禾朗双眼布满阴霾，粗暴地喝道。

"敢。"艾婷坚定地说完这个字，拎着包，头也不回地奔了出去。

府禾朗拧着俊眉看着艾婷奔出去，想去追，但是转过脸，看着神情呆滞的席阳阳，不由顿住了脚。仿佛什么也没发生似的，府禾朗紧抿着唇，默默地去收拾艾婷随意丢掷在桌上的那些照片。席阳阳木讷地坐着，眼神里看不到一丝生气，眼泪慢慢地从脸上滑落，很烫很疼。她如木偶般伸手擦拭了下满脸的泪，恍惚地看着府禾朗在收拾照片，制止道："别动。"然后麻木地一张张捡起来，紧紧地拽在手里，眼泪大颗大颗地顺着苍白的脸颊往下流。

"老婆！"府禾朗轻声呼唤。

席阳阳抬眸看向府禾朗，哽咽道："刚才你都听到了？"

府禾朗怔了下，不知道该如何回答，呢喃道："席阳阳，那些都是过去的事，并不重要！"

"你都知道？"席阳阳感觉府禾朗似乎早就知道这些，定定地看向府禾朗，她从府禾朗眼里看到了一闪而逝的慌乱，心沉了下来，"你都知道些什么？"

府禾朗深邃的黑眸，慌乱地闪躲着，不敢直视席阳阳的目光。"知道那是过去，知道那是并不存在的事，只是流言而已。"

席阳阳的心底一阵疼痛，明知道自己会痛，还是忍不住开口问："你什么时候知道的？"府禾朗的表情太过淡定，淡定得仿佛早就准备好面对这一切似的。那么，说明他早就知道了！

也是，艾婷在找席阳阳摊牌之前，必然已经找过府禾朗了。

席阳阳这一刻，突然觉得自己像个小丑，小心翼翼、卑微地想遮掩她那不堪的过去，费尽力气去藏这个秘密，却不曾想过，原来只是她一个人在表演，观众早就看到了一切。

"在艾婷查你之前，我就知道了。"府禾朗直言不讳，接着温和地说，"席阳阳，我真的不介意你的过去。"

既然不是艾婷查出来才知道的，那么席阳阳避之不及的过去，也不可能是别人告诉府禾朗的。那么只有一种可能，府禾朗自己去查了？府禾朗竟然去查席阳阳，这一刻席阳阳竟然觉得府禾朗很可怕，可怕得她都不认识了。虽然席阳阳没有坦诚过去是不对的，但是府禾朗凭什么去调查她的过去？难道他就没想过，这样带着杀伤力的过去，对席阳阳而言，是多么难堪跟万劫不复吗？

席阳阳突然感到很失望，对府禾朗失望透顶。她深深地感到自己的骄傲和自尊，就这样被他给践踏了。口口声声说不介意过去，不纠结过去，可是最终还要去查，这就是真的爱着席阳阳的表现吗？

席阳阳感觉到深深的悲哀，为她爱的人，也为她的爱情。

在开始之前，谁都会说，我不介意你的过去；真的在一起了，都会介意。你曾经拥有的过去，你不肯说，那么就去查，沿着蛛丝马迹，将真相一点一点剥离出来，然后还原事实。可是在你查的时候，已经带着不信任的羞辱了。

是不是查到事实——强暴未遂——才淡定坦荡地说："我

真不介意。"如果席阳阳真的是被强暴了的呢？结果是不是又会变得完全不一样了？会不会就从心头最爱变成心头最恶？

"可是我介意。"席阳阳冷冷地看着府禾朗，泪水涌溢，然后深吸了一口气说，"府禾朗，我们完了。"

府禾朗一听这话，俊脸瞬间黑了下来："席阳阳，你抽什么邪风？"

席阳阳冷笑道："哈哈，我抽邪风，你没抽风，你去查我那么不堪的过去，是不是很有意思呀，是不是跟电视剧一样精彩？"

"席阳阳，我不是故意要去查的，是你让我太好奇。"

"府禾朗，你不要说了。"席阳阳冷声地阻止了他，"不管你是出于什么目的，结局都是一样的。你不尊重我，我们之间就没什么好说的了。"席阳阳努力不流眼泪，尽量不在府禾朗面前露出软弱的一面，然后毅然决然地转身奔跑，她想逃开这个令她窒息的环境。她骄傲和自尊，不允许她在他面前卑微。

府禾朗张了张嘴，还来不及说话，就看到席阳阳已经转身跑了。追出去的时候，席阳阳已经快一步拦了出租车，绝尘而去。他懊恼地捶打了自己一下，神色布满阴霾，浑身散发着颓败感。

席阳阳顾不得司机疑惑地不断从后视镜里偷看她，席阳阳一直在哭，一路哭回了S城。

天色渐渐暗了下来，夜色的凉风不断吹袭在席阳阳冰冷的身上，明明是暖阳天，她却有一种彻骨的寒冷，冷得牙齿都在不停地打战。席阳阳用力地将自己抱紧，傻乎乎地坐在街心公园的长廊上，呆呆地看着人来人往的街道，渐渐冷清，马路两侧霓虹灯亮了起来，夜色彻底笼罩这个城市。

多么相似的夜晚，多么相似的凄凉与狼狈，席阳阳嘴角挂着嘲讽的笑，今晚还会遇到歹徒吗？

历史会不会重演，那她是不是能重新做一次选择，英勇地跟歹徒搏斗，然后被他捅死了，那样她就没有不堪的过去，就会成为光荣的女英雄了。

历史终究是历史，没有再一次轮回，也不可能再给席阳阳选择的机会。

一整个晚上，吹着寒冷的夜风，席阳阳紧紧地抱着自己，看着满天繁星，将她跟府禾朗之间的事，从头到尾地想了一遍，从最初想到最后。想不明白的事，一下子就都想明白了，从他喜怒不定、莫名其妙发脾气开始，或许他就已经知道席阳阳的过去了，或者在跟席阳阳结婚的时候，府禾朗早就把席阳阳摸得清清楚楚了。权衡利弊之后，才接受的席阳阳，而席阳阳却一直单纯地以为，他们之间是真的存在爱的，那种可以完全不计较过去，一起走向未来的爱。可是这份爱却经不起世事考验，经不起岁月蹉跎，也经不起任何风雨。

事实的真相，是如此伤人，让席阳阳的心压得喘不过气来。是不是每一段的恋情都是在微笑中开始，付出真心之后，在眼泪中结束？

想到艾婷临走时说的话，席阳阳的心脏就剧烈地疼痛。她不认为自己还有勇气去面对世人冷漠的眼光，也不认为自己还能经受得住指指点点的议论，府家爸妈会怎么想这件事，她已经不想去考虑了，她只想卑微地做鸵鸟，躲到自己的壳里，小心翼翼地保护自己。

席阳阳哭了很久，眼睛再也流不出来了。看着晨曦微露，抬手从手指缝里,看着一点点的阳光,透过云层缓缓照射下来,那样暖暖的阳光,却温暖不了她的心。

有些事她终究是免不了俗的,她害怕这段过去被揭开,害怕府爸爸、府妈妈会跟文浩的父母一样,用残酷的语言告诉她,她不配做府家的媳妇。席阳阳那么坚强、骄傲的人,伤不起也输不起,所以她选择先一步放手,用这样决绝的方式来保护自己的脆弱、残破的心。

席阳阳伸手捂着自己疼痛的心脏,一次次深呼吸,虽然很舍不得,但是终究还是毫不犹豫地做出了决定,然后拖着一晚没睡的疲惫身子失魂落魄地回家。

席妈妈拉开门就看到憔悴不堪的女儿,忙问:"阳阳,你怎么了?"

席阳阳咬了咬嘴唇,说道:"没事,只是想家了!"

席妈妈紧张地看着席阳阳,半晌后,试探性地问:"是不是跟府禾朗吵架了?"

席阳阳听到府禾朗这个名字,鼻尖一酸,不知道该怎么回答。家里电话响起,席妈妈拉着席阳阳进屋,推着她在沙发上坐下,才转身去接电话:"喂。"

"妈,阳阳回家了吗?"隔着话筒,席阳阳都能听到府禾朗焦急的声音,心微微颤了下,她现在最不想听到他说话,便坐远了一点。

席妈妈若有所思地瞅了一眼席阳阳,无视席阳阳不断摇手的动作,对着电话回道:"嗯,在家呢。"席妈妈估摸着小两口是闹别扭了。

府禾朗似乎松了口气,说:"妈,您看着点阳阳,我明天跟我爸妈一起过去。"

席妈妈也不介意他的称呼，寒暄了几句便挂了电话，看着席阳阳说："阳阳，府禾朗叫我妈。"用的是肯定语。

席阳阳知道瞒不住了，吞咽了下口水回道："妈，我偷偷结婚了。"说完，眼泪就这样吧嗒吧嗒掉了下来。

席妈妈傻眼了，半晌才说："你这孩子，结婚是好事呀，怎么哭成这样。"接着伸手揉了揉她的头，笑道："妈又不会怪你。"府禾朗一看就是正经人家的孩子，能跟他结婚，席家父母还是很放心的。

席阳阳咬了咬牙说："可是我又离婚了。"

席妈妈生怕自己听错，掏了掏耳朵问道："阳阳，你刚说什么？"

席阳阳把心一横，道："我跟府禾朗离婚了。"

席妈妈一把敲在她的头上，"席阳阳，你多大的人了？婚姻能这样儿戏吗？"接着正色说："跟妈说说，到底怎么了？"

"也没什么。"席阳阳深吸了口气，艰难地说。

"府禾朗欺负你了？"

席阳阳摇摇头。

"府禾朗喜新厌旧，找别的女人了？"席妈妈眼神犀利地问。

席阳阳又摇了摇头。

"府禾朗的父母不接受你？"席妈妈又问。

席阳阳还是摇摇头。

"祖宗，那到底怎么回事？"席妈妈捂着胸口，顺了顺气，"你倒是跟我说呀，你非得急死你妈吗？"

"他查我。"席阳阳委屈地看着席妈妈说。

"查你什么了？"席妈妈话说到一半，回过神来，语调一转，耐心地劝道，"阳阳，他为什么要查你，还不是因为想要了解你。"

"妈，这是对我不尊重。"席阳阳抬眸看着席妈妈，"他根本就没想过我的感受。"席阳阳觉得，她就好像是被人剥光了晾在那里一样，不堪的过去让她羞愤难忍。

"府禾朗查了，介意吗？"看着席阳阳苍白的脸，面色憔悴，席妈妈就心疼，小心翼翼地问。

席阳阳犹豫了下，还是很老实地摇了摇头，说："他说不介意，可是我介意。"凭什么她明明是受害者，却总要担心别人？她才是那个受尽委屈的人好不好？

席妈妈看了席阳阳半响，叹息一声，"阳阳，他都不介意，你是不是太执拗、敏感了。"

席阳阳的心沉了下来，垂首深吸了一口气，说："妈，您不懂。"

席妈妈也跟着叹气，"过去的都过去了，阳阳，咱们也该放开了。"

"妈，我有点累，让我先睡会儿好不好？"说完，席阳阳径直走回自己的房间，朝着柔软的床倒了下去，心里不停地有个声音在问：是不是，真的是太执拗、敏感了？

为什么每个人都告诉她说，过去了就过去了，可是为什么席阳阳的心却停留在那一刻？她的心骤然疼痛，浑身上下都开始疼痛，好像那狰狞的歹徒就在眼前一样，那么真实的画面，怎么能够说忘记就忘记呢？

席阳阳的眼泪，再一次无助地滑落。她不知道，她的离婚协议寄过去之后，府禾朗会怎么想。但是她实在没有办法再面对他，感觉到自己的狼狈不堪，感觉到自己的羞愤，感觉到自己跟他之间的差距，府家的势力、人脉并不比文家差，甚至有过之而无不及，就好像艾婷所说的，席阳阳配不上他，更别说有这么一段不堪往事的席阳阳，更是犹如败笔一样，画在哪里，哪里就会有残破。

席阳阳退缩了，前面的路太黑太暗，她一个人不敢走下去。她潜意识里也在害怕，害怕她会遭到府家父母的嫌弃。同样的伤痛，同样的屈辱，她不想再受第二次。

席阳阳自己先放手，只是为了保护自己的尊严，保护那为数不多的骄傲。

艾婷将席阳阳的过去，添油加醋地跟府爸爸、府妈妈说了之后，不等老两口电话召唤，府禾朗就主动回家了。

府爸爸、府妈妈神色犹疑地看向府禾朗，府妈妈指着桌上一堆资料，忍不住开口："阿朗，婷婷说的是不是真的？你知不知道这事？"

府禾朗不爽地扫了一眼艾婷，硬着头皮看着府爸爸、府妈妈道："这事我知道。"说完面无表情地将照片、旧报纸之类的东西收起，厌恶地往垃圾桶里扔去。

府爸爸表情有点严肃，府妈妈激动地开口道："那你为什么瞒着我们？"

府禾朗淡然地看向府妈妈，"这有什么好说的。"

被府禾朗这么一说，府妈妈张着嘴都不知道该说什么了，半晌之后，才讷讷地说："毕竟影响不怎么好。"

府禾朗一听这话，正色地看着府妈妈，说："妈，哪里影响不好了？"不等府妈妈接话，府禾朗又道："这事都过去这么久了，有什么好计较的？再说也不是席阳阳想发生的，说到底她才是最无辜的受害者。"

"可是……"府妈妈还想说点什么。

"妈，可是什么呢？这事没什么可是的。"府禾朗转过俊脸，看着一脸严肃的府爸爸，"爸，您觉得呢？"

府爸爸严肃地扫了一眼府禾朗，直接问："万一被人拿来说，你介意吗？"

"我才不介意呢！"府禾朗回答得很直接很干脆，"是我要跟她过日子的，我去管别人干吗？"

艾婷气恼得跺脚："爸、妈，你们可以不介意，哥可以不介意，可是别人会怎么看我们府家？背地里肯定会笑话我们，娶了这么一个……女人。"艾婷想说，娶了"这么一个身家不清白的女人"，被府禾朗冷眼一扫，只能怯怯地改口。

"你姓艾，不姓府。"府禾朗冷声道，"我家的事，轮不到你插嘴。"

艾婷被气得浑身发抖，"我还不是为了你好，免得人人笑话你戴绿帽子。"

府禾朗俊脸一黑，青筋暴起，怒瞪着艾婷，"给老子闭嘴！"

"你既然敢娶这样的女人，干吗怕我说呀？"艾婷不怕死地继续踩着府禾朗的痛处，"以后别人还会说更难听的话。"

府禾朗紧抿薄唇，沉默不语。

"我看你趁这机会离婚得了。"艾婷的话刚说完，府禾朗就气恼地将手里的杯子扔了出去，"啪"的一声脆响，碎在艾婷的脚边。她有点心虚地瑟缩了下身子。

"打死我都不会离婚的，别人爱怎么说就怎么说去！"府禾朗立场坚定地说道。

"既然这样,那约个时间见见席家父母,该办的就办了!"府爸爸一锤定音,他不是一个迂腐的人,见惯了风浪,这点小毛毛雨还没有放在眼里。只是,他想弄明白儿子的态度,是不是真的不介意,是不是要继续过日子。

府家的媳妇既然定了,不管怎么说,都得大大方方地娶回家。

府爸爸都这么说了,府妈妈也不能再说什么,叹息了一声道:"说到底,也是个可怜的孩子!"

其实流言蜚语一点也不可怕,只要心态端正,一笑置之就好,毕竟身正不怕影子歪。

府禾朗倒是真的不惧怕,他现在担心的是,席阳阳不肯面对,不肯原谅,所以厚着脸皮看着府爸爸、府妈妈道:"我觉得,为了表示我们家的诚意,还是我们亲自登门去拜访比较好。"

"那就明天吧。"府爸爸爽快、干脆地回答。

虽然搞定了开明的府家爸妈,但是府禾朗的心里一点也不轻松。想到席阳阳那么悲愤的表情,心里还是很疼很疼的。他就不明白了,他都不介意的过去,席阳阳还纠结什么呢?更气恼的是,当他发疯似的在全世界找她的时候,她却赌气地关机了,竟然找快递送来一份离婚协议。

府禾朗当时那个恨呢,恨得咬牙切齿,如果席阳阳在他眼前,他一定会狠狠地扑上去,然后撕咬着她的脖子,让她感受下自己当时的这种撕心裂肺的疼。

既然嫁给了府禾朗,进了府家门,想离婚,别说门都没有,窗户也找不到。

府禾朗撕掉离婚协议,有想过直接奔S城找席阳阳,不管用什么方法,绑也要把她绑回来,但是这些日子相处下来,他知道席阳阳吃软不吃硬,绑了她的人,只会让她的心离得更远。

两个人要想和好,好好地过日子,就必须把她心里的结解开,不然这个导火线随时随地能引发更大的雷,将不太稳固的婚姻炸得四分五裂。

府禾朗好不容易入了席阳阳的眼,进了她柔软的心,打死他也不会轻易地放手。

府禾朗知道,这一段过去是席阳阳无法忘却的痛,所以他小心翼翼地疼爱着她,尽可能不去触及。他想用他的柔情将这伤痕慢慢抚平,可是不曾想到,席阳阳竟然会这样敏感,用最极端的方式竖起了防备,甚至不惜牺牲他们甜蜜的婚姻,席阳阳实在太过自私了。

其实府禾朗那么爱她,怎么可能会伤害她?他也不是有意要去窥视她的过去,只是三亚回来之后,他无意之间加了她曾经经常浏览的交友网,跟人聊起的时候,听说了一些传闻而已。旁推敲侧地知道了这些往事,他的心比谁都疼,恨自己没有早几年认识席阳阳,如果早认识,他一定会好好照顾她,不会让她这样封闭自己的世界。

还好认识的不算晚,相遇的不算迟,席阳阳终是嫁给了他。那么,府禾朗贪心地要一辈子,剩下的日子他都要好好地陪着她走,给她最坚定、安全的后盾,让她能一直幸福地微笑。

第十章　大结局

席阳阳回到房间,一觉睡得昏天暗地,一天都没起来吃东西。晚上席爸爸看不过去了,硬拖着她起来吃了点东西。

席妈妈张了张嘴,被席爸爸使了一个眼色打断,然后静静地看着席阳阳吃饱了,红着眼睛又回到房间,继续呼呼大睡。

老两口相互看了看,席妈妈小声地问:"阳阳没事吧?"席阳阳颓废的样子,就好像回到了三年前出事之后的样子。那时候,席阳阳跟文浩刚分手,不哭也不闹,就一个人闷头睡大觉。整整半个月都是吃了睡,睡了吃。半个月过后,有一天,席爸爸准备去叫她起来吃饭,却看到她穿着整齐,还化了漂亮的妆,收拾好行李,微笑着告别:"爸,我出去散散心。"

席爸爸甚至都没有反应过来,席阳阳已经迫不及待地就打算出门,临行前跟席爸爸说:"爸,我米虫的日子过得够久了,我想独立,劝慰的话您就别说了,不放心的话也就别说了,我一定会好好的,然后扬眉吐气地回来。"

席爸爸哪曾料到,席阳阳所说的散心,就是出门三年,回来的日子还遥遥无期。看着她在事业上混得也算风生水起,席爸爸、席妈妈也只能睁只眼闭只眼了。

如果当时叫她的是席妈妈,估计就不会放席阳阳出去了。

这么多年，看着席阳阳一点一点地成长、懂事，席爸爸也不知道，当初放她独立的念头，是对还是错。

席爸爸细不可闻地叹息一声："让她睡吧。"当初都能坚强地走出来，这几年的成长，席阳阳只会更明事理，应该更坚强、懂事地处理这事。

第二天一大早，席妈妈就拖着席爸爸去菜市场买菜，因为府禾朗之前打过电话，说今天会带着府爸爸、府妈妈上门，这"亲家"第一次上门，自然是不能含糊的。

席阳阳睡得迷迷糊糊，被锲而不舍地响着的门铃声给吵醒了。她缩在床上，想当作没有听到，可是外面的人很执着，按个不停。

席阳阳无奈，只能随便地套了一件外套，揉着惺忪的睡眼，不停地打着哈欠去开门。当她透过猫眼看到穿着正装的一男一女时，瞌睡虫瞬间散得干干净净，她受惊的嘴巴甚至都有些合不拢。男的高大威严——府爸爸，女的温婉大方——府妈妈！

席阳阳的心思瞬间万转，带着最不好的预感，小心翼翼地开了门，看着府爸爸、府妈妈，喉咙像是被什么堵住了似的，尴尬得再也叫不出口爸妈。

府爸爸、府妈妈相携着走了进来，随意地打量了下席家，接着大大方方地在沙发上落座。看着才几天不见却明显带着生疏的席阳阳，府家父母一时也不知道该说什么。

说实话，府妈妈心里总归是带了点妇人之见的，碍于一家之主跟儿子的坚持，才勉为其难地愿意承认席阳阳这个儿媳妇。但是，看着席阳阳拘谨地坐在一旁，安安静静的样子，心竟变得柔软，轻声唤道："阳阳。"

席阳阳在府妈妈开口的那瞬，浑身都竖起了防备，就好像准备好了刺要作战似的。她看着府妈妈，等待着她尖酸、难堪的话，抑或跟文浩母亲一样，用温柔的语气说："请你离开我的儿子府禾朗。"如果府妈妈那样说的话，席阳阳甚至都想好了回答的话语，她一定会用最完美的微笑、最坚决的语气回道："嗯，不老你们费心，我跟府禾朗已经离婚了。"

可是，府妈妈只是轻轻地拍了拍自己身边的空座，对着她招了招手，温和地说："阳阳，过来坐！"

席阳阳看着府妈妈一如既往的温和、慈爱，有些迟疑、忐忑地坐了过去，心中猜想，府妈妈到底想用什么方法开口呢？

府妈妈看了席阳阳半晌，轻轻地叹息了一声，拉着她的手说："阳阳，可怜的孩子。"

席阳阳有些错愕，呆呆地看着府妈妈，问道："我的事，你们知道了吧？"

府妈妈神色淡然地点了点头，"都知道了。"

"你们是来劝我离婚吗？"席阳阳试探性地问，她没办法揣摩府爸爸、府妈妈的心思，但看样子，他们不像是来羞辱她的。但是，席阳阳不敢往好的方面猜想，当初，文妈妈也是一脸温和、慈爱地跟她谈话的，全程都带着微笑。

文妈妈是多么温和的一个人，多么慈爱的一个母亲，可是，就那么几句轻飘飘的话，就把席阳阳所有的骄傲、自尊，毫不留情面地踩在了脚底下。那一刻，席阳阳甚至觉得自己卑贱到了尘埃里！

"为什么要劝你们离婚？"府妈妈皱眉反问。

"因为我的过去，可能会给你们造成困扰。"席阳阳直言不讳，她深切地体会过被流言伤害到的痛苦，所以，她深吸了一口气,正色地看着府妈妈说:"不过,你们不用劝了,我已经决定跟府禾朗离婚了。"

"胡闹!"府妈妈没好气地喝道。

"我们是来提亲的!"府爸爸一板一眼地问,"你爸妈呢?"

席阳阳的脑袋像被闷棍打过似的,彻底呆愣,有点不敢相信自己会这么好运,摊上这么明事理的公婆。可是,她又不是跟公婆过一辈子。这一刻,她深深地感到悲哀,她对府禾朗调查她的事耿耿于怀,她没有办法释怀。他是那么不信任她,竟然是探究她的过去,而她遮掩不及的狼狈、不堪的伤口,以及斑斑劣迹,全数呈现了出来,那么丑陋,那么难堪,那么让她无地自容!

虽然府禾朗是顶着爱的名义,但是,它却真真切切地带来了伤害,伤到了席阳阳心里最敏感的一条神经,很疼很疼,疼得她不想去在乎结局,只想要分开!然后一个人悄悄躲起来,将伤口一口一口舔舐。

府妈妈熟稔地拉起席阳阳的手,耐心地劝解道:"不管怎么样,你都已经跟阿朗结婚了,已经是夫妻,夫妻之间的相处之道就是相互包容跟理解。"

席阳阳微微发怔地看着府妈妈,一时之间有点无言以对。虽然府妈妈说得很有道理,但那是有前提的,那就是双方彼此尊重。

可是府禾朗不尊重她,这一点就足以让席阳阳无法忍受,必须要离开。

席阳阳一直都是骄傲又固执的,她并不是不爱府禾朗,也不是真的不珍惜这份婚姻,但是她就是没有办法忍受府禾朗的行为。席阳阳是一个受不了委屈的人，她厌恶、反感府禾朗的做法，对他深深地失望，也为她所认为的这段爱情慢慢地画上了问号。是不是从一开始，府禾朗就查了席阳阳的一切，看着她犹如被陈列的物品一样，详细记载，适合老婆人选，才会厚着脸皮在她的抗拒下，依旧坚持不懈？

门口窸窸窣窣地传来开门声，府禾朗率先进门，指着沙发上的府家爸妈，向席爸爸、席妈妈介绍道："爸、妈，这是我的父母！"说完又深情地看了一眼席阳阳，欲言又止。

那一眼包涵太多的言语、太多的情绪，但是席阳阳只是面无表情地撇开了眼。

府禾朗暗自叹息一声，幽深的黑眸闪过一丝黯然，接着转过俊脸，对着府爸爸、府妈妈介绍道："爸，妈，这是阳阳的爸妈。"

府爸爸、府妈妈、席爸爸、席妈妈瞬间都露着温和的笑脸，热切地打招呼并寒暄起来。府禾朗熟络地在两家父母之间穿梭，俨然将女婿跟儿子的角色拿捏得相当到位。席阳阳好像被隔阂出局的样子，她茫然地看着两家人，瞬间就好像变成了一家人。

晚饭是去酒店吃的，席阳阳没有办法拒绝，整个饭局中坐如针毡。席阳阳冷眼旁观以府家父母为首，府禾朗为重心，席家父母随声附和的聚会，大家其乐融融地聊家常，而她似乎成了一个不用发表任何意见的旁观者。当然，席阳阳也不是一个不知好歹、不识大体的人，所以，即使百般不情愿，她也只是把不满放心里，若非必要，基本不说话，就端端正正坐着，乖乖地埋头吃饭。

饭桌上，双方父母谈起婚礼的事，席家父母还是为席阳阳考虑得多一点，府家越是隆重，越是大手笔，席阳阳这准新娘的过去，被挖开的几率就越高。虽然都已经过去了，也没什么好说的，但是人言可畏，会传成什么样，席家父母也不敢想象，到时候受伤的只有席阳阳。因此，他们委婉地说："看孩子们的意思吧。"府禾朗跟席阳阳想怎么办就怎么办，他们是没意见的。

府禾朗跟席阳阳的意思，很早就摆在那儿了，他们不想折腾，不要大张旗鼓摆酒席。对于婚礼，席爸爸、席妈妈没有特别要求，府爸爸、府妈妈也就没办法，只能暂时按压此事，从长计议。

好歹双方父母正式会面，总算把定亲这事，给补了一节。

其实，席阳阳很想说，她已经给府禾朗寄了离婚协议，她要离婚！可是在双方父母这样强势又融洽的气氛下，她半句话也不敢多说，只能貌和神离地跟府禾朗回家。

临走前，席爸爸拉着席阳阳的手，意味深长地说："阳阳，难得你遇上这么好的人家，以后好好地过日子，不要再去想那些有的没的，净瞎折腾。"

府妈妈附和道："阳阳，听爸妈的话，好好过日子。"

席阳阳听着鼻子酸酸的，眼眶含泪，点了点头："嗯！"其实心里暗自悲伤，恐怕这日子是过不下去了，她跟府禾朗之间有了一道鸿沟，是她亲手画下的楚河汉界。

先送了府家爸妈回家，然后，府禾朗跟席阳阳才回家。

府禾朗今天几次三番地向席阳阳示好，想找台阶下，可是她却硬生生地躲开，偏不给面子，让府禾朗心里那口气堵得浑身都难受，俊脸自然沉了下来，紧抿着唇，不发一语地开车。

席阳阳真不知道该怎么面对府禾朗，看着他那阴沉的脸，浑身散发的陌生感,越发觉得,她跟府禾朗虽然才分开短短两个晚上,但是彼此的心好像已经走远了。

原来感情一旦出现了裂痕,越是相爱越是会变得陌生。从曾经的无话不说,到最后会变得无话可说。

两个人明明似乎都想说点什么,打破这该死的沉默,却谁也不敢贸然开口。狭小的车厢内,弥漫着尴尬、诡异的气氛,直到回了家,谁都没有开口说话。

席阳阳百味陈杂地洗完澡,就早早地蜷缩着身子睡下了。当然,她只是闭着眼睛,脑袋乱得丝毫没有睡意。

府禾朗洗完澡出来,也轻轻地上床。看着这两米大的双人床,生生被席阳阳拉出一道一米宽的鸿沟。他想主动地去跨越这鸿沟,伸手将席阳阳抱进怀里,但是,看着席阳阳倔强的背影,暗自叹气,心有所伤地同样背过身子。他是个男人,他是可以大度地让步,哄着老婆开心的,但是,这并不代表他没有原则!

府禾朗可以容忍席阳阳孩子气、不懂事,也可以容忍她使性子、发脾气,更愿意给她时间,陪着她一起去成长、去疗伤。但是,他没有办法对席阳阳的离婚协议置之不理。

成功地安抚了双方父母,接下来的事,府禾朗要等着席阳阳认识到自己的问题,不该轻易放弃婚姻。府禾朗要等着她服软,让她意识到不该那么任性,轻易放弃他,更要等着席阳阳的主动示好,自己走出过去的阴影!

这一次,两个人心里的底线,都被彼此无意间打破,两个人硬生生地憋着口气,等待对方低头。

席阳阳僵硬地躺着,心口一阵一阵地发堵,但还是强装着无所谓,将苦涩的泪水吞进肚子里。今晚只是一个开始,以后或许还有更多的沉默不语，更多的貌合神离，更多的虚情假笑……与其这样难受、不自在，彼此煎熬，或许分开才是真正理智的处理方法。可是，真的要说分开，席阳阳的心里还是舍不得，可是，想要继续，又不知道该怎么继续。她的心里始终是介意府禾朗的不信任、不尊重！

彼此背对背，辗转痛心地失眠了一个晚上。早上起来，彼此对视了一眼，沉默地相互避开视线，一人一个洗手间，刷牙洗脸，穿衣打扮，各做各的事。

谁都不愿意开口打破沉默，似乎谁先开口，谁就会万劫不复一样。

这一场来得猛烈的冷战，足足持续了一个星期。

席阳阳从来都不知道，原来日子可以过得这么痛苦而又漫长，每一分每一秒都带着煎熬，这是一种没有办法想象，也无法用言语形容的痛苦，在同一个屋檐下呼吸着相同的空气，沉默，冷眼看着另一半做他自己的事，彼此就好像哑巴似的，不说一句话。明明在乎对方，却又不肯轻易承认对方。席阳阳跟府禾朗就像两个赌气的孩子，谁都不愿意轻易认输，谁都不愿意轻易地示好，就这样把彼此当成空气。

周末，在府妈妈热情的邀请下，席阳阳和府禾朗回了府家吃饭。

府妈妈慈爱地看着席阳阳："阳阳，最近是不是写书累着了，看你脸色很憔悴啊！"

席阳阳听这窝心的话，感动得差点落泪。她勉强地挤了一个笑容，"嗯，还好。"连府妈妈都看出来的憔悴，为什么府禾朗视而不见，为什么他不能像从前那样让步呢？潜意识里，席阳阳还是希望他能够主动承认错误，并且保证以后不犯。

其实最初席阳阳确实气到非离婚不可，恼恨府禾朗不尊重她，可是气过了，冷静下来想想，夫妻之间需要的理解和包容，所以她就默默地原谅了府禾朗，准备把这篇翻过去。

可是席阳阳没有想到，府禾朗说变就变了，在冷战的第二天，他竟然一个人搬去书房睡了。

看来他是想打持久战了——闹分居。席阳阳本来已经消气，此刻怒火又被点燃，并且越烧越旺。

于是这一场冷战没有战火，却硝烟弥漫，家里一片静谧，被无息的愁云笼罩。

冷战其实比吵架更伤感情，彼此隐忍着对方的不满，潜意识又希望对方退一步，可是对方不肯让步的时候，心中的不满就会溢出来，会抓狂，会爆发……

时间越长，坚持的决心就越坚定，越不肯轻易认输。但是，这样伤害彼此的时间越久，人就会越感觉疲倦。席阳阳对她的婚姻生活渐渐地感到疲倦，是的，一种心力憔悴的疲倦，一种完全不想继续的疲倦！

试想，两个人这样强扭地生活在一起，都当彼此是透明的，那又何必继续下去呢？席阳阳越来越坚定了离婚的想法，只待爆发实现。

府妈妈并没有觉察到席阳阳复杂的心思，她转身拉着席阳阳在沙发上落座，正色道："虽然你跟阿朗不想办婚礼，不过我跟你爸想了想，总归觉得不妥当，要不我们就随便摆几桌，叫上几个较好的亲戚朋友随意吃一顿。你看什么时间，跟阿朗抽个时间，意思意思下。"

席阳阳的表情有些僵硬，支吾道："这……这事，要不就算了。"就她现在跟府禾朗的状态，完全没有办法去人前秀恩爱，今天过完了，明天还不知道能不能在一起。

府禾朗突然脸色一沉，语气生冷地说："妈，您别说了，请不动她的，架子大着呢。"

席阳阳跟府妈妈都愣了一下，一起看着府禾朗。对于府禾朗的冷嘲热讽，席阳阳并不觉得奇怪，倒是府妈妈一头雾水，不过，随即她也觉察出，这两个孩子或许还在闹别扭，便自然地打圆场："阿郎你怎么说话的呢？阳阳，你可别跟他一般见识。"

席阳阳微微动了动嘴角，僵硬地笑了笑。

席妈妈转身，从柜子里拿了一个红盒子出来，笑着说："吃饭的事也不急，不过你们都结婚了，也没个像样的戒指，喏，我给你们买了一对。看看，喜欢不？"

席阳阳没有拒绝，木然地接了过来，神情有些恍惚，仔细想想，她跟府禾朗除领了一个红本，好像确实什么都没有。即使浓情蜜意的时候，也没有互送定情信物。

"妈，您别热脸贴冷屁股了，席阳阳不会戴的，她才不稀罕呢。"府禾朗带着嘲讽地看着席阳阳手上的戒指，心头犯起了酸楚，口不择言道，"妈，您送的哪有前男友送的好呀。"

席妈妈局促得不知道该接什么话，只能讪讪地看了看脸色不自然的席阳阳。席阳阳一听这话，咬了下唇，深吸了口气："妈，我还有点事，先走了，下次再来看您。"说完，也顾不得席妈妈的挽留，头也不回地跑了出去。

府禾朗看着席阳阳孤独的背影，心头竟有些心疼。

席阳阳食指上那枚连洗澡都不曾摘下来的戒指，是文浩打工，第一次领到工资时给她买的。在跟席阳阳冷战这几天，他时时刻刻关注着她的一举一动，从她的微薄、博客、个性签名，甚至到每天的签到，她竟然淡定得没有写过只字半语的感慨。在席阳阳的心里，老公真的一点位置都没有吗？府禾朗真的一点都不重要吗？府禾朗就开始翻她以前的东西，观察越仔细，他越吃醋；越吃醋，就越拉不下脸来主动求和。

昨晚看席阳阳的签名竟然改了，府禾朗心头一阵欣喜，但只看到"过不下去，离了吧"这七个字，府禾朗当场傻眼，痛心了一个晚上，所以今天说话免不了话里带刺。

"阿朗，你们俩又怎么了？"

"没事！"府禾朗胡乱应了句，便起身追了出去，在大门口追上了席阳阳，一把拽住她的手腕，"上车！"

"放开。"席阳阳不听，拼命地挣扎，"你放开我。"

府禾朗发火了，粗暴地拽着席阳阳，"跟我上车！"然后将挣扎的她一路半拖半拽着带上了车。然后利落地锁了车门，阴沉着俊脸，一踩油门就开了出去，车速越开越快。

"府禾朗，你有病是不是？"

"我就是有病，怎么了？"府禾朗怒瞪着席阳阳，粗暴地吼道，"你没病，跟我折腾什么？我们这日子到底还要不要过下去了？"

席阳阳紧紧地抱着自己的双臂，扭头看向窗外，一言不发。府禾朗浑身散发着冰冷的气息，俊脸挂着阴霾，紧抿着唇，同样不发一语。

车厢内的气氛瞬间如冰冻了一般。

幸福的日子太快乐，两个人爱得太过猛烈，投入全部心思对待对方，殊不知，爱的脚步说停就停了，因为前方没有路，这段感情在无意间已千疮百孔。

席阳阳的心越来越沉，越来越觉得，分开是最好的！如果再这样相互伤害下去，恐怕连仅有的好感都会被磨灭。她不想什么都失去，连仅有的好感都留不住。她双手紧握成拳，指甲掐得手心都隐隐作痛。她迟疑了一会儿，像是做了重要决定似的，终于开口："府禾朗，我们好好谈谈吧。"

"嗯！"

席阳阳扭过脸，看着狭小车厢内府禾朗轮廓不清的脸，盯着看了一会儿，开口道："府禾朗，我们离婚吧！"说完这句话，席阳阳喉咙像被什么堵住了，再也说不出话来。

"做梦！"府禾朗回答得斩钉截铁。

"既然都闹成这样了，我们的婚姻也没有继续的必要了！"席阳阳又补充道，"还不如彼此放手。"

其实与其纠缠着彼此，心生不快，还不如洒脱一点放开，至少回忆是美的，还保留着彼此最初相爱的甜蜜。

"席阳阳，要折腾的人是你，不是我。"府禾朗一字一句正色道，"莫名其妙发脾气，莫名其妙要闹分手，莫名其妙寄离婚协议，这一切都是你的莫名其妙。"

"我的莫名其妙？"席阳阳伸手指着自己冷笑，"府禾朗，在你调查我的时候，你把我当成什么了？你有想过我的感觉没？说到底，是你莫名其妙还是我莫名其妙？"

"我没有想过要调查你。"府禾朗解释道，"我也只是无意之间听说的而已。"接着看着席阳阳："我就想不明白了，我都不介意你的过去，你为什么就非得这样折腾？好好过日子就不行吗？"

席阳阳冷笑一声，看着府禾朗说："你不介意，你当然不用介意，狼狈难堪得又不是你，不被尊重的也不是你。"

府禾朗猛地一踩刹车，高性能的车，"嘎"的一声，骤停了下来，他转过脸，目光瞬间凌厉阴冷，直直地盯着席阳阳，冷声道："席阳阳，我什么时候不尊重你了？"天地良心，他就差把席阳阳当祖奶奶供奉起来了，在同床共枕的那段时间，为了不勉强她，他哪一天不是冲好几次冷水澡才能勉强入睡的！

"从你窥视我的过去开始，你就没想过尊重我；从你跟我怄气开始，你就没准备好好跟我过日子。你就是想让我低头，就是想作践我，就是想让我把你当爷似的捧着是吧？告诉你，做梦！"席阳阳一连串的并列句说得又急又快，不等府禾朗开口，又坚决地说："我们离婚。"

"席阳阳，你别恶人先告状，谁不尊重你了，谁跟你怄气了，谁不想要好好过日子了？"府禾朗神色带着忧伤，连连叹息，无奈地说道，"席阳阳，我不止一次强调过，过去的事就让它过去，你为什么偏偏就放不下呢？"

席阳阳鼻尖酸涩，泪水瞬间涌了出来，"你当然可以轻飘飘地说放下，受伤的又不是你！"

"你别以为全世界就你委屈，就你受伤，就你难堪，就你狼狈，你就能无病呻吟，为所欲为。"府禾朗粗重地喘息了一声，继续说道，"你口口声声说离婚的时候，你有没有想过，我也会受伤？"不等席阳阳回答又说："当你惦记着你以前的男朋友，为你的过去写下悲凉、祭奠的文字时，你到底把我这个老公摆在了什么位置？"问完，正色地看着席阳阳，"你不是一个小孩子了，可是你做的事却是那么幼稚。离婚，离婚你想解决什么问题？"

席阳阳不知道该怎么回答。

"就算知道你有狼狈不堪的过去，我除了更加心疼你，我有说过你半分不是吗？甚至连我的爸妈，有半分轻视你吗？"府禾朗一针见血地说，"席阳阳，说到底你就是自私，你想着的只是自己的狼狈，只想你自己会受伤。所以你为了保护自己，不惜伤害到爱你的我，你压根儿就没真正考虑过我们的婚姻，才会把离婚挂在嘴边。"

席阳阳胸口被堵得生疼生疼，她一把拉开车门，仓惶地跑了出来，蹲在路边大口大口地呼吸，好像快要喘不过气来似的。被府禾朗一说，好像所有的错都是她的，所有的事都是她在折腾。

府禾朗跟着席阳阳下车，神色忧郁地靠在车门边，看着席阳阳痛苦的样子，把心一横，继续说："席阳阳，我以为给你时间冷静，你至少会意识到自己的错。可是我没有想到，你竟然冷漠至极，竟然这么轻易就想结束我们的婚姻。"

席阳阳的脑袋很混乱，瞬间她所有的观点似乎都被颠覆了。明明之前那么坚信自己是对的，可是听了府禾朗这些话，她瞬间又觉得，也许真的是她错了。可是她怎么也没有办法开口承认错误。

"席阳阳，你除了自己，从来就没想过别人！"府禾朗高深莫测地看着她，脸上满是疲惫，"你怎么可以这样自私，这么冷漠呢？"

被府禾朗如此直接地指责，席阳阳的神色有些挂不住，委屈地说："你别把过错都推到我身上，搞得你自己多么高尚似的。好吧，我自私、冷漠，配不上高尚的你，我们散了拉倒！"该死的自尊心强势地作祟，让她就是不肯低头，明明心虚，明明已经意识到自己的问题，但是依旧死死撑着。

府禾朗失望又深情地看着席阳阳，眼底黯然，突然伸手将她拉进怀里，紧紧抱住："为什么你要这样的倔强固执呢？"

席阳阳有点错愕，神色恍惚地任由他抱着，心想只要他说一句"老婆，我们和好吧"，她就跟着他回家。

谁知府禾朗轻轻地松开了她，转身道："席阳阳，我给你时间考虑清楚。暂时，我们分开吧。"

席阳阳心痛得快要窒息，她痛苦地闭上了眼，任由府禾朗头也不回地走出了她的视线。不管对错，她终究放不下自尊，去挽留府禾朗。

不久后，席阳阳收到了府禾朗同样以快递方式寄来的离婚协议书。

两个人都像极了刺猬，畏惧这个现实世界的寒冷，所以相互偎依着取暖，可是却忘记了，彼此身上的刺会将对方刺伤。谁都有脾气，谁都不愿意妥协，所以只能选择分开，看谁对这感情在乎多一点，愿意忍让多一点。如果都不愿意，那么只能带着遗憾，把彼此放入记忆的最深处。毕竟有的人只适合相爱，但不适合婚姻，不适合过日子。

闪婚、闪离，一切都好像做梦一样。

席阳阳一个人搬回了单身公寓，她突然明白了一句话：原来，闪婚其实更像一簇绚烂多姿的焰火，绽开的时候固然美丽，但熄灭的时候带着无尽的苍凉。

周周皱眉叹息，戳着席阳阳的脑袋大骂："糊涂呀你！服个软，说句好话，随便哄哄他不会啊？你就非得折腾到这地步？"

席阳阳只是淡淡地笑了笑，将苦涩吞回肚子。席阳阳并不是折腾，她和府禾朗是理智地分开。她了解自己，没办法低声下气地去服软，因为在爱情的世界里，一段感情如果是委曲求全的，那么，她宁愿不要，这就是她当初在文浩母亲羞辱她的时候，毫不犹豫地选择离开的原因。她现在放弃府禾朗，并不是真的不爱，而是她没有办法卑微。

爱一个人，如果太委屈，就会充满怨恨，她不希望，以后的生活是带着无法释怀的怨恨。

席阳阳离婚后，似乎又回到了当初一个人的时候，每天除了宅在家，对着电脑码字，她哪里都不去，什么人都不见。虽然很想很想府禾朗，但是她没有打过任何电话，也没有发过任何只字片语的信息给他。她就这样刻意地忽视这个人。可是，越努力想忘记一个人，越觉得它如影相随，无时无刻不占据着你的脑海，吃饭想他，睡觉想他，写书的时候，满脑子还是他。真的爱一个人，就会变得患得患失，也会变得小心翼翼。

席阳阳是偏执的、骄傲的，她的骄傲会伤害到他人，甚至包括她自己！

夜深人静的时候，辗转难眠的席阳阳，在宽大、柔软的床上，翻来覆去，她就爬起来上网。她时常一个人对着电脑发呆，脑海里空荡荡的，手指落在键盘上，半天敲不出一个字。

席阳阳会经常不自觉地浏览府禾朗的博客，点开他的相片，一次一次重复地看着他那俊容，接着一遍一遍地浏览他的日志、个性签名、心情签到……

默默关注一个人的举动，席阳阳全部做过后，才算真的体会到，爱一个人，就会忍不住地去关心他全部的喜怒。当他不愿意说的时候，会看着他所有的一切资料，寻找蛛丝马迹，千方百计地去弄清楚。有时候并不是不信任、不尊重，而是出于关心。

府禾朗在调查的时候,他压根儿就没有想到,席阳阳会有那样的过去。他最初的爱依旧纯真,只是席阳阳想多了而已。即使现在明白过来,但是席阳阳依旧没有办法战胜理智。她始终认为,府禾朗既然放弃了,她的主动会让自己在爱情里变得卑微。而她做不到卑微!虽然无数次忍不住拿起手机,想给他打个电话,可是潜意识里,她害怕被府禾朗拒绝,害怕听到"席阳阳,我们已经分开了,别打扰我了"!她感觉自己会崩溃。

这一次是席阳阳一个人的战役,她的情感跟理智在交战,她的个性跟爱情在冲突,是她的幼稚跟偏执,才令婚姻走入了死胡同。她必须自己冲破这层层的阻力,在茫然中理清思绪,她到底想要的是什么?真正想明白了,她才能够做出选择。

收到GAGA酒吧的短信,席阳阳才记起,原来今天是她生日,看了看自己已经一个月没有更新的个性签名,犹豫了下,还是随手改了:生日快乐,酒吧买醉!改完签名,她麻利地换了套衣服,直接去了"GAGA"。

老板娘热情地拥抱了下席阳阳,说:"生日快乐!"接着目光往她身后探去,小心翼翼地问:"你一个人来的?"

席阳阳僵硬地挤了一抹笑意,点了点头。

"老公呢?"老板娘拉着席阳阳在VIP包厢坐下,随口问道。

"离了!"

"啊?"老板娘惊得合不拢嘴,"为什么呀?"

席阳阳摇了摇头说:"其实,我也不知道为什么。"她叹息了一声,在老板娘温和的注视下,缓缓地将事情叙述了一遍,末了道:"其实,刚开始我真的只是要逼他说句对不起,后来连这个想法都没了,只是期待他给我一个台阶下,说句,'老婆,我们和好吧'。可是,我真的没想到,他说,'我们分开吧!'"

老板娘不动声色地调酒,叹息了一声,平缓地问:"为什么不是你给他台阶下呢?"

席阳阳有点傻眼,问:"我……我怎么给?"

老板娘叹息着摇了摇头说:"你当时说一句,'老公,我们回家',不就什么事都没了吗?"

"他那样冷嘲热讽地说我,不留情面地批判我,我是人,不是神,怎么可能心平气和地跟他低头?"席阳阳说得有点愤慨。

"好吧,当时你不低头,那过后冷静下来,为什么不低头呢?"老板娘正色地看着席阳阳,"即使拿到离婚协议,你撕掉也好,无视也好,你为什么偏要签字呢?"

席阳阳沉默了下,老板娘继续说:"就算你赌气签字离婚了,可是,这一个月来,你还是有无数次机会可以低头,找他握手言和呀。"

"为什么非得我低头?我不想我的爱情那么卑贱!"席阳阳说着眼角开始湿润,"委曲求全,强求来的疼爱我宁愿不要!"

"什么叫委曲求全呢?"老板娘说着抽出一张面纸,给席阳阳擦泪,"妞,爱情的世界里,不是谁低头了,谁就卑贱了,它不存在卑微不卑微,只是,在吵架的时候,谁的底线能退让,就多妥协一点。你把你老公逼到了绝路,而你却又不肯尝试任何一点的退步，那怎么行呢？"

"我什么时候把他逼到绝路了？他还逼我了呢！"席阳阳辩解。

"你知道，情侣之间吵架最忌讳什么吗？"

"最忌讳说分手吧。"席阳阳淡淡地回道，她瞬间明白了，夫妻之间吵架，最忌讳的是说离婚。而她在遇到难堪的事，无法面对，想逃避之时，就用了离婚。在跟府禾朗吵架，冷战也没办法解决问题的时候，依旧用上了离婚。她其实也并不是真的想离婚，只是没有办法面对，想用离婚解决这些麻烦，可是她却忘记了，离婚并不是杀手锏，而是双刃剑，同样也会断掉自己的退路。

"对男人来说，被女人甩，本身已经够耻辱了，还要再卑躬屈膝地去力挽狂澜，那你说，相对你所谓的卑贱，你老公是不是要低到尘土里了？"

席阳阳没有说话，只是含泪看着老板娘，脑海里似乎有了一点清明。

"任何一场婚姻，都是要经历吵架和磨合期的。"老板娘温和地笑笑，"牙齿跟嘴巴还有磕到的时候呢，既然是夫妻，就避免不了吵架。"说着，安慰似的拍了拍席阳阳的肩膀道，"其实，小女子能屈能伸没什么大不了的。"

"现在恐怕晚了！"席阳阳叹息了一声，"在他放弃的时候，可能我们已经没有办法回头了。"这一个月，席阳阳没有找过府禾朗，可是府禾朗同样没有任何消息给她，看来他是铁了心要分开了。

"没有晚不晚，只有想不想。做了，如果无法挽回，也就真的放开算了。"老板娘帮席阳阳倒了一杯酒，"有些事，宁愿做过了去后悔,也千万别错过了遗憾。"不等席阳阳回答,老板娘继续说道:"你跟你老公的故事那么精彩,为什么要遗憾下去呢?"

"那我该怎么办?"席阳阳似乎喃喃自语,她拿起手机,看着通信软件中,府禾朗刚改的个性签名:生活就像个魔方,走着走着就迷路了,老婆,你能找到回家的路吗?

席阳阳的眼泪克制不住地往下掉,所有的理智全线崩溃,她脑子里唯一的想法就是,疯狂地思念他。这一刻,席阳阳清楚地知道,跟失去府禾朗比起来,她服个软,认个错又怎么样呢?所有的那些过去,都是微不足道的,将他们的婚姻进行到底才是王道。

可是,府禾朗还愿意给她这样的机会吗?

老板娘微笑着挑了下眉,说道:"找你老公撒个娇,试试呗!"

席阳阳心中忐忑不安,她喝了一杯酒,咬了咬牙,毫不犹豫地将电话拨了出去。

电话通了,府禾朗的声音传来:"老婆……"

"……"

"老婆……"

"……"

席阳阳再也克制不住,挂断电话,泪如雨下。

老板娘倒是慌神了,手忙脚乱地拿着面纸安抚她:"妞,怎么了,怎么了?"

席阳阳哽咽道:"他……还是……叫我老婆……"

老板娘松了口气,拍了拍席阳阳的肩,意味深长地道:"妞,好好过日子,别折腾了!"

席阳阳点了点头,看着手机屏幕上,"亲亲老公"的来电,心里有种说不出来的亲切,忙拿着手机走出了酒吧,心中带着狂喜:"喂!"

"老婆,我好想你!"电话那头传来府禾朗低沉的声音,温润、直白又坚定。

席阳阳的眼泪,克制不住地往下掉。她捂着嘴巴,努力克制自己的呜咽,低低地说道:"我也想你!"听筒那边传来一阵救护车开过的声音:"滴哆……滴哆……"

席阳阳看着在眼前呼啸而过的救护车,"滴哆……滴哆……"两个声音似乎重叠在了一起,席阳阳下意识地转过脸,看向十字路口,又看向酒吧对面的停车场。

一辆熟悉的车停了下来,府禾朗带着微笑,从半摇的车窗内,看着席阳阳。接着开车门,跨步走了出来。

这一瞬间,巨大的喜悦溢满了席阳阳的大脑,所有的思考都停止了,唯一的念头就是,用最快的速度奔向他的怀里!

眼前一道刺眼的白光射来,席阳阳狂奔的脚步一时无法收住,耳边传来惊慌的惊呼声:"老婆,小心!"

席阳阳惊得不知道该作何反应,神情呆滞地望着那辆同样停不下来的汽车,似乎马上就要撞过来。

一股巨大的力道,猛地将她扑倒,带着她在地上滚了几圈。

那辆轿车刷地从他们那眼前开过,席阳阳不可置信地揉了揉眼,拍了拍惊魂未定的胸口,看着府禾朗,他的神情极度恐惧,脸色惨白。席阳阳惊恐地叫道:"府禾朗……"

府禾朗回过神,一把抱住席阳阳,浑身亦是克制不住的微微颤抖。

席阳阳窝在他怀里，浑身的疼痛，似乎不存在，感觉到他强劲有力的心脏慌乱地跳动着，眼泪瞬间就流了出来，止都止不住。

"我刚才以为，我再也见不到你了，我还没跟你说，我知道错了，我不想跟你分开……"

府禾朗轻柔地拍着她的背，安抚道："没事，没事了！不怕哈！"

席阳阳把头深深地埋在他的怀里，吸闻着他身上熟悉的清香味，心渐渐地安稳了下来。

府禾朗松开席阳阳，上下打量了一遍，柔声问："老婆，哪里不舒服？我们去医院吧。"

席阳阳的手臂、膝盖都蹭破了，火辣辣地疼，但是她摇了摇头，怔怔地看着府禾朗说："我没事！就是，很想你！"

府禾朗小心地捧起席阳阳的脸，幽深的黑眸对上了她的眼，深情地说："老婆，我们不折腾了，好好过日子好不好？"

席阳阳甚至能感觉到他的双手在颤抖，她点了点头，府禾朗一把搂抱住了席阳阳，低下头，一阵狂风暴雨般的吻就落了下来。

那样的强势，那样的霸道，结结实实地纠缠着席阳阳，有一瞬，她甚至觉得自己要被吻得窒息了，可是，依旧不死不罢休地用尽力气去吻……

这一吻，幸福地能够地老天荒！

席阳阳跟着府禾朗回到家，一眼便看到了桌上端正摆着的大蛋糕，府禾朗奔去点蜡烛，温柔道："老婆，生日快乐！"

"你怎么知道我生日……"席阳阳有点哽咽,心里的惊喜已经无法用言语来形容了。

"因为,我一直在等你回头!"府禾朗深邃的眼里布满苦涩,"可是,你这小白眼狼就是不肯低头!"

席阳阳无言以对,她这次好像过分了。

"老婆,我真的很生气,你从不把我们的婚姻当回事!"府禾朗静静地看了一会儿席阳阳,终于还是开口,"我以为,给你时间冷静,你会念着我的好,你会忍不住来找我,至少网上也会多多少少写点感慨!"说到这儿,他挫败地叹息了一声,继续说道:"可是整整一个月,你的博客、微薄、个性签名,从来没有一点点的改动。"

府禾朗放手,只是他愿意给席阳阳一段时间来理智地思考,而不是真的想放弃。他明白,他们相爱容易,但是相处难,有过去那个定时炸弹在,流言蜚语会令婚姻随时"触礁",除非席阳阳能坦然面对那段过去,能够用严肃、认真的心态来重新审视,面对他们的婚姻,他们才能够重新开启幸福之门。

府禾朗的放手只是暂时的,他也有给自己设定期限,不会太长,思念的煎熬同样吞噬着他的心,但是,也不会太短,因为他真的想知道席阳阳的心。

不过,就在刚才那一瞬间,差点失去她的那一瞬间,府禾朗突然明白了,席阳阳爱不爱他、爱得有多深、会不会主动回头,这些其实都已经不重要了,重要的是他明白,自己爱着她就行了。只要她愿意站在原地等着他,他就多走几步,牵着她的手带着她一起走下去。

"席阳阳,我那么爱你,你怎么可以这样无动于衷呢?"

府禾朗叹息道。

席阳阳有点心虚,不敢抬头看府禾朗,她低着头说:"我以为你放弃了!"

府禾朗顿了顿,说:"你放不开你的过去,浑身带着防备的刺,我想靠近,你就跑得远远的,我再也不敢轻易去靠近你,因为我怕你跑得更远,最后我要失去你!"

席阳阳的心里真的是又酸又甜。府禾朗继续道:"今天,如果等不到你的电话,我会在午夜的时候,带着蛋糕厚着脸皮直接去找你!老婆,其实我放不下你的!"不过,最终他还是等到了席阳阳的电话,府禾朗知道,在席阳阳心里,他总算比过去重要了,婚姻危机解除,他狂喜地甚至想跳起舞来。

席阳阳咬着唇说:"其实我也放不下你。"

府禾朗委屈地看着席阳阳:"那你还口口声声地要跟我离婚。"

"后来的离婚协议,不是你寄的嘛!"席阳阳心头涩然,讷讷地道。

府禾朗看了看席阳阳,说:"你也寄过!我还不是希望你跟我一样撕了!谁要你签得那么积极,赡养费都不要!"

席阳阳抿着嘴不作声,当她绝望的时候,哪考虑这些东西?半晌后道:"我看你当时那么坚决地要分开,难不成再死皮赖脸地乞求你给我机会?"

"是啊,所以你潇洒地走了!"府禾朗说得平淡,"没有我,你一样过得很好!"

"你真的以为,我过得很好吗?你突然闯进我的生活,等我习惯了你的宠爱,你又突然不宠我了,什么都跟我较劲,还说我要跟我分开,最后还给我寄来离婚协议。"席阳阳的话带着哽咽，"我想跟你说话，可是我怕被你拒绝，因为你都不宠我了，根本不会再来顾及我的感受了！"

府禾朗被席阳阳这样指控着，心里很是难受，委屈地说道："老婆，对不起！"伸手一把将席阳阳抱入怀里，"是我不好，让你那么难过！"

席阳阳鼻尖酸涩，将头埋入他的怀里，理直气壮地道："本来就是你不好！"

"好好好，都是我不对！"府禾朗小心翼翼地道歉，接着正色道，"老婆，过去的事其实真的不重要，我们一起去面对好不好？这辈子我都不会再松开你的手！"

席阳阳轻轻地摇了摇头："我已经想明白了，过去的就让它过去吧，不用刻意去面对，去害怕！"

府禾朗的俊脸，终于绽放了如花般灿烂的笑容，轻轻地松开席阳阳，从口袋里掏了一个红盒子出来，并将其打开。

是卡地亚的那款女戒，安静地躺在红色的绒布上。席阳阳心头猛地涌上一股无法言喻的暖流，回忆如潮水般涌向脑海，想起跟府禾朗争这款戒指的场面，不由得嘴角挂起了笑。府禾朗漂亮的眼眸，璀璨得如星般明亮。他把戒指推到席阳阳的眼前，柔声地道："老婆，这一次我们按着顺序来了，先恋爱再结婚吧？"

"嗯，恋爱好像还没谈吧？"席阳阳笑着打趣。

"这不是谈着嘛！"府禾朗一把拽着席阳阳的手，拿起起戒指，毫不犹豫套在了她左手的无名指上，强势地道："老婆，我们复婚吧。"

"人家是求婚，你这算什么嘛？"席阳阳不满地抗议！

府禾朗大力地将席阳阳拥入怀里，俯身亲吻，封住了她的喋喋不休。

今晚的月色很美,幸福溢满了两个人柔软的心头。

好在狂风暴雨后,两个人能够敞开心扉,明白彼此心意,重新在一起。

后 记

在遇到席阳阳之前,我从来没有喜欢过女生,暗恋都没有。

倒不是为了洗白自己多纯情,而是我的兴趣太广泛了,年少轻狂的时候,吃喝玩乐都喜欢,但是因为我家的门第,让我对感情不敢轻易投入。长大沉稳点之后,我就打拼事业,以扩大公司为主要任务,除了妹妹艾婷外,我很少花心思去接触女生。

一般知道我家底的,喜欢花心思来接触我,对于这类人,我防不胜防,所以艾婷帮我挡掉了很多麻烦,不知道我家底的女生,如果贸然撞上门,也会被艾婷收拾得很惨。

我虽然没喜欢过女人,但还是交往过女朋友的,如果没有艾婷太过分的举动,我想时间久了,或许也会有真感情出现,可惜没有熬到那么久,便被艾婷毁了,她做得太过分,家里人终于不愿意包庇她,将她送去了国外。

艾婷走后的一段时间,我其实想找个人谈个恋爱的,可是一直找不到合适的女孩。

当我开玩笑地跟周周说,想找女朋友的时候,周周把席阳阳介绍给了我。我只当是玩笑,而且也从来没有接触过作家,所以我认真地百度了下她，然后又看她的书，觉得这个女孩子很好玩。

我也很意外，跟她的第一次接触竟然是那么戏剧化，我受艾婷之托，陪表妹去买衣服，结果遇到她了。虽然当时场面有些尴尬，我给她的印象不太好，但是我相信这就是所谓的缘分。

别问我为什么一眼就认识了席阳阳，我天天对着她的照片，我能不认识吗？可是我知道，她不认识我，甚至她都不知道有我这么一号人物关注她。

当时的场景挺逗的，但是后来想想，真的很好玩，我跟自己说，就这个女人了，我要去追求她。

买戒指找茬儿是我故意的，我没有想到她的个性竟然那么率真。我告诉周周，我准备追求席阳阳了。周周笑着打趣我，你以为席阳阳很好追吗？你这种花花公子肯定没戏。

苏明很认真地跟周周解释，你别看府禾朗表面上很花心很浪荡的样子，他其实很纯洁，到现在连个正儿八经的初恋都没有。

周周这才认真地看着我说："当时介绍席阳阳给你，我真的只是想给她多一名忠实粉丝罢了，根本没想过你真的会对她有兴趣。如果你是开玩笑的，请你离席阳阳远点，不然我可会翻脸的。"

原来周周当初所谓的介绍，只是为了坑我，亏得我当真了。我跟周周保证，我是认真的，周周才认真地跟我说，席阳阳很难追，或许没有任何恋爱经验的我，会受到巨大考验，如果我怕苦，最好趁早退出。

我不知道周周是激将我还是席阳阳真的很难追，我便按照周周指定的相亲套路去接近她。事实上，席阳阳真的不好追，看着她笑嘻嘻地很甜美，但是她有一种拒人千里之外的冷漠。

我这个人没什么优点，但是越挫越勇，坚持到底是信念，所以面对席阳阳的一再抗拒，我被激发了无限的潜能。我不浪费任何的机会，一点点地走近她，打动她，我想宠爱一个人的时候，我便愿意把我的全世界给她。

事实证明，好女怕难缠。

我追到了席阳阳，把她变成了我的老婆，周周佩服得五体投地，可是只有我自己知道，席阳阳跟我始终保持着一个世界的距离，那个世界里有个男人叫文浩。

其实很多次我都想要放弃席阳阳，放弃这一段我一厢情愿的感情，但是不愿意认输的我，总是期待着奇迹的发生，我用自己的努力一点一点地在席阳阳的世界里刷出存在感，当我跟席阳阳真的变成夫妻的时候，我以为自己成功了，却不料"文浩"两个字，瞬间把我打入地狱。

我不知道怎么形容当时的心情，我真的杀人的心都有了，可是看着席阳阳愧疚的眼神，我暗自劝诫自己不去计较，文浩毕竟是过去式，现在的席阳阳是我一个人的席阳阳。

明明一千万次地劝自己不要生气，可是我还是像个孩子一样发脾气。因为在乎，所以想要获得同样的珍视，我以为席阳阳至少会花点时间心思来哄哄我，却发现是我想多了。她那么一个没心没肺的女人，没有我照样玩得嘻嘻哈哈。说真的，我有点忧伤，忧伤得不想搭理她。

可是在接到她电话的时候，甚至都不需要她给我台阶，我自己麻溜地就往下走了。我一如既往地对她好，我希望我们能好好地、平淡地幸福下去。

照片风波我真的想不到后果竟然那么严重，我也不知道那件事对席阳阳的影响竟然那么深，可是当收到离婚协议的时候，我的心也凉了。

我可以宠她、爱她，对她一心一意的好，但是我不能接受我对她的好不被珍惜，更加不能接受席阳阳因为这一段子虚乌有的过去，竟然对她自己，对我这么残忍。离婚，离婚她想解决什么问题？一来，我并没有因为过去嫌弃她；二来，我家也没有因为这些乱七八糟的事轻视她，我的父母甚至很心疼她。

既然席阳阳那么想离婚，我便成全她，我只是想让她知道，离婚并不是解决问题的方法，也是时候得让她从这一段阴暗的过去里出来了。我想给她一片安逸的天空，晴朗明媚，但是绝对没有任何文浩的痕迹。

很幸运的，我赌赢了，席阳阳最终回到了我的身边，我们的婚礼双方家长同意以旅游的方式完成。

我们在看风景的途中，也成为别人眼中幸福的风景，我爱你的时候，你也正巧爱上了我，我们两个相爱的人，真是幸福得无以复加。

最后，席阳阳，我真的很感谢你，愿意牺牲时间给我们的家庭增加一条新的生命，给我的人生增加一抹动人的色彩。

府禾朗写完这段感受后，又打开了信封，毫不犹豫地给老婆大人写信。

当你看到这封情书时，我知道你一定会感动，不要太感动，不要流眼泪，因为我接下来要说的话，你要好好看着：席阳阳，我会一直一直爱着你，爱到永恒，没有期限。

"府禾朗，你在做什么呢？"席阳阳站在门边，认真地问。在她的印象里，府禾朗极少用电脑，更别说写什么东西了。

"没什么。"府禾朗将文件保存，然后笑嘻嘻地看着席阳阳，"我给你写了一封情书。"

"是吗？我看看。"席阳阳跟府禾朗结婚这么久，还真没收到他的情书呢。她好奇道："我看看你文笔怎么样。"

"不行，现在还不能给你看。"府禾朗笑着挡住席阳阳，"我怕你看得太过感动，哭得稀里哗啦，影响胎气。"

"你怎么这样呢？"席阳阳不满地瞪着府禾朗，"说了写给我的，告诉我了，却不给我看，真是好奇害死猫呀。"

府禾朗讨好地扶着席阳阳，说："老婆，我天天跟你说情话你还不满足吗？这封情书我想等咱们宝贝生出来之后给你看。"

席阳阳低头看着自己隆起的小腹，一年之前，她真的不敢想象自己能忘记过去，幸福地生活，可是事实上，这一年她过得异常安逸。

席阳阳跟府禾朗复婚之后，不久便发现怀孕了。孕早期反应特别强烈，席阳阳几乎是吃什么吐什么，府禾朗看得发愁，可是无计可施，只能想尽各种办法哄她一点一点地吃东西。终于过三个月的早孕反应期后，席阳阳不再吐了，可胃口也被养大了，吃着吃着就变得珠圆玉润了。有时候她看着自己走形的身材都忍不住深深地叹息，总是会不安地追问府禾朗："你会不会嫌弃我变丑了？"

府禾朗则是温和地笑笑，说："你美过吗？"见席阳阳气得磨牙，府禾朗便讨好地拍着马屁道："老婆，我又不是那种只看外表的人,你的美你的丑我真的不介意,我看中的是你这个人,你的心灵美。"

"我谢谢你这么安慰我。"席阳阳没好气地翻白眼。

"我不是安慰你,我是安慰我自己。"府禾朗不怕死地继续调侃席阳阳,"你看你为了给我养育健康的宝宝,牺牲身材,牺牲事业,我真的很感动。"见席阳阳并不买账,他终于端正了态度,认真地说:"阳阳,你相信我,我会对你好,也会竭尽所能对宝宝好。"

对于一个女人来说,愿意孕育一个宝宝,并不只是生个宝宝那么简单,她需要经历十月怀胎,需要扛着压力对抗产后抑郁,之后伴随着宝宝一路成长,她的世界里多了一个孩子,更多的时候,孩子便会成为她的全世界。

而对于很多男人而言,只不过是他的世界里多了一个孩子,仅此而已。

"阳阳,"府禾朗拉着席阳阳的手,"我们两个的结晶,一定会是基因最优良的宝宝。"

席阳阳没有接话,感受着自己肚子被轻轻地踹了一下,五个月的胎动已经很明显了,她忍不住笑了。其实不用府禾朗保证,她也知道府禾朗一直都是靠谱的人,从怀孕一路走来,府禾朗这个新手爸爸看各种母婴软件,读各种孕育百科,对席阳阳的吃喝拉撒严厉管控,每次的产检时间,他都认真地记着,陪着席阳阳去检查,把医生交代的话,当作圣旨一般执行着。他还谦虚地说,这是他第一次做爸爸,没有什么经验,所以什么都多学着点总是没错的。

府禾朗这个新手爸爸很称职,在生下大宝之后,他虽然笨手笨脚,但是跟着月嫂亲力亲为地照顾孩子,洗澡、喂奶、换尿布，甚至还伺候席阳阳坐月子。他用自己的行动告诉席阳阳，他感激她的付出，也愿意跟着她一起为家努力。

席阳阳已经很久不做噩梦了，有时候想到过去那段可怕的往事，虽然心有余悸，但她很庆幸自己走了出来，因为有府禾朗的爱，她变得勇敢了。

有时候心魔还是需要自己去战胜的，只有自己勇敢，才配得到幸福。

岁月静好，有你安好。